갈아 만든 천국

갈아 만든 천국

심너울 장편소설

래빗홀
RABBIT H⦿LE

목차

허무한 \ 매혈기

| 무한 |

왜 그의 이름이 허무한인지로 이야기를 시작해보자.

허무한은 2001년 4월 23일, 창원에서 태어났다. 행정적으로 말하자면 그의 고향은 창원이겠지만, 그는 창원을 고향으로 여기지 않는다. 창원은 여러 공장이 잔뜩 들어서 있는 산업 도시이지만, 허무한이 태어난 곳은 창원 외곽의 바닷가에 있는 촌구석이기 때문이다. 허무한의 부모는 그때나 지금이나 바닷가에서 회를 팔면서 살았다.

애를 받을 수 있을 정도로 충분히 큰 산부인과는, 허무한의 집에서 차를 타고 한 시간 반 거리에나 있었다. 허무한의 아버지는 언젠가 그가 태어나기 몇 년 전까지는, 말하자면 읍내라고 부를 만한 곳에 산부인과가 있었다고 말하기도 했다. 하지만 한국인들이 더 이상 자식을 낳지 않기로 선택하면서, 그 산부인과도 사라지고 말았다.

막 어머니와의 생물학적 연결이 끊기고 허무한이 독립적인 존재가 되는 순간, 그가 이 혹독한 세상에 떨어진 것에 통곡하던 그때, 허무한을 받던 의료진들은 뭔가 특별한 것을 보았다. 그것은 허무한의 몸 전체에서 뿜어져 나오는 보랏빛 입자로 이루어진 안개였다. 그 안개는 수술실 전체에 옅게 차올랐고, 겸자 따위의 수술 도구가 공중으로 불안정하게 떠올랐다. 아주 명백한 마법적 재능의 상징이었다. 허무한은 마법사였다.

허무한의 부모는 마력이 없었다. 그리고 마법적 재능은 유전된다. 의사는 허무한의 부모 대에서 발현되지 않은 마법적 성질을 담고 있는 유전자가 허무한에게서 합쳐져 이러한 현상이 나타났다고 생각했다. 말하자면 허무한은 일종의 유전학적 신비였던 셈이다. 허무한을 받은 의사는 그의 케이스를 따로 연구해서 논문을 쓰고 싶다고 요청하기도 했다. 허무한의 어머니는 이를 거절했다. 그녀는 자식이 가진 마력에 시큰둥했다.

그에 반해, 허무한의 아버지는 그 강렬한 마력에 매료되었다. 평생 마법과 먼 삶을 살아왔던 그는 자기 아들이 마법사라는 사실에 감동하고 말았다. 그는 자기 아들이 말 그대로 무엇이든 할 수 있으리라고 믿고, 아들의 이름을 무한이라고 지었다. 그가 자기 성씨인 허씨를 물려줄 것이라는 사실을 생각하면 그건 괴상한 농담 같기도 했다. 하지만 허무한의 아버지는 진지했다.

시간이 흐르면서, 정말로 이름 덕분인지는 모르겠지만, 허무한이 가진 마법적 재능이 평이한 수준을 아득히 뛰어넘는다는 사실이 드러났다. 허무한은 갓난아기 때부터 공갈 젖꼭지를 자기 앞으로 띄워서 가져왔고, 걸음마를 떼기도 전에 물컵에 담긴 물을 반으로 갈랐다. 다섯 살 때, 마법부 공무원들은 허무한의 마력 등급을 A⁻로 판정했다.

말하자면, 허무한의 능력은 세상을 바꾼 가장 위대한 마법사들에게 필적할 정도는 아니었다. 그래도, 그는 세상에서 마력을 가진 몇 안 되는 사람들 중에서도 특출나게 뛰어난 힘을 가지고 있었다.

허무한이 태어나기 전까지, 허무한의 부모는 자기 자식에게 대단한 기대를 걸지 않았다. 그들의 인생 반경은 이 어촌을 크게 벗어난 적이 없었다. 그래도 허무한의 어머니는 부산에 있는 대학으로 '유학'을 다녀온 적이 있었지만, 허무한의 아버지는 평생 바닷가에서 뱃사람 혹은 횟집 주인으로 살았다. 허무한의 아버지는 허무한이 잉태되기도 전에 자식이 가업, 그러니까 횟집을 물려받기를 원했다. 허무한의 어머니는 자식의 장래에 별다른 생각이 없었지만, 아마 조선소에서 일하지 않을까 하고 막연히 생각했었다. 하지만 허무한의 놀라운 재능을 보고, 허무한의 아버지는 생각이 완전히 바뀌었다.

"무한아, 니는 이 세상을 바꿔놓을 능력을 타고났다. 내가 뭘 해서라도 니는 서울로 보내야긋다. 니는 이런 촌구석에서 썩기에는 너무도 아깝다, 이 말이다."

그러나 도시로 유학을 다녀온 기억이 있는 허무한의 어머니는 다르게 생각했다.

"그냥 난 대로 사는 게 낫지. 되면 좋지만 안 되면 안 되는 대로. 너무 고민하지 마라."

사실 허무한의 어머니는 자식이 마법과 상관없는 삶을 살기를 원했다. 아마 그녀가 도시에서 건강을 해친 것도 이유일 것이라고, 허무한은 생각했다. 그녀의 탐탁잖음은 허무한의 아버지의 열정을 꺾을 만큼 강하지 않았다. 그리고, 당장 허무한부터가 아버지의 뜻에 찬동했다. 마력, 이 세상을 뒤트는 힘을 개발하여 커다란 도시로 떠나는 일은 어린 마법사에게 너무나도 매혹적으로 느껴졌던 것이다.

허무한의 아버지는 수많은 광어와 도다리와 우럭의 대가리를 베어 번 돈을 모조리 아들의 사교육에 투입했다. 허무한은 여러 과외 선생님을 만났다. 국어, 영어, 수학, 마법학…… 대부분 잠시 휴학하며 고향 창원으로 돌아온 서울의 명문대생들이거나, 혹은 지방 의대를 다니고 있는 학생들이었다. 따지고 보면 그들은 모두 병역이나 연애 문제 따위로 고민하는 평범한 20대 초반에 지나지 않았지만, 허무한은 그들을 진심으로 동경했다.

허무한은 서울로 가고 싶었다. 한국의 가장 위대한 도시. 허무한은 그곳에서 자신이 진정 빛날 수 있으리라고 생각했다. 그곳이야말로 자신에게 가장 어울리는 공간이라 믿었다. 19세의 허무한이 S대 응용마법학과에 합격했을 때, 그의 믿음은 확신이 되었다.

'허무한, S대 응용마법학과 전액 장학생으로 합격!'

허무한은 집 앞에 걸려 있는 커다란 플래카드를 휴대폰 카메라로 촬영했다. 서울에 집을 알아보러 가기 일주일 전이었다. 잔돌이 잔뜩 깔린 횟집 앞마당에서는 작은 잔치가 열리고 있었다. 자기 자식이 한국에서 제일 이름난 대학에 입학했다는 사실에 대단히 흥분한 허무한의 아버지가 동네 이웃들과 친척들에게 회와 술을 잔뜩 베풀었다.

사실 허무한의 목표는 더 높았다. 허무한은 S대 의대에 입학하여, 마법의학 전공의가 될 수도 있을 거라고 생각했다. 하지만 입시에는 언제나 무한한 변수가 있는 법. 허무한은 S대 응용마법학과 정도로 일단 만족하기로 했다. 전액 장학생이라는 타이틀이 그의 자존심을 충분히 세워주었다. 한 번 더

도전해볼 수도 있었겠지만, 입시를 한 번 더 치른다는 결정이 허무한에게는 끔찍하게 느껴졌다. 허무한은 빨리 서울로 올라가고 싶어 안달이 나 있었던 것이다.

허무한은 인스타그램에 방금 찍은 플래카드를 올렸다. 몇 분 지나기도 전에, 그와 인스타그램 맞팔을 맺은 신입생들이 라이크를 찍었다. 그들 중에 허무한과 비슷한 환경(그러니까 많은 사람이 이름도 모르는 촌구석에서 태어났다는 사실)을 공유하는 사람은 아무도 없었다. 허무한은 바로 그 점에 자부심을 느꼈다. 그는 스스로 자신을 개천에서 난 용으로 간주하고 있었다.

"무한아."

묘한 쾌감에 사로잡혀 있는 허무한에게 어머니가 다가와 말을 걸었다. 볼이 새빨개져 있던 그녀에게서 술 냄새가 났다.

"엄마. 술 마셨어?"

"그래, 좀 마셨다."

허무한의 어머니가 고개를 끄덕였다.

"아니, 엄마가 웬일로? 술 안 마시잖아."

허무한의 어머니는 마르고 병약한 사람이었다. 그녀는 대학생 시절에 건강을 잃었다. 그것이 당신이 내가 서울에 가는 걸 별로 좋아하지 않는 이유였으리라, 허무한은 그땐 그렇게 생각했다.

"네가 혼자 서울에서 산다니까 걱정이 돼서 그러지. 도시 사람들이 얼마나 계산적이고, 응, 자기밖에 모르는데."

"엄마. 걱정 마. 당연히 가서 잘하지. 내가 누구야. 허무한이 잖아, 수재. 나는 앞으로 기득권이 될 거라구."

허무한의 마지막 한마디를 들은 그녀의 얼굴에 알 듯 말 듯한 쓸쓸함이 스쳐 지나갔다. 하지만 들떠 있던 허무한은 그런 소소한 부분까지 눈에 들어올 리 없었다.

사실 허무한은 그렇게 말하는 어머니가 조금 한심하게 느껴졌다. 대학 생활 동안 도시로 나가는 데는 성공했지만 결국 이 동네로 돌아왔던 당신의 모습이, 허무한에게는 전혀 긍정적으로 여겨지지 않았다.

허무한이 눈길을 돌리자, 옆집에 사는 60대 아저씨가 넘어지는 모습이 그의 시야에 들어왔다. 옆에 있던 사람들이 어이구 어이구 하는 소리를 냈다. 불콰하게 취한 그는 테이블을 짚으면서 일어나다가, 한 번 더 엎어졌다. 테이블을 감싼 하얀 비닐이 미끄러지면서 그 위에 있던 잔들이 넘어졌다. 작은 난리가 일어나는 와중에, 허무한은 초고추장과 간장으로 얼룩진 비닐을 유심히 보았다. 이곳에 있는 사람들은 다들 비슷하게 늙어 있었고, 비슷하게 외로운 것 같았다. 허무한은 늙어 죽어가는 공동체의 시취를 느꼈다.

개강이 두 달 정도 남은 시점부터 허무한은 서울에 살기 시작했다. 허무한은 낙성대역 근처에 있는 한 다세대주택의 옥상에 있는 단칸방에 자리 잡았다. 주거 환경에 있어 아무리 포용적 태도를 견지하더라도, 허무한이 사는 방은 그만한 보증금과 월세를 주고 살 곳이 아니었다. 허무한은 당혹스러웠지만, 충분히 버틸 수 있었다.

한강……. 허무한이 사는 곳이 바로 한강이 흐르는 그 도시였기 때문이다. 허무한은 한강이라는 단어만 생각해도 마음이 들떴고, 동시에 아버지가 항상 하던 말이 기억났다.

"무한아, 너는 크게 될 인물이다. 니한테는 마력이 있다 아이가. 이 동네는 니한테 맞지가 않다. 그런 재능을 가지고 있는데, 니는 꼭 서울 가서 큰사람이 돼야 한다. 꼭 그럴 수 있을 기다."

허무한은 처음 한강을 보았을 때를 자주 회상하곤 했다. 처음 서울에 도착했던 그 순간을. 이름을 기억하지 못하는 대로 위에서, 아버지가 모는 차를 타고. 아버지는 차가 막힌다고 불평하고 있었지만 허무한은 아무 상관 없었다. 차가 멈춰버려도 크게 신경 쓰지 않았을 것이다. 한강과 그에 붙어 있는 이 아름다운 도시를 구경하는 데 정신이 팔려 있었기 때문이다.

이 이야기를 읽고 있는 당신은 한강 가까이에 사는가? 만약 그렇다면, 한강이 얼마나 넓은지 알고 있는가? 서울 같은 구조는, 그러니까 하나의 도시를 이토록 깊고 넓은 강이 관통하는 구조는 지구 전체에 극히 드물다. 허무한은 이 도시의 독특하고 아름다운 풍경을 사랑하지 않을 수가 없었다.

허무한은 자신이 살던 집(혹은 횟집) 바로 앞의 바다와 한강을 비교하지 않을 수가 없었다. 객관적으로 보자면, 허무한 집 앞의 바다가 더 넓기는 했다. 당연히, 바다니까. 하지만 그 바다는 영남의 다도해였다. 수평선은 작은 섬들로 가로막혀 있었다. 작은 섬들의 가장자리에는 석면 콘크리트로 지붕을 올린 오래된 집들이 놓여 있었다. 그 집에 사람이 살고 있는지 허무한은 모른다. 하여튼, 그 바다는 그렇게 '넓어' 보이지 않았다. 하지만 한강은 너무나도 거대해 보였다. 이 강을 둘러싼 그 키 큰 건물들 때문에 더욱더 넓어 보였다. 마치 허무한 자신이 가진 거대한 자아처럼.

그런 곳에서 지낼 수 있다면, 허무한은 자기가 사는 집이 비록 여름에는 더 덥고 겨울에는 더 추운 곳이라도 괜찮았다. 집에서 이름도 잘 모르는 벌레가 출몰하더라도 괜찮았다. 그런 일은 자신이 영광스러운 미래로 나아가기 위해 응당 통과해야 하는 영웅의 시련으로 느껴졌다. 허무한이 웬만하면 고향에 좀 더 있으라는 어머니의 권유를 마다하고 서울에 올라온 이유도 그 때문이었다. 조금이라도 더 빨리 서울에 가

살고 싶었으니까.

물론 그런 이유 말고, 표면적인 이유도 있었다. 허무한은 학기가 시작하기 전에 자기가 동기들과 미리 친해져야 한다고 주장했다.

대학 신입생들은 모두 대단히 들뜨게 마련이고, S대 응용마법학과의 신입생들도 마찬가지였다. 교류를 겁내거나 딱히 필요로 하지 않는 몇몇 학생을 제외한다면 대부분은 카카오톡의 오픈채팅방에 들어 있었고, 인스타그램 아이디를 공유했다. 그들 모두가 개강하고 나면 같이 수업을 듣고 학식을 먹을 친구들을 찾았다. 허무한도 당연히 그중 하나였다.

다행히 허무한은 인기가 없지 않았다. S대 응용마법학과 신입생 중에서도 그의 마법 잠재력은 특출났다. 사실, 허무한이 보기에는 '이 정도의 마력을 가진 사람이 응용마법학과에 들어올 수 있나?' 싶을 정도로 마력이 부족한 사람도 꽤 많았다. 그들은 미국의 AP 마법학을 미리 배우거나 하는 식으로 생기부를 잘 짜둔 사람들이었다. 그런 아이들이 드글거리는 판국이니, 생각도 못 한 환경에서 대입에 성공한 허무한의 출신 자체에 흥미를 느끼는 사람도 있었다.

그렇게 만난 신입생 중 두 사람이 허무한의 대학 생활에 중대한 영향을 미쳤다. 그 둘의 이름은 서지현과 이주영이다.

신입생들이 모여 술을 마시는 자리에서, 허무한은 둘을 처음으로 만났다. S대 근처의 한 어두침침한 술집이었다. 인스타그램이나 카카오톡 오픈채팅방에서는 이미 서로 모르는 게 없는 친구들처럼 굴던 새내기들은 현실에서 처음으로 마주하자 다들 수줍어했다. 그나마 같은 고등학교를 나온 애들끼리 알은척을 하기는 했지만.

허무한은 그중에서도 가장 수줍은 편에 속했다. 대체 이 사람들과 무슨 대화를 해야 할지 알 수가 없었다! 사실 그건 허무한이 동갑내기와 함께한 첫 술자리였다. 그 전까지는 아버지와 함께 몇 번 술로 입술만 적셔봤을 따름이었다. 허무한은 고향에서 친구가 별로 없었다. 별로 없을 수밖에 없었다. 허무한이 다니는 학교의 학생 수는 언제나 극도로 적었다.

바로 그때, 허무한 앞에 앉은 한 남자가 일어섰다. 그는 다크서클이 조금 진했는데, 앞에 앉기 전부터 얼굴에 계속 싱글거리는 웃음을 유지하고 있었다. 허무한이 느끼기에 그 웃음은 왠지 조금 돌아버린 것 같았는데, 곧 허무한은 자신의 예감이 틀리지 않았다는 것을 알게 되었다.

"여러분, 만나서 반갑습니다. 이주영이라고 합니다!"

그러더니 이주영은 오른손으로 소주병을 높이 들어 올렸다. 그리고 그는 병에 든 액체를 모조리 들이켰다. 그 나이 때만 할 수 있는, 나이를 감안하더라도 아무래도 좀 미쳐버린 행위를 다들 멍하니 바라보았다. 꼴깍, 꼴깍, 꼴깍. 곧 이주영은 다 마신 소주병을 다시 한번 공중으로 번쩍 치켜들었다. 선배 한 명이 그 행동을 막으려고 하다가 포기했다.

어쨌든 이주영은 자기를 희생하여 분위기에 불을 지피는 데는 성공했다. 새내기들은 아무 이득도 없이 오직 이주영의 간만 고통받는 그 행위에 열광했다. 그들은 익숙지도 않은 술을 즐겁게 들이켜기 시작했고, 처음 보는 얼굴들 앞에서 헛소리를 하였다. 몇몇은 아직 대학 생활을 제대로 시작하지도 않은 채로 벌써부터 크게 후회할 것이 빤한 일들을 저질렀을 테고.

허무한은 자기 앞에 앉는 이주영에게 물었다.

"그…… 괜찮으세요?"

자연스럽게 존댓말이 나왔다. 이주영이 시원하게 웃으면서 뭔가 말했는데, 이 난장판의 소음 때문에 허무한의 귀에는 그 말이 들리지가 않았다. 바로 그때, 이주영 옆에 있던 한 여자가 허무한에게 외쳤다.

"이 오빠! 원래 좀! 이상한! 사람이야! 신경 쓰지! 마!"

허무한은 그녀의 눈을 바라보았다. 그녀는 잠시 허무한의 두 눈을 지켜보더니 뭔가 생각났다는 듯한 표정을 짓고, 다시 한번 외쳤다.

"아, 알겠다! 너, 허무한이지!"

허무한은 고개를 끄덕였다.

"나는, 서지현! 우리 맞팔이잖아, 그렇지?!"

그제야 허무한은 그녀가 누구인지 알았다. 서지현과 허무한은 인스타그램에서 서로를 팔로우한 맞팔 관계였다. 서지현은 인스타에 딱히 무언가를 올리거나 하지는 않았지만, 종종 허무한의 글에 댓글을 달거나 스토리에 라이크를 찍고는 했다. 허무한은 열렬히 고개를 끄덕였다. 옆에서 이주영이 설명을 요구하는 표정으로 둘을 번갈아 바라보았다. 서지현은 이주영의 귀를 대고 무언가를 속삭였다. 이주영의 표정이 미묘하게 바뀌었다. 그는 허무한을 보고는 대단히 놀랐다는 듯이 말했다.

"오, 네가 허무한이구나. 그 A급 마법사?"

"어……."

허무한은 고개를 끄덕였다.

"크으, 우리 학과 최고 재능충이 여기 있었네?"

이주영은 웃으면서 자기소개를 시작했다. 허무한은 왜 서지현이 이주영을 오빠라고 불렀는지 곧 알게 되었다. 이주영은 재수를 해서 S대 응용마법학과에 들어오게 됐다고 했다. 그는 서울 목동의 토박이였고, 허무한이 처음 들어보는 외고 출신이었다. 몇 달이 지나서야 허무한은 그 학교가 대단히 이름난 학교라는 것을 알게 되었다. 대학교 교정에서도 그 외고의 잠바를 입고 다니면서 자기가 그 학교를 나왔음을 과시하는 학생들이 있을 정도로.

이주영은 자기가 재수를 하는 동안 하라는 공부는 안 하고 술을 잔뜩 마셨기 때문에 이렇게 소주를 들이켜도 아무렇지 않다고 자랑했다. 그게 왜 자랑거리가 되는지는 잘 모르겠지만, 어쨌든 그는 대단히 활달하고 과시적인 사람이었다. 앞에서도 말했듯, 그의 얼굴에는 그 출처를 알 수 없는 기묘한 자신감에서 비롯된 약간 미친 듯한 웃음이 언제나 떠올라 있었다.

서지현은 이주영의 고등학교 한 학년 후배였다. 이주영이 고등학교를 졸업할 때까지 둘은 서로를 몰랐다고 했다. 허무한이 이해할 수 없는 수준의 외향성을 발휘해서, S대 응용마법학과 1차 발표 이후 서로를 알게 되었고, 술자리가 있기 전부터 몇 번 서로 연락했다고 했다. 허무한이 보기에는, 서로 그렇게 친한 것 같지는 않았다.

이주영은 허무한에게 별 관심을 기울이지 않고, 자신에게 열광하는 다른 신입생들과 이야기를 나눴다. 하지만 서지현은 허무한을 알고 싶어 했다. 서지현은 허무한이 인스타그램에 올린 글을 보고 그가 재밌다고 생각했다고 말했다. 그녀는 강남에서 나고 자랐는데, 말 그대로 주변에서 허무한 같은 촌구석에서 살다 온 사람을 목격한 적이 없었던 탓이다. 물론 허무한도 그녀와 같은 출신을 공유하는 친구, 아니 지인이라도 가진 적이 전혀 없었다. 몇십 분 뒤, 객기를 부린 이주영이 완전히 정신이 나가 의자에 누워 골골대고 있을 즈음에, 허무한과 서지현은 긴 대화를 나누고 있었다.

허무한은 서지현에게 양식 광어와 자연산 광어의 배 색깔이 다르다는 걸 열렬하게 설명했다. 자연산 광어는 배가 희지만, 양식 광어는 배가 얼룩덜룩하다고. 서울로 올라오면서, 허무한 스스로 알고 있다는 티조차 내고 싶지 않던 지식이었다. 그 이야기를 듣고, 서지현은 웃으면서 말했다.

"오— 완전 바닷가 출신인데."

완전히 무장해제된 채로, 허무한은 함박웃음을 지을 수밖에 없었다. 바로 그때부터 허무한은 무의식중에라도 알고 있었을 것이다. 자신이 이 서지현이라는 사람을 대책 없이 좋아하게 될 거라는 사실을. 아니, 그 순간에 이미 그는 그녀를 좋아하고 있었을 것이다. 아마도.

허무한이 어째서 서지현에게 그토록 매료됐는지를, 어째서 허무한이 그렇게 서지현을 매력적인 사람으로 보았는지, 허무한이 살면서 서지현만큼 아름다운 사람을 만난 적이 없다는 사실을 어떻게 설명해야 할까. 어려운 일이다. 대학 새내기가 다른 환경에서 자라온 이성에게 느낀 매력을 어떻게 서술

하든 간에 한심한 주접처럼 보일 수밖에 없다는 사실을 알기 때문이다. 이 이야기를 읽고 있는 당신은 이렇게 생각할지도 모르겠다.

'하, 사랑에 빠진 청춘이란!'

그렇지만 당시의 허무한은 진실로 진실로, 서지현에게 매력을 느끼지 않는 것이 불가능했다. 그에게 서지현은 정말로 놀라운 사람이었다. 당시 허무한이 처한 상황을 고려했을 때, 허무한이 그녀에게 매력을 느낀 것은 운명적이었다. ……왜 그런지 이야기를 하려면 일단 새내기 때 허무한이 어떻게 생활했는지부터 이야기해야 한다.

이주영이 말했듯이, 허무한은 소위 학과 최고의 재능충이었다. 다들 애써 부정하려고 하지만, 이 이야기를 읽는 독자를 포함해서 모두가 알고 있을 것이다. 마법이라는 분야에서 재능이 노력에 언제나 우선한다는 사실을. 마법은 현실에 존재하는 가장 미약한 가능성을 현실로 만드는 기술이며, 이 비현실의 현실화에는 피에 흐르는 특수한 정수가 필요하다. 자신의 생물학적인 잠재력을 벗어나 현실을 조작하려는 시도는 생각지도 못한 부작용을 낳는다. 형편없는 마법사들이 전이술에 매료되어 억지로 공간을 비집는 틈을 만들다가 이차원으로 추방된다든가 하는.

허무한이 창조술 실습 I 과목을 수강할 때였다. 당시 실습

중 하나는 순수한 물을 창조하는 것이었다. 물은 창조술에 입문하고, 기초적인 원소를 만드는 데 성공하면 처음으로 제작을 시도하는 화합물이다. 그리고 절대 다수의 창조술 입문자들이 물 한 모금을 채 만들어보지 못하고 좌절한다. 창조술은 모든 마법 분과 중에서 가장 간단하지만 그만큼 가장 순수한 재능, 즉 마력을 요구하기 때문이다. S대 응용마법학과 학생들이라고 해서 다르지 않았다. 절반 이상의 학생이 물을 만드는 데 실패했다. 누군가는 무리하다가 위험할 정도의 수소 폭발을 일으키기도 했다. 그리고 허무한은 이론 설명을 듣고 5분 만에 500밀리리터의 물을 만드는 데 성공했다.

허무한은 20년 가까이 살았던 그 시골 동네에서 그랬듯이, 서울의 학생들 사이에서도 경이롭고 놀라운 존재였다. 동시에 시샘을 받는 존재이기도 했다. 그들은 어린 시절에 유학을 갔다 왔고, 허무한이 대학에 와서야 그 존재를 알게 된 마법 유치원을 다녔지만, 그럼에도 허무한의 발끝에도 따라올 수가 없었다. 꽤 많은 동기가 허무한의 마력을 동경하거나 질시하거나, 혹은 동경하면서 질시했다. 허무한은 그런 복잡한 감정이 담긴 시선을 즐겼다.

반면에 서지현은 별달리 신경 쓰지 않았다. 그녀는 B^0 등급의 재능을 가지고 있었다. 희귀하지만, 허무한처럼 대단한 수준은 아니었다. 물을 간신히 만들 수는 있고, 염력을 이용하여 10킬로그램짜리 물건을 공중에 띄우는 정도의 잡다한 일을 할 수 있는 정도. 그 이상의 응용마법들, 예를 들면 가까운 거리로 순간이동 하는 것 따위는 아주 오랫동안 노력해야 간신히 한두 개쯤 이룰 수 있는 힘.

그러나 그럼에도 서지현은 허무한의 힘과 자신의 힘을 비교하거나 하지 않았다. 바로 그 점에서, 허무한은 서지현에게 품위를 느꼈다.

품위. 인간이 가져야만 하는 위엄과 기품.

서지현을 만나기 전까지는, 허무한에게 자신을 정의하는 것은 오직 마력이었다. 허무한의 인생은 마력을 중심으로 돌아갔다. 허무한이 마력을 가지지 않았더라면 허무한은 그저 부모님의 인생을 답습했을 것이다. 애초에 그의 이름도 허무한이 아니었겠지. 허무한은 자기가 사는 동네를 벗어날 수도 없었을 것이고, 서울로 승천할 수도 없었을 것이다. 어릴 때부터 허무한은 항상 마력으로 인정받아야만 했다. 마력으로 인정받지 않는다면, 그는 아무것도 아니었다.

하지만 서지현은 허무한의 재능을 그냥 그가 가진 속성 중 하나로만 받아들였다. 다른 사람들은 허무한과 이야기할 때 그가 가진 마력만을 이야기했지만, 서지현은 허무한이 가진 다른 특성을 이야기했다. 서지현에 비해 비루하다고만 생각

되는, 나고 자란 그 죽어가는 시골 동네 이야기를 할 때, 서지현은 경청해주었다. 그 순간 허무한은 광어와 도다리와 우럭의 비린내에서, 초고추장과 회간장의 군내에서 잠시나마 자유로울 수 있었다.

허무한은 서지현이 품위를 지닌 존재이기에 그럴 수 있다고 믿었다. 서지현은 허무한처럼 어떤 재능을 발판으로 삼아 한 세계에서 도망칠 필요가 없었다. 세계에서 도망칠 필요가 없기 때문에, 서지현은 허무한이라는 인간의 비루함도 담담히 마주할 수 있다고 그는 생각했다. 그것은 허무한이 전혀 가지지 못한 재능이었다. 그것이 바로 허무한이 서지현에게서 느끼는 품위였다.

서지현과 가까워지면 가까워질수록, 허무한은 서지현과 같은 품위가 가지고 싶었다. 하지만 어떻게 그런 품위를 가질 수 있을까? 그것이 첫 학기 내내 허무한을 사로잡은 고민이었다.

허무한은 이주영과도 계속 가깝게 지냈다. 이주영은 서지현과는 또 다른 방식으로 허무한의 재능에 대해 별다른 관심이 없는 듯했다. 이주영은 그냥 놀고 술을 마시는 걸 아주 좋아했다. 허무한은 중고등학생 시절 누리지 못한 가벼운 일탈의 즐거움을 이주영과 함께 놀면서 배워나갔다.

언젠가 그는 허무한에게 창조술로 술을 만들 수는 없는지 물어보기도 했다. 물론 허무한은 에탄올을 창조할 수 있었다. 하지만 술은 단순히 에탄올과 물을 합친 게 아니라, 여러 성분이 든 매우 복잡한 혼합물이다. 그렇게 복잡한 혼합물을 오직 마법만으로 만들어내려면 뛰어난 마력을 가진 사람이 오래도록 노력해야 한다. 하여튼, 허무한은 도대체 어떻게 이주영이 자신이랑 같은 학교에 입학할 수 있었는지 가끔 의아해하고는 했다.

허무한은 이주영의 그런 헛소리를 무시하면서 앞서 말한 품위의 문제에 대해 계속 고민하고는 했다. 그가 얼마나 그런 고민을 지고 살았냐면, 이주영과의 술자리에서 어떻게 서지현과 같은 품위를 갖출 수 있는지 질문을 던질 지경이었다. 그리고 생각보다 이주영은 허무한에게 그럴듯한 답변을 내려 주었다.

이주영은 이렇게 말했다.

"무한아. 환경은 어쩔 수 없는 거야. 지현이가 너랑 그렇게 친하게 지내주는 것만으로도 감사해야지. 걔 아빠는 교수고 엄마는 의사잖아. 친척 중에 고위 공무원도 있고, 반포 고급 아파트에서 살고. 걔는 21세기 대한민국의 귀족이야, 귀족."

"형, 그게 제가 말한 품위랑 대체 무슨 상관……."

이주영은 허무한의 말을 끊고 나섰다.

"상관이 있지, 왜 없냐? 봐, 네가 말한 품위가 뭐냐, 콤플렉스가 없다는 거 아니냐. 자기 인생에 흠잡을 게 없으면 남이랑 굳이 비교할 필요가 없지. 비교할 필요가 없으니까 남한테도 관대하고. 그런데 지현이는 딱히 꿀리는 거 없이 좋은 환경에서 살아왔으니까 콤플렉스가 없는 거지."

"제가 무슨 콤플렉스가……."

이주영이 코웃음을 쳤다.

"너는 시골 출신인 게 콤플렉스잖아. 거기서 벗어나고 싶어서 발버둥 치는 거 아냐?"

정곡을 찔린 허무한은 잠시 침묵했다. 그는 이주영이 맥주를 마시는 모습을 물끄러미 바라보다가 말했다.

"그럼 저는 지현이처럼 될 수 없나요? 계속 콤플렉스를 지고 살아야만 한다면……. 저도 그렇게 되고 싶은데……."

"너는 지현이처럼 되고 싶은 게 아니라, 그냥 걔를 좋아하는 거야. 근데 걔한테 안 된다는 자격지심으로 가득 차 있으니까, 솔직하게 좋아한다 말하지 못하고 품위니 뭐니 이상한 핑곗거리를 찾는 거고."

이주영은 고개를 절레절레 저으면서 말했다.

"야, 우리 같은 사람한테 확실한 건 돈뿐이다. 품위 같은 건 타고나는 거니까, 돈이라도 많이 벌어라. 그러면 자신감이 생기겠지. 너한테 필요한 건 자신감이야, 자신감."

따지고 보면, 이주영과 허무한은 절대 '같은 사람'이 아니었다. 이주영은 서울 목동에서 태어나 살아온 전형적인 서울의 상위 중산층이었다. 그러나 그 순간에 허무한은 이주영에게 동질감 비슷한 어떤 감정을 느꼈다. 허무한은 말했다.

"그래요? 근데 제가 알바를 하긴 하는데 사실 그것만으로는……."

"돈이 안 된다. 그 말이지?"

허무한은 고개를 끄덕였다.

"그럼, 너 내 동생 과외나 해라."

"과외요?"

"그래. 올해 고1인데……. 안 그래도 걔한테 마법학 가르치던 과외 쌤이 갑자기 군대 갔거든. 너라면 또 형이 믿을 수 있지 않겠냐."

정말 합리적인 제안이라고 허무한은 생각했다.

이주영과 술을 마시고 딱 일주일 뒤, 허무한은 이주영의 동생 이준과 처음으로 과외수업을 하게 되었다. 이주영의 어머니는 허무한을 아파트 현관에서 기다리고 있다가 그를 보자마자 기뻐하면서 말했다.

"아유, 선생님이 그 희귀한 A급 마법사라면서요? 주영이한테 이야기 많이 들었어요."

허무한은 그제야 이주영이 그 특유의, 얼굴에 항상 떠올라 있는 약간 핀트가 나간 듯한 미소를 자기 어머니에게서 물려받았다는 걸 깨달았다.

"어, 엄밀히 말하자면 A‐급입니다만……."

이주영의 어머니는 마법부 표준 등급 따위에는 별다른 신경을 쓰지 않는 듯했다. 허무한을 자기 집 안으로 데리고 간 그녀는, 작은 방의 책상 앞에 앉아 있는 이준을 가리켰다. 이준은 허무한에게 별반 신경 쓰지 않고 테이블 위에 놓여 있는 열대 과일 조각을 깨작깨작 씹어 먹고 있었다.

"준아. 인사해야지."

"안녕하세요."

그제야 이준은 아무런 흥미가 느껴지지 않는 목소리로 말했다. 이준은 이주영과 외모는 굉장히 비슷했는데, 풍기는 분위기는 전혀 달랐다. 이준에게는 이주영에게서 언제나 느껴지는 그 들뜸이 없었다. 이준의 자세는 왠지 구부정했고, 무표정한 얼굴에는 왠지 모를 음울함이 감돌았다. 이주영의 어머니는 신나게 말했다.

"선생님, 준이가 공부는 잘하는데 마법에 통 관심이 없어요. 그래도 제가 보기에는 흥미만 좀 깨워주면 잘할 수 있을 것 같거든요. 우리는 조선 시대부터 마법사 가문이었어. 선생님만큼 재능이 특출나지는 않지만. 저도 B+급이긴 하거든요."

이거 너무 진부한 대사 아닌가 하고 허무한은 생각했다. 우리 아이가 똑똑하기는 한데 노력을 안 해요. 우리 아이가 마력만큼은 확실한데 마법에 큰 관심이 없어요. 허무한은 본능적으로 자기도 진부한 대답을 하는 편이 바람직하리라는 것을 알아차렸다.

"마법도 노력하는 만큼 나오는 거니까 흥미만 생기면 저보다도 잘할지 몰라요, 어머니."

이주영의 어머니가 웃으면서 고개를 끄덕였다.

"아유, 역시 그렇죠? 선생님, 수고하세요. 저는 선생님을 전적으로 믿고 맡기겠습니다. 주영이가 선생님이 아주 믿음직한 사람이라고 말했거든요. 또, 전액 장학생이라면서요? 얼마나 대단하신 분이야. 수고해, 아들."

그러고 나서 이주영의 어머니는 방문을 닫고 나갔다. 허무한은 미소를 지으면서 뚱한 표정의 이준에게 손을 내밀었다.

"반갑다. 허무한이라고 해. 이름 특이하지?"

이준은 침묵하면서 허무한의 손을 맞잡았다. 악수를 끝낸 허무한은 웃으면서 메고 온 가방을 내려놓았다.

"기초부터 한번 해보자."

허무한은 가방에서 마법학 개론서와 양동이를 꺼내 책상 위에 올렸다. 허무한은 양동이 위에 손을 대고 정신을 집중했다. 보라색 빛이 잠시 피어오른 다음, 양동이에 깨끗한 물이 차올랐다. 허무한은 이준을 보고는 말했다.

"자, 한번 갈라볼래?"

"뭘요?"

이준은 어이가 없다는 듯 말했다. 허무한은 당혹스러웠다. 무슨 이런 질문을 하고 있지? 당연한 거 아닌가? 물을 가르는 것은 가장 기초적인 수준의 마법이다. 예전에는 이 마법을 점을 치는 데 쓰곤 했다. 이제 양동이에 담긴 물 따위가 미래를 보여주진 않는다는 게 드러났지만. 그래도 힘을 다루는 방식을 연습하는 데는 이만큼 유용한 것이 없다. 그것은 상식이다.

"이거, 물."

"그걸 왜 갈라야 하는데요?"

"그냥 네가 지금 얼마나 마력을 능숙하게 다룰 수 있는지 확인해보기 위해서야. 너무 부담 갖지 말고 한번 해봐."

이준은 건성으로 양동이에 손을 갖다 댔다. 양동이의 물은 미동도 하지 않았다.

"아…… 못 하겠어요."

이준은 하품을 했다. 허무한은 이준에게 마력이 없는 건지 의지가 없는 건지 혼란스러웠다.

"정말 못 하겠어?"

"네. 이런 거 할 줄 몰라요, 저는……."

잠시 어색한 침묵이 둘 사이를 휘감았다. 이준이 먼저 입을 열었다.

"쌤, 롤 하세요?"

"어? 가끔 하긴 하는데…… 잘 못해. 골드야."

이준의 표정이 처음으로 조금이나마 밝아졌다.

"전 플래티넘이에요. 주 챔이 뭐예요? 저는 야스오."

허무한은 혼란스러웠다. 이렇게 집중을 안 할 수가 있나? 첫날은 원래 기분을 맞춰줘야 하는 걸까? 평소에 게임을 그렇게 즐기진 않았지만, 그날은 한 시간 반 동안 그 게임 이야기를 하면서 허무한은 이준의 비위를 맞춰주었다.

수업을 세 번 정도 하고 나서야 허무한은 마침내 깨달았다. 이준에게는 마법사가 될 자질이 아예 없었다!

허무한이 보기에, 이준은 마법부 표준으로 NULL 등급에 속했다. NULL 등급은 최소한의 마력을 가진 D 등급보다 오히려 드물다. 절대다수의 인구를 차지하는 D 등급의 인간은 현실에 어떤 영향을 끼칠 만한 마법을 결코 다룰 수 없으나, 최소한 마력을 본능적으로 느낄 수는 있다. 마법 에너지가 집중된 곳에서 이유 모를 섬뜩함을 느낀다든지 하는 것 말이다.

하지만 이준에게는 그만큼의 민감함도 없었다. 이준은 마력과 관련된 유전자가 아예 없는 듯했다. 이렇게 심각한 종류의 마법 불감자는 꽤 드물다. 허무한은 의문을 품었다. 부모가 둘 다 B⁺급의 마력을 가지고 있는데 어떻게 이럴 수가 있지? 어쩌면 이준은 허무한과 비슷한 사례인지도 몰랐다. 허무한은 부모가 마력이 없는데 A⁻급의 재능을 타고나지 않았나.

자질도 자질이지만, 이준에게는 열정도 없었다. 이주영의 어머니는 자기 자녀에 대해 뭔가 단단히 잘못 알고 있는 것 같았다. 이준은 마법학을 제외한 공부(그러니까 국영수)에도 전혀 관심이 없었다. 이준은 대학이나 미래 따위에는 별반 관심이 없는 고1이었다.

세 번째 날에, 허무한에게 경계를 어느 정도 푼 이준은 기지개를 켠 다음 이렇게 말했다.

"쌤. 저는 제가 아무 노력 없이 공부를 잘하게 된다고 해도 싫어요. 쌤처럼 막 재능이 개쩔어서 마법을 쓸 수 있게 된다고 해도 싫을 거예요."

"왜? 공부 잘하고 마력이 있어서 나쁠 건 또 뭐냐."

"우리 아빠가 의사거든요? 마법의학 의사. 교수예요. 마법도 잘 쓰고. 근데 아빠 사는 거 보니까 사는 게 사는 게 아니에요. 급한 환자만 생기면 쉬다가도 뛰어나가야 하고, 피도 엄청 봐야 되고, 평생 공부해야 하고. 공부 잘해서 얻는 게 평생 공부하고 고생해야 하는 직업이에요? 아, 전 개싫어요, 진짜."

"흠……. 그럼 넌 커서 뭐 하고 싶은데?"

"그런 게 있어야 하나요?"

"하고 싶은 게 있으면 좋지."

"몰라요. 나이 들면…… 뭐, 자살하지."

이준은 자살이란 단어가 마음에 드는 듯 피식 웃었다.

"무슨 말을 그렇게……."

허무한은 당황스러웠지만, 또 마음 한구석에서는 이준이 배부른 소리를 하고 있다고 생각했다. 유복한 집안에서 태어나, 대충 놀고 싶을 때 놀면서 살아도 앞날 걱정이 크게 없으니 별문제 없이 그런 로직으로 삶을 살아갈 수 있다고.

어쩌면 그냥 그렇게 넘어갈 수도 있었을 것이다. 일은 편하고, 과외비는 두둑했다. 일이 편하다 말다 할 것도 없었다. 일주일에 두 번 이준의 집으로 출근하고, 이준이랑 잡다한 주제로 편하게 이야기를 나누면 끝이었다. 그러다가 이준이 자살 운운하면 달래는 척을 하고. 이주영의 어머니는 허무한이 이준을 어떻게 가르치는지 감시하거나 관심을 가지지 않았다.

그리고 허무한은 그때 깨달았다. 양심의 가책이란 게 생각보다 훨씬 더 인간을 괴롭게 한다는 사실을. 이주영의 어머니가 그를 위해서 준비해놓은 간식을 볼 때마다 허무한은 민망했다. 편안한 마음으로 이준과 농담을 따먹다, 집으로 돌아가면서 '이래도 되나?' 하는 생각이 떠오를 때마다 죄책감이 들었다. 솔직하게 말하고, 진지하게 과외를 그만두는 것이 나을까 싶기도 했다.

하지만 그 돈으로 고향에서 결코 누릴 수 없는 것을 누리는 것은 즐거웠다. 서울에서만 누릴 수 있는 즐거운 문화생활, 값비싼 음식들, 가끔은 호텔에서 보내는 하룻밤까지. 허무한의 부모는 결코 몰랐을 무언가.

그리고 가장 중요한 것은 자신감이었다. 돈은 허무한의 열등감을 보완해주었다. 허무한은 서지현 앞에서 좀 더 당당해질 수 있었다. 그 덕분에, 허무한은 죄책감을 견딜 수 있었다.

아홉 번째 과외가 끝나고, 좀 더 놀라운 제안을 받기 전까지는.

과외를 끝마치고 허무한이 현관에서 신발을 신고 있을 때, 이주영의 어머니가 다가왔다. 이준은 이미 방문을 닫고 자기만의 세상에 빠진 지 오래였다.

"선생님 오늘도 수고하셨어요. 자……. 이거 받아요."

그녀는 허무한에게 흰 봉투를 건넸다. 그것을 받아 들자, 곧바로 두툼한 돈 봉투라는 것을 알 수 있었다. 과외비는 이전에 벌써 받았는데? 허무한이 의아한 표정으로 바라보자, 그녀는 씩 웃으면서 말했다.

"식사 잘 챙기고 다니셔야죠. 보너스예요."

"아……."

"어때요, 준이는? 잘하고 있죠?"

허무한은 잘 막고 있던 죄책감이 마음속에 엄습하는 것을 느꼈다. 허무한은 아무것도 모르는 듯한 그녀의 미소를 보고는, 이준의 마력에 대해서는 솔직해져야 한다고 생각했다. 마법학 이론은 가르칠 수 있지만, 없는 마력을 일깨워줄 수는 없다고.

"저, 어머니. 드릴 말씀이 있는데…… 잠시 나가시죠."

"음?"

그녀는 별말 않고 대문 밖으로 허무한을 따라왔다. 문을 닫은 다음, 허무한은 한번 심호흡하고 나서 말했다.

"어머니. 사실…… 준이는 마력이 전혀 없습니다. 알고 계셨는지 모르겠는데……. 죄송합니다. 미리 말했어야 했는데……. 저는……."

허무한은 눈을 내리깔았다. 이주영의 어머니는 웃으면서 허무한의 한쪽 어깨에 손을 올렸다.

"알고 있었어요, 선생님."

"예?"

"준이 마력이 완전 제로라는 거, 내 배 속에 있을 때부터 알고 있었지. 산부인과에서 바로 검사해주는데 어떻게 그걸 몰라."

"어, 그럼 왜 저를……."

그녀는 한 걸음 가까이 다가온 다음, 속삭였다.

"선생님, 혹시…… 우리 준이한테 헌혈해줄 수 있을까요? 값은 아주 두둑하게 치를게요."

허무한은 경악한 눈으로 그녀를 바라보았다. 그녀가 무엇을 요구하는지 알고 있었기 때문이다.

당연하지만, 그녀가 말한 '헌혈'은 단순한 피의 전달을 이야기하는 것이 아니었다.

인간 마력의 근원은 'Plasma Potentiale', 혹은 '역장(力漿)'이라는 이름의 체액이다. 이 보랏빛 액체는 마법적 재능이 있는 사람의 골수에서 정제해낼 수 있다. 그 역장의 유전적 특성에 따라, 개인의 마력에 대한 민감성과 마력을 다룰 수 있는 잠재력이 결정된다.

20세기에야 발견된 역장에 대한 인간의 이해는 아직 초보적인 수준이지만, 그래도 몇 가지 사실은 알려져 있다. 한번 손실된 역장은 몹시 느리게 재생된다. 강력한 마력을 가진 사람일수록 역장 재생이 느리고, 역장이 손실됐을 때의 신체적 후유증도 크다.

그리고 몇 가지 방법을 사용하면, 역장은 이식 가능하다. 마력도 그에 따라 옮겨 간다. 이는 20세기 후반에 들어서야 밝혀진 사실이고, 허무한도 알고 있었다. 하지만 역장 이식은 당시까지만 해도 대부분 이론의 영역에만 머물러 있었고, 실제로 시행된 적은 거의 없었다(허무한은 그렇게 알고 있었다). 이에 어떤 부작용이 수반되는지 허무한은 전혀 알지 못했다.

그리고 그녀는 허무한에게 그 마법의 근원을 판매할 것을 청하고 있었다.

허무한의 역장을 이식받으면 이준도 거의 비슷한 수준의 마력을 가질 수 있게 된다. 물론 허무한도 그만큼 마력을 잃을 것이다. 아마도, 언젠가는 마력이 재생되는 것으로 알려져 있지만, 그래도 그동안 허무한은 자신의 힘을 포기할 수밖에 없을 것이다. 이런 식의 역장 이식은 합법도 불법도 아닌 어떤 회색 경계에 있었다.

이주영의 어머니는 허무한에게 8000만 원을 제시했다. 촌구석에서 온 20대 초반의 대학생에게는 평생 모아도 모을 수 없을 것만 같은 큰돈이었다.

허무한의 피. 허무한의 마력. 허무한의 잠재력.

그것은 평생 허무한을 지탱해온 힘이었다. 그것은 허무한의 자존심의 근원이었다. 허무한은 작은 어촌 동네에서 자라면서, 그 마력을 딛고 새로운 삶으로 나아갈 수 있을 거라고 생각했다. 그 마력이 그를 광어와 도다리와 우럭의 비린내에서 해방시켜줄 것이라고 생각했다. 인구 절벽으로 말라죽어가는, 아니 이미 죽어버린 동네에서 자신의 힘만으로 탈출할 수 있을 것이라고 굳게 믿었다.

허무한은 거절해야만 했다. 자신이 거절할 수 있을 것이라고 믿었다.

허무한과 이주영은 항상 모이는 술집의 구석 자리에 앉아 있었다. 이주영은 소주를 맥주잔에 따랐다. 그리고 젓가락으로 몇 번 잔 속을 찔렀다. 맥주와 소주가 섞이면서 거품이 잔 안에 차올랐다. 이주영은 잔에 든 소맥을 한 모금 삼켰다. 허무한은 그 앞에서 케첩이 과도하게 뿌려진 계란말이를 깨작였다.

"그러니까 우리 엄마가 피를 팔라고 했단 말이지."

이주영이 말했다. 허무한이 고개를 끄덕였다.

혼자 고민하는 것보다는 이주영에게 직접 말하는 편이 좋을 거라고 허무한은 생각했다. 괜히 아무 말도 없이 과외를 그만뒀다가, 이주영의 어머니가 이주영에게 무슨 말을 할지 모르는 것 아닌가? 그래서 허무한은 그렇게 했다. 그러자 이주영은 곧장 허무한을 술집으로 불렀다.

"사실 우리 엄마답다는 생각도 든다. 나는 그냥 내가 열심히 살 테니까 준이는 인생을 즐기게 두는 편이 좋다고 항상 말했거든. 솔직히 준이가 성격도 좀, 불안정하기도 하고. 그런

데 우리 엄마는 아들내미를 잘나가는 마법사로 만들지 않으면 그냥 참을 수가 없는 사람인 게지. 미안하다. 괜히 이런 데 휘말리게 해서."

이주영이 백날 술만 처마시러 다니는 걸 생각하면 어이가 없는 말이었다. 열심히 살긴 뭘 열심히 살아? 하지만 굉장히 혼란스러운 상태의 허무한에게, 그 순간 이주영은 생각이 깊은 남자처럼 느껴졌다.

"아니에요. 할 수 있는 말이라고 생각하고……. 또, 생기부에 들어가는 과제 같은 걸 저한테 대신 해달라고 하신 것도 아니잖아요."

이주영은 고개를 끄덕였다. 허무한은 말을 이었다.

"준이 착한 앤데 앞으로 못 보게 돼서 아쉽네. 가끔 안부 전해줘요. 오늘 얘기는 하지 말고."

이주영이 당황스럽다는 듯 답했다.

"아니 왜? 피를 팔든 말든. 우리 엄마가 피 안 주면 과외 그만하라고 하디? 야, 진짜 우리 엄마가 그럴 사람은 아니다."

허무한은 고개를 저었다.

"아, 물론 피 안 팔면 과외 끊겠다고 하신 건 아니지만 그래도 마력 없이 마법 이론을 배우는 건 정말 쉽지 않은 거고……. 솔직히 준이가 이론 공부를 원하지도 않는 것 같고 잘 가르칠 자신도 없어요."

그렇게 말은 하고 있었지만, 허무한은 당황스러웠다. 정말 이토록 사람이 순진할 수 있을까? 이주영의 어머니는 대놓고 허무한에게 피를 팔라고 청한 사람이다. 피를 주지 않고도 계속 일하게 둘 거라고 믿는 게 가당키나 한가? 자기 가족이라 판단력이 흐려졌나? 허무한은 그런 생각을 하면서 한숨을 쉬었다. 이주영이 머리를 긁적였다.

"흠……. 그렇단 말이지. 야, 그럼 너 돈은 어떡하냐? 준이 과외하는 게 금전적으로는 딴것보다 훨씬 괜찮잖냐. 너도 인스타 보니까 생활이 확 핀 것 같던데."

허무한은 그제야 맥주를 한 모금 마신 다음 말했다.

"사실 그 돈 없어도 버틸 만해요. 그치만……."

이주영이 다 안다는 듯 허무한의 어깨를 한 번 툭 쳤다.

"지현이 때문이지?"

허무한이 고개를 끄덕였다.

허무한이 가장 무서워한 것은 서지현에게 쓸 수 있는 돈이 줄어드는 것이었다. 당연히 그녀가 허무한에게 무언가를 요구한 것은 아니었다. 그러나 허무한은 언제나 그녀의 수준에 스스로를 맞춰야 한다고 생각했다. 먹고 즐기는 것, 누리는 것. 아무리 그렇게 한다 하더라도 정신적으로 그녀를 따라갈 수는 없겠지만, 물질적인 것이라도 맞추고 싶었다…….

그리고, 이 서울에서, 이 찬란한 도시에서 사람들이 즐기는 것을 서지현에게도 주고 싶다는 것이 허무한의 욕망이었다. 좋은 곳에서 끝내주는 경험을 선물하고 싶었다. 물론, 서지현에게는 그런 것이 너무나 일상적이었을 테지만……. 그러려면 돈이 필요했다. 돈. 허무한이 언제나 풍족하게 가질 수 없었던 것.

이전에는 스스로도 잘 모르고 있던 욕망이었다. 하지만 한번 자신의 욕망을 정확히 알게 된 이상, 허무한은 자기가 예전으로 돌아갈 수 있을지 의심스러웠다.

"그래, 그래. 이해한다. 지현이가 현대의 귀족이지. 그런 사람들은 어쩔 수 없이 귀티가 묻어나잖아? 사회대 애들 하는 말로 따지자면, 문화 자본이 있다고나 할까? 지금이야 지현이도 신입생이니 너랑 사귀면서 잘 지내는 거지. 뭐, 네가 매력이 있다 쳐! 근데 대학 오면 수많은 사람을 만날 수밖에 없잖아. 그중에 돈도 있고, 매력도 가진 사람이 없을까?"

허무한은 세수하듯 얼굴을 한번 쓸어내렸다. 부모님이 원망스러웠다. 그는 토해내듯이 말했다.

"맞아……. 형. 어떻게 해야 할까요? 전……."

이주영은 잠시 생각하는 듯하더니 조심스럽게 말했다.

"그, 역장을 한번 뽑아도 재생은 되는 거지?"

허무한은 멍한 채로 이주영의 눈을 바라보다가, 고개를 끄덕였다.

44

"진짜로 거절해도 되는데, 그냥 말해보는 거다. 기분 나쁘면 말해. 한 번만 좀 팔아보는 건 어떠냐? 그럼 너도 좋고, 준이도 좋고, 우리 엄마도 좋은 거 아냐?"

한 번만?

한 번만.

한 번만.

그 목소리가 허무한의 머릿속에서 메아리쳤다. 허무한의 눈동자가 흔들렸다. 허무한은 되뇌었다. 어차피 A⁻급이다. 마력이 떨어진다고 해도 여전히 내 능력은 출중하다. 어차피, 어차피, 어차피 역장은 회복된다. 시간은 좀 걸리겠지만……. 그래도 아예 재생 불가능한 것을 판매하는 건 아니다.

인간은 얼마나 자기 합리화를 잘하는 족속인가.

이틀 뒤 허무한은 역장을 팔겠다고 이주영의 어머니에게 연락했다.

시술소의 위치와 시술할 시간을 안내받는 데까지는 한 달 정도의 시간이 걸렸다. 역장 이식이 하도 인기라서, 일정을 잡기가 쉽지 않았다고 이주영의 어머니는 말했다.

시술소는 영등포의 구석진 주택가에 있었다. 외관은 허무한이 사는 오래된 다세대주택과 별다른 것 없어 보였다. 하긴 여기서 불법 시술을 하고 있다고 간판을 달고 광고를 할 수는 없는 노릇 아닌가. 그래도 걱정하지 않기는 힘들었다. 위생이 괜찮긴 한 건지 의심스러웠다.

"들어가요, 쌤."

허무한이 멍하니 있자, 옆에 있던 이준이 말했다.

"아, 아. 그래."

"괜찮으신 거죠? 쌤. 싫으면 그만둬도 돼요. 괜히 엄마가 이상한 말 해서……."

"난, 난 괜찮아. 가자."

허무한은 고개를 끄덕이고, 급하게 문을 열고 안으로 들어섰다. 이준에게 자신이 동요하고 있다는 사실을 드러내고 싶지가 않았기 때문이다.

시술소 내부는 치과의 시술실을 적당히 떼다 옮긴 것 같았다. 두 개의 수술대가 방 중앙에 있었고, 그 옆에는 엑스레이 사진이 떠 있는 모니터와 컴퓨터가 설치되어 있었다. 정향 냄새가 허무한의 코끝을 간질였다.

곧 머리가 희끗희끗한 남자 한 명이 들어왔다. 그 남자는 이주영 아버지의 친구라고 했다. 그는 대단히 인자하게 생겼다. 만약 바깥에서 마주쳤다면, 허무한은 그가 불법 시술로 생계를 꾸린다고는 절대 믿을 수 없었을 것이다.

의사가 허무한과 이준을 번갈아 가리키면서 말했다.

"거기, 그쪽이 기증자? 이 학생이 수여자고?"

"예."

"기증자가 이 침대에 엎드려요. 세 시간 정도 걸릴 거야. 특히 기증자는 사흘 정도는 누워만 있어야 하고……."

"네? 누워만 있어야 한다고요? 그럼 어떻게 집으로 돌아가나요?"

허무한이 질문하자, 의사가 당연한 걸 묻는다는 듯이 피식 웃었다.

"무슨 집 같은 소리를 하고 있네. 여기 2층이 회복실이야. 빨리 엎드리기나 해요. 시간 없으니까."

의사는 어떤 부작용이 있는지도, 허무한이 앞으로 몸을 어떻게 관리해야 하는지도 알려주지 않았다. 의사는 그저 수술대를 가리킬 뿐이었다.

허무한은 엎드렸다. 의사는 한번 잔기침하고는, 허무한이 상의를 벗도록 했다. 그러는 동안 시술을 보조하는 듯한 사람이 한 명 들어왔다. 의사는 허무한의 등을 소독했다. 그 절차는 상당히 기계적으로 진행되었다.

"자, 그럼, 좀 따끔합니다."

소독 직후, 준비되었다는 말도 하지 못한 채로, 허무한은 아래쪽 허리 정중앙을 칼로 쑤시는 듯한 날카로운 통증을 느꼈다. 따끔하다고?! 비명을 지르지 않을 도리가 없었다.

"허억!"

"가만, 가만히 있어요. 하반신 마비되고 싶어?"

허무한은 의사가 자신의 등을 누르고, 척추뼈 틈 사이로 바늘을 밀어 넣는 것을 명확하게 느낄 수 있었다. 예상했던 것보다 훨씬, 훨씬 더 아팠다. 이 모든 것에 대한 후회가 허무한의 머릿속을 장악했다. 그냥 과외고 뭐고 때려치울걸. 이게 뭐 하는 개고생이지? 허무한은 이를 악물면서 생각했다. 아니야, 이 모든 것은 다 가치 있는 일이야. 그 돈이 있으면, 자신 감을 얻을 수 있을 거야. 괜찮은 남자가 될 수 있을 거야. 준이도 내 덕에 마법에 대한 새로운 자질을 깨칠지 모르잖아?

그다음에 찾아온 감각은 생경한 것이었다. 허무한은 태어날 때부터 자기 속에서 흐르던 어떤 힘이 빠져나가는 것을 느꼈다. 천천히……. 천천히. 그것은 그가 잉태되는 그 순간부터 가지고 있던, 현실을 조작할 수 있는 힘이었다. 그의 자존심과 긍지의 근원이었다.

더 이상 견딜 수 없다고 소리 지르기 직전, 허무한은 기절했다.

가장 먼저 허무한이 느낀 감각은 허리에 남은 지끈거리는 통증의 앙금이었다. 그다음으로 허무한이 느낀 감각은 낯선 이불의 촉감이었다. 허무한이 눈을 떴을 때 그는 자기가 침대 위에 있다는 것을 알았다. 허무한은 자기 허리에 여전히 구멍이 뚫려 있다는 의사의 경고를 가까스로 기억해냈다. 함부로 움직이면 그 구멍으로 남아 있는 역장이 질질 새어 나갈지도 몰랐다.

허무한은 고개를 돌려서 자기가 있는 공간이 어딘지 파악해보았다. 이곳은 허름한 입원실 같았다. 적어도 개인실이기는 했다. 창문 밖으로는 영등포 주택가의 혼잡한 광경이 보였다. 시술소의 2층임이 틀림없었다. 역장 이식 시술이 끝나고, 혼절한 그가 입원실로 이송된 것이었다. 아마 여기서 상처가 아물 때까지 기다려야 하겠지. 그건 예상 밖이었지만······.

그보다 더 중요한 것이 있었다. 허무한은 손을 공중으로 들어 올렸다. 검지와 중지만 뻗친 채, 그곳에 힘을 집중해보았다. 곧 현실이 언제나처럼 그의 의지에 복종했다. 익숙한 감각대로, 검지 끝에서 타닥거리는 불꽃이 피어올랐다. 허무한이 팔을 움직이자, 그의 손가락이 그리는 궤도를 따라서 공중에 불꽃의 선이 만들어졌다. 허무한은 그 선으로 간단한 마법진을 허공에 그려보았다.

그리고 허무한은 강렬한 현기증을 느꼈다.

가만히 누워서 어지러움을 느끼는 것은 대단히 독특한 경험이었다. 무언가 잘못되었다는 느낌이 들었다. 허무한은 반사적으로 여덟 살 때의 기억을 떠올렸다. 그때 어린 허무한은 마법 서적에서 본 순간이동 마법을 막 따라 쓰려고 했다가 이와 비슷한 고통을 느꼈다. 당장 조절할 수 있는 수준을 벗어나 현실을 조작하려고 하자 신체에 피드백이 돌아오는 것이었다. 허무한은 다급히 마법 시전을 중단했다. 그는 눈을 감고 어지러움을 참아냈다.

평소라면 이런 마법진을 그리는 것쯤이야 아무렇지도 않았다. 그럴 수가 없었다. 허무한에게 마력은 우리를 감싸고 있는 대기만큼이나 자연스러운 것이었다. 하지만 바로 그 순간, 현실은 허무한의 뜻대로 자신을 뒤틀기를 거부했다.

그때, 허무한은 침대를 타고 오는 진동을 느꼈다. 그제야 허무한은 옆에 자기 휴대폰이 있다는 것을 알았다. 휴대폰에는 다음과 같은 알림이 와 있었다.

우리WON뱅킹

[입금] 수고요쌤   80,000,000원

계좌번호 10**-****-*********

허무한의 손이 떨렸다.

허무한은 자기 마력의 근원을 팔았다. 그의 세상을 떠받치던 지지대를 팔아넘겼다.

솔직히 말해서, 그렇게 어려운 일은 아니었다고 허무한은 생각했다. 어차피 이번 한 번뿐이지 않은가? 그 돈으로 할 수

있는 게 너무나 많았다. 그의 마력의 근원은, 자존심은, 세상의 가장 굳건한 지지대는 언젠가는 다시 재생될 터였다. 마법을 아예 쓸 수 없는 것도 아니었다. 이렇게 쉬운 일이었는데, 무엇하러 고민한 걸까? 허무한은 웃었다. 아무런 걱정 없이 그렇게 웃음을 지어본 적이 언제였는지 도저히 기억할 수가 없었다.

언젠가 서지현이 허무한에게 지나가듯 가족과 보낸 주말을 이야기한 적이 있었다. 가족끼리 미리 예약해둔 식당에서 식사를 한 다음에, 오페라 〈마술피리〉를 보러 갔다고 했다. 그녀는 아무 생각 없이 한 말이었겠지만, 허무한에게는 그것이 너무나 놀라운 일이었다.

허무한은 부모님과 오페라를 보러 간다는 걸 도저히 상상도 할 수 없었다. 그에게 있어 가족의 문화생활은 기껏해야 1년에 한 번쯤 다 같이 천만 관객이 봤다는 영화를 보러 가는 것 정도. 허무한은 그것 또한 서지현과 자신의 진정한 차이라고 생각했다. 돈— 그래, 돈 벌기 정말 힘들지만 허무한도 일확천금할 수는 있었다. 그러나 서지현이 가지고 있는 문화 예술에 대한 익숙한 태도와 심미안은? 그건 평생에 걸쳐 훈련되어야 얻을 수 있는 자원이었다. 그리고 허무한이 아무리 노력하더라도, 허무한의 가족까지 그런 자원을 함께 얻을 수는 없는 법이었다.

허무한은 오페라를 즐길 수는 없었다. 그래도 다행히 뭘 먹을 수는 있었다. 척추에 난 상처가 아물고 난 다음, 허무한은 가장 먼저 서지현이 가족들과 갔다는 그 식당부터 예약했다. 한 끼 식사를 위해서라고는 믿기지 않는 돈이 들었지만 괜찮았다. 그는 서지현에게 당당히 식사를 사겠다고 말했다.

역장을 팔고 2주쯤 지나서, 둘은 강남에서도 특히 고급스러운 빌라들이 밀집한 동네의 식당을 찾았다. 척 봐도 고급스러운 회색빛의 식당 앞에 섰을 때, 허무한은 약간 움츠러드는 마음을 티 내지 않으려고 애써야 했다.

둘은 안내된 테이블에 앉아 잡다한 대화를 나누었다. 서지현은 2주일 전에 무엇 하느라 학교도 빠지고 연락도 잘 안 됐느냐고 다시 한번 물었다. 허무한은 마침 그때 유행하고 있던 아주 고통스러운 독감에 걸렸다고 다시 한번 말했다. 서지현은 자신도 독감에 걸렸다며, 정신이 혼미할 정도로 아팠다고 말했다. 서지현은 왜 자기를 부르지 혼자 앓았느냐고 허무한을 탓했다. 서지현이 자신을 신경 써주는 건 허무한에게 정말 좋은 일이었지만, 그는 타는 듯한 갈증을 느끼고는 물을 벌컥벌컥 마셨다.

채소 마흔아홉 종의 이파리가 하나씩 들어가 만들어진 샐

러드를 썹어 먹고 있을 때, 서지현이 말했다.

"야. 그런데 웬일로 이렇게 돈을 써?"

물론 서지현이 허무한의 주머니 사정을 모를 리가 없었다.

"그냥, 곧 시험이잖아. 가끔 사치도 하고 싶은 거지."

서지현은 깔깔 웃었다. 서지현은 모르고 있었을 테지만, 그 웃음은 허무한에게 1,000킬로그램의 백금 주괴를 주어도 바꿀 수 없을 만큼 귀한 것이었다.

"덕분에 나는 맛있는 밥 같이 먹네. 고마워. 잘 먹을게."

허무한의 등에 식은땀이 흘렀다. 허무한은 물잔에 손을 갖다 댔다. 잔은 텅 비어 있었다. 허무한은 지나가는 웨이터에게 물을 청했다. 웨이터가 잔에 물을 따르는 모습을 주의 깊게 보고 있던 서지현이 말했다.

"물 안 만드네?"

예상치 못한 질문을 듣고 허무한은 당황했다. 허무한은 서지현을 바라보았다.

"응?"

"아니, 평소에는 그냥 물 직접 만들어서 마시잖아. 그런데 지금은 안 그러네?"

"아, 그런가?"

"야, 너 손 떨려. 다 나은 거 맞아?"

허무한은 모른 척 웃었다. 서시현한네 '그럼, 내가 피를 팔

아서 그래'라고 말할 순 없었으니까. 별것 아닌 것처럼 보이고
싶었으니까.

　서지현의 지적은 정확했다. 역장을 뽑은 이후로, 허무한의
마력은 확연하게 줄어들었다. 평소에는 너무나 간단하게 할
수 있던 것들도 노력이 필요했다. 예를 들면, 물을 만드는 것.
원래는 손가락을 까딱하기만 하면 허공에서 물을 만들어낼
수 있었다. 하지만 이제, 물을 만들면 피로감이 몰아쳤다. 그
래서 그는 식당에서도 직접 물을 만드는 대신, 웨이터에게 물
을 달라고 청한 것이었다.
　원래 허무한이 시전하는 데 신경을 써야 했던 마법은 이
제 쓰려고 하면 '이건 위험하다' 하는 생각이 본능적으로 들
었다. 자신의 생물학적 한계를 벗어나 현실을 조작하려고 할
때 생기곤 하는 강력한 부작용이 발생할 것만 같았다. 특히
물질을 순간이동 시키는 것은 정말로 위험하게 느껴졌다. 언
젠가, 허무한은 멀리 있는 물건을 습관적으로 자기 앞으로
전이시키려고 한 적이 있었다. 그때 허무한은 온몸이 저릿하
면서 어딘가로 빨려드는 느낌을 받았다. 만약 조금만 더 무
리했다면, 허무한은 상상도 할 수 없는 이차원의 공허 어딘
가로 떨어져 실종되었을 터였다.
　그래도 여기까지는 전부 허무한이 예상한 대로였다. 역장

을 뽑았는데 마력이 그대로 남아 있을 거라고 생각할 만큼 허무한이 바보는 아니었다. 허무한에게 이는 8000만 원이라면 충분히 감내할 만한 불편함이었다. 그리고 마력이 아예 사라진 것도 아니었다. 허무한은 B⁰급 정도의 힘은 여전히 쓸 수 있었다. 이 정도면 그래도 꽤 드문 수준이었다.

진짜 문제는 허무한의 몸이 이전보다 확연히 나빠졌다는 것이었다. 뭘 먹어도 소화가 잘 안 됐고, 가만히 있으면 손이 떨렸다. 가끔은 심각한 편두통이 찾아왔다. 이명이 전조가 되어 10초간 울리고 나면, 관자놀이를 찢어발기는 듯한 통증이 닥치면서 시야가 두 개로 갈라졌다. 그러다 한번 쓰러질 뻔하고 난 다음에야, 허무한은 병원에 가기로 마음먹었다.

우선 허무한은 마법의학과 병원을 찾았다. 그의 증상을 듣고 몇 가지 검사를 거친 다음, 의사는 대뜸 이렇게 물었다.

"쯧, 최근에 역장을 뽑았죠?"

"어……. 네."

허무한은 부정했어야 했다. 하지만 의사가 너무 당연하다는 듯이 말했기에 그는 거짓말을 할 수가 없었다. 의사는 혀를 끌끌 차고는 말을 이었다.

"요즘 학생 중에 함부로 피 팔고 아프다고 하는 사람들 많은데……. 그거 때문이에요."

"죄송한데 선생님, 역장이랑 몸 아픈 거랑 무슨 상관인가요?"

"학생. 역장이 생리적으로 아무런 기능을 하지 않는다고는 하지만, 그건 이론상으로만 그런 거고. 애초에 우리가 역장에 대해 아직 모르는 게 많아요. 하여튼, 마력을 가진 사람은 본능적으로 자신의 신체 일부를 마력으로 지탱하게 되어 있어요. 탈이 난 부분을 현실 조작으로 때우는 거지. 뭐, 예를 들면, 관절이 닳으면 그만큼 마력으로 신체를 지탱한다든지. 그런데 갑자기 마력이 사라지면 어떻게 되겠어요? 때우던 부분이 다 드러나겠지?"

"아……."

"보니까 힘도 꽤 많이 뽑아 썼나 본데……. 왜 그랬어요?"

"음…… 그냥 사정이 있어서……."

"사람 몸에서 역장을 뽑으면 무슨 부작용이 생기는지는 아직 아무도 몰라. 마력이 강하면 특히 그렇고. 학생, 보니까, 꽤 잠재력이 있는 거 같은데. 왜 그런 위험한 일을 해서 스스로를 위험에 빠뜨려요?"

추궁하듯 묻는 의사 앞에서 허무한은 아무 말도 하지 못했다.

"이건 뭘 해서 되는 게 아니고 자연 재생력에 맡겨야 해요. 보조제 처방해줄 테니까……. 마법은 절대 쓰지 말고 푹 쉬세요. 일단 최소한의 역장이 다시 생성될 때까지는."

허무한도 마음 같아서는 그러고 싶었다. 문제는 실습을 동반한 기말고사가 코앞이었다는 점이다.

앞서 한 번 언급한 대로, 허무한은 전액 장학생이었다. 이 전액 장학금은 당연히 공짜로 주어지는 것이 아니었다. 그는 매 학기 꽤 높은 학점을 받아야 했다. 실습 과목에서 아주 높은 학점을 받지 않으면, 그는 장학금을 유지할 자신이 없었다. 허무한이 이론 과목에서 그닥 퍼포먼스가 좋지 않았기 때문이다.

가장 큰 장벽은 영어였다. 대부분의 수업은 다짜고짜 영어로 진행되었다. 고향에 있을 때는 허무한은 스스로가 영어를 잘하는 편이라고 생각했다. 사실은 이렇게 생각하기도 했다. 나는 마법뿐만이 아니라 어학에도 재능이 있는 게 아닐까?

알고 보니, 고향에서 허무한이 받은 영어 사교육은 입시(특히 수능)에 최적화된 영어의 파편에 불과했다. 허무한은 영어로 말하고 쓰는 능력은 아예 없었고, 듣기 또한 쉽지 않았다. 그러니 당연히 영어 강의를 잘 이해할 수가 없었다.

처음에, 허무한은 다른 동기들이 그 모든 영어 강의들을 수월하게 수강하는 걸 이해할 수 없었다. 그들도 다 자신과 비슷한, 수능을 위한 영어 공부를 해왔을 텐데. 허무한의 노력이 부족했던 것일까?

하지만 놀고먹으려고 학교를 다니는 것 같던 이주영조차

허무한보다 영어를 능숙하게 해냈다. 흔한 영재들의 일화처럼, 이주영이 새벽에 몰래 나머지 공부를 한다고 생각할 정도로 허무한이 바보는 아니었다. 그가 다니는 S대 학생 중 40퍼센트가량이 외국에 6개월 이상 체류한 경험이 있다는 사실을 알고서야 허무한은 깨달았다. 언어 공부에 있어서 노출만큼 중요한 것은 없다는 것을. 뭐, 결국 그런 식이었다.

허무한은 실습 시험에 참여해야 했다. 그럴 수밖에 없었다. 그래도 허무한에게는 여전히 B^0급 마력이 있으니까. 한 번 마법을 쓴다고 뭐, 머리가 터져버리거나 하겠어? 별문제 없을 거야, 아마도. 그런 식으로 허무한은 자위했다.

실습 과목은 창조술이었다. 그래도 허무한이 꽤 자신 있다고 생각하는 분야였다. 문제는 소금, 그러니까 NaCl을 만드는 것이었다. 채점 기준은 소금 결정의 순도와 형태였다. 어렵지 않았다. 허무한은 정신을 집중했다. 그의 손끝에서 소금 결정이 조금씩 자라났다. 그는 엄지손가락 마디 하나만 한 소금 결정을 조심스럽게 접시 위에 올려놓았다. 이틀 밤을 연달아 새운 것 같은 피로감이 몰려왔다. 옆에서 자신을 바라보는 동기들의 눈빛이 느껴졌지만, 허무한은 신경 쓰지 않았다. 서둘러 실습실을 나섰다.

집에 반쯤 도달했을 때 허무한은 이명을 들었다. 지긋지긋한 편두통의 전조였다. 곧 관자놀이에다가 대못을 박는 듯한 통증이 찾아왔다. 그야말로 세상이 새하얗게 변하는 듯한 고통을 느끼면서, 허무한은 급히 편의점에 들어가 맥주를 한 캔 샀다. 집에 도착한 뒤엔 맥주를 곧장 들이켜고 스무 시간을 푹 잤다.

바로 다음 날 성적 조회 사이트에서 허무한은 실습 시험의 점수를 확인할 수 있었다. 허무한이 받은 학점은 C였다.

두통에 시달리면서, 허무한은 메일로 교수에게 항의했다. 왜 자신과 비슷한 퍼포먼스를 보인 다른 학생들은 괜찮은 학점을 받았는데, 나는 이 꼴이냐고 말이다. 교수의 답변은 대충 다음과 같이 요약할 수 있었다. 허무한은 다른 학생들보다 뛰어난 마력을 가지고 있다. 타고난 마력이 상대적이기 때문에, 똑같은 퍼포먼스를 보여도 다른 학점을 줄 수밖에 없다는 것이다.

문제는, 교수는 자신의 마력 등급을 A^-라고 알고 있겠지만 허무한은 이제 B^0 정도의 마력밖에 가지고 있지 않다는 사실이었다.

허무한은 당장에 답장을 쓰기 시작했다. 그렇다면 타고난 환경은? 마력만 타고나나? 다른 환경적 요소도 채점하는 데 고려해야 하는 것이 아닌가? 나도 돈만 있다면 이렇게 역장을 팔 필요도 없었을 텐데. 역장을 팔지만 않았으면 개좆같은 단순한 징제염이 아니라, 온갖 미네랄이 든 천일염을 만들 수도 있다고…….

……당연히 그는 그 메일을 보내지 못했다. 애초에, 역장을 판매하는 것이 학교에서 참작될 리가 없었다. 다른 이론 과목과 합산하여, 어떻게 계산을 해봐도 학점이 장학생 자격 기준을 넘지 못했다. 허무한은 400만 원을 학교에 뜯길 위기에 처했다.

400만 원……. 사실 그리 큰돈은 아니었다. 허무한의 통장에 있는 돈을 생각하면 더더욱. 처음에는 그냥 역장을 판 돈으로 대충 때우고, 한 학기는 쉬면서 영어 공부나 할까 생각했다. 그가 다시는 장학금을 받을 수 없는 것도 아니었다. 학사 경고를 받은 건 아니니까. 다음 학기에 다시 자격 기준을 넘기면, 전액 장학생으로 돌아갈 수 있었다. 이런 데 한 번 실패했다고 인생이 망가졌다고 믿을 정도로 허무한이 얼간이는 아니었다.

허무한은 한 학기를 쉬기로 마음먹었다. 허무한은 휴학계를 냈다. 휴학에는 본래 지도 교수 상담이 필요하다는 게 교칙이었지만, 지도 교수는 묻지도 따지지도 않고 서명해주었다. 거기까진 그래도 꽤 괜찮아 보였다. 어쨌든 그의 수중에는 8000만 원이 있었으니까…….

다만 모든 것이 허무한의 계획대로 돌아가지는 않았다. 그의 지도 교수가 자신의 의무를 아예 방기하지는 않았기 때문이다. 그 교수는 허무한의 부모에게 허무한이 휴학계를 냈다는 사실을 문자메시지로 알리고, 혹시 무슨 일이 있는 건 아니냐고 물었다. 대학생들이 성인인 척하는 청소년에 가깝다는 걸 생각하면 그 교수는 나름대로 자기 할 일을 한 것이었다. 하지만 허무한은 부모가 자신이 휴학했다는 사실을 알기를 결코 바라지 않았다.

허무한은 아버지의 전화를 받았다. 그의 아버지는 걱정스러운 목소리로 왜 휴학했느냐며, 서울로 찾아가겠다고 말했다. 허무한이 그 순간 느낀 감정은 어이없음이었다.

허무한의 부모님이 서울로 찾아오기로 한 날이 왔다. 허무한은 먼지 구덩이가 된 방에 대책 없이 누워 있었다. 좀 치워야 한다고 생각할 법하련만, 갈수록 심해지는 신체적 후유증 때문에 그는 손끝 하나 움직이고 싶지 않았다.

온몸이 두들겨 맞은 것처럼 아팠다. 그제야 허무한은 자신이 신체를 얼마나 함부로 다루며 마력으로 조절해왔는지 깨달았다. 나쁜 생활 습관으로 구부정해지는 자세를 염력으로 붙잡고, 이주영이랑 술 마시느라 속이 쓰릴 때는 위산을 전이술로 제거하고…… 그 모든 게 허무한 자신도 모르는 사이에 이루어지고 있었던 것이다.

"무한아, 허무한!"

문밖에서 익숙한 목소리가 들려왔다. 아버지였다. 허무한은 답하지 않았다. 그의 아버지가 문을 두드리는 소리가 들렸다.

"무한아, 엄마야. 문 좀 열어봐. 안에 있는 거 다 알아."

……왜인지 모르겠지만, 어머니를 무시하는 건 쉽지 않았다. 허무한은 천천히 몸을 일으켰다. 그는 다시 한번 편두통의 전조가 되는 이명을 들었다. 울리는 머리를 부여잡은 채로 문을 연 다음, 허무한은 책상 앞의 의자에 앉았다. 반년만에 보는 그의 부모가 서 있었다. 허무한은 생각했다. 이런 모습으로 만날 거라고는 생각을 못 했는데.

"집 안 꼴이 이게 다 뭐야. 아이고……."

어머니가 거의 본능적으로 집을 정리하는 동안, 아버지가 선 채로 물었다.

"니 한번 말해바라. 왜 휴학계 냈노?"

측두엽을 숟가락으로 떠내는 듯한 두통을 느끼면서 허무한은 대충 답했다.

"그냥 쉬고 싶어서요."

"니가 쉬고 뭘 할 낀데. 그런 건 우리랑 먼저 이야기를 했어야지!"

"저도 이제 성인이에요. 휴학계 좀 낼 수도 있지."

"그래, 그럼 이제라도 계획을 말해바라. 이번 해에 이제 뭐

할 낀데?"

"……돈 벌 거예요. 서울 오니까 돈이 필요한 데가 너무 많아요."

대충 둘러댄 말이었다. 허무한에게는 그냥 휴식이 필요했다. 그는 고요한, 아주 고요한, 모든 것에서 단절된 휴식을 누리고 싶었다……. 하지만 그걸 알 리가 없는 허무한의 아버지는 어이가 없다는 듯 답했다.

"돈이 필요하면 그냥 말을 하면 됐을 거 아이가! 휴학 취소해라. 우리가 돈 줄게."

허무한은 어이가 없다는 듯 말했다.

"무슨……. 돈이 그냥 마련이 돼요?"

허무한은 집안 사정을 뻔히 알고 있었다. 장학금을 받는다고 해도, 서울에서의 생활비를 지원해주는 일이 부모님께 부담이 된다는 것도 그는 잘 알았다.

"그런 건 따지지 말그라. 니는 그냥 열심히 공부만 해라. 그러면 다 알아서 잘 풀릴 낀데……."

그 말을 듣고, 허무한은 웃었다. 예상치 못한 허무한의 반응을 보고 그의 아버지는 침묵했다. 허무한은 말했다.

"아빠. 제가 여기서 본 게 뭔지 아세요? 공부만 한다고 다 된다? 진짜 그랬으면 좋을 텐데. 아니에요. 그런 거 없어요. 제 마력, 축복이라고 생각했던 마력이 저주였어요. 차라리 아무 힘도 없이 태어났으면 더 좋았을 텐데."

"니…… 무슨 말을 하는 기고?"

허무한은 침묵했다. 허무한의 아버지가 말을 이었다.

"……일단 내려가서 이야기하자. 고향에서 너무 멀리 떨어져 살아가 힘든 거 아이가. 나온나."

허무한의 아버지가 그의 손을 붙잡았다. 허무한은 아버지의 체온이 불쾌하게 느껴졌다.

"나가세요."

허무한은 일어서면서 두 손을 앞으로 뻗었다. 동시에 그의 앞쪽에 보랏빛 선이 나타났다. 그 선에서, 마력으로 이루어진 불꽃이 피어오르기 시작했다. 허무한의 아버지가 뒷걸음질쳤다.

"나가라고!"

"야가 왜 이라노!"

어머니도 가세해서 뭐라고 떠들어댔지만, 이제 허무한의 귀에는 아무 말도 들어오지 않았다. 허무한은 아직 이렇게 마법을 쓸 준비가 전혀 되어 있지 않았다. 허무한은 아랫배에 불이라도 난 듯한 강렬한 통증을 느꼈다. 그 작렬하는 고통은 곧바로 전신으로 퍼져나갔다. 허무한은 기침했고, 자신의 피에서 나는 비린내를 맡았다.

마법 부작용이었다. 한때 허무한을 떠받치던 마력이 이제 그를 배신하고 있었다……. 허무한은 피를 토하면서 쓰러졌다. 그의 어머니가 비명을 질렀다.

얼굴에 있는 모든 구멍에서 전부 피를 흘리면서, 허무한은 가장 가까운 대학병원으로 실려 갔다. 응급실 의사는 허무한을 척 보자마자 무슨 일이 일어났는지 전부 파악했다. 의사는 허무한이 역장을 팔았고, 그 때문에 심각한 부작용을 앓고 있다는 사실을 그의 부모에게 낱낱이 고했다.

허무한은 입원했다. 역장 생성을 가속하는 실험적인 시술에, 마법 부작용으로 엉망이 된 몸을 재건하는 치료까지, 의사는 최소한 1개월은 입원해서 집중적인 치료를 받아야 한다고 말했다. 몇몇 시술은 보험 처리조차 되지 않았다. 아마 그비용은 허무한이 역장을 팔아 얻은 돈의 액수를 뛰어넘을 터였다. 이번에 허무한은 6인실에 입원할 수밖에 없었다.

하루가 꼬박 지나고 나서야 허무한은 안정을 찾았다. 멍하니 누워 천장을 바라보고 있는 허무한 옆에 그의 어머니와 아버지가 앓는 표정으로 앉아 있었다. 천장을 멍하니 바라보다가, 허무한이 먼저 말을 꺼냈다.

"화나셨죠. 죄송해요. 제 통장에 8000만 원 있어요. 그걸로 치료비 쓰면 되니까, 돈 걱정은 너무 안 하셔도 될 것 같아요."

곧 아버지가 말했다.

"무한아, 돈이 문제가 아이다. 내가 니한테 묻고 싶은 건 하나다. 계속 말했다 아이가. 마력은 니가 가진 최고의 재능이다. 니 동기들을 봐도 안다 아이가. 서울에서 났든 안 났든, 그건 다른 사람이 따라 할 수가 없는 기다. 근데 그걸 니 스스로 남한테 팔아뿌면 우짜노……."

"아빠. 저도 한때는 그렇게 생각했어요. 그런데 중요한 건 마력이 아니에요. 가장 중요한 건 어떤 환경을 누리면서 살아왔느냐는 거지."

"무한아……. 나는 니가……."

허무한은 아버지 말을 끊고 물었다.

"우물 안의 개구리는 불행할까요?"

"야가 갑자기 머라카노."

"우물 안에 사는 개구리는 자기 처지가 나쁘지 않을 거예요. 거기는 매일매일 축축하고 먹을 것도 충분할 테니까요. 뭐가 불만이겠어요. 그런데 이 개구리를 우물 밖으로 데리고 나오면 그때부터 불행이 시작되는 거예요. 우물 밖의 드넓은 세상과 우물 안을 비교할 수밖에 없겠죠. 아무리 우물 밖에서 오래 살아도, 우물 안에서 가졌던 습성을 완전히 버릴 수도 없고요. 그 중간에서, 그 중간에서 살아갈 수밖에 없어요. 우물 밖에도, 안에도 속하지 않은 채로."

허무한은 한숨을 쉰 다음 말을 이었다.

"날 때부터 마력이 없는 게 더 나았을 거예요. 그럼 괜히 아빠가 기대하지도 않았을 테고. 별 의미도 없는 사교육에 그렇게 올인할 이유도 없었고요. 저는 날개를 달고 태어난 우물 안의 개구리였어요. 날개가 없었으면 행복했을 텐데."

"니는 개구리가 아니라 사람이다. 한 번 사는 인생, 넓은 세상을 봐야지."

허무한의 아버지는 그렇게 말했지만, 그도 자기가 하는 말에 그렇게 자신이 있는 것 같지는 않았다. 허무한의 거창한 미래를 말할 때는 언제나 그의 목소리에 힘이 가득했었는데, 그 순간 허무한의 아버지는 완전히 풀이 죽어 있었던 것이다. 허무한은 그 상황이 왠지 희극적이라고 생각했다.

어머니가 끼어들었다.

"무한아. 그럼 내려가자."

"응?"

"무한아. 나도 네가 하는 말에 공감하거든. 네가 힘들다면 그냥 내려가도 되지 않을까 싶어."

"근데 그것도 사실 잘 모르겠어. 엄마. 나는 이미 봐버렸는걸……."

그때, 허무한의 침대에 또 다른 사람의 그림자가 비쳤다.

"안녕하세요? 무한이 부모님이신가요?"

서지현, 허무한이 그토록 동경하고 사랑하던 그녀였다. 그녀는 옆머리를 귀 뒤로 넘기면서 허무한의 부모에게 인사를 한 다음, 탐스러운 과일 바구니를 침대 옆의 서랍장에 올려놓았다. 서지현은 허무한을 걱정스럽게 바라보며 말했다.

"괜찮아?"

그 순간만큼은, 허무한은 확실히 괜찮았다. 그녀가 가까이에 있을 때, 허무한은 자신의 존재가 환히 빛나는 느낌을 받았다. 설령 그 광휘가 자신의 콤플렉스라는 그림자를 더욱 강렬히 드리우게 할지라도.

"네, 무한이 학교에서 잘해요. 이번에는 그냥 실수했던 것 같고요……. 너무 걱정 안 하셔도 될 거 같아요. 저희 아버지가 이쪽 분야 연구하는 교수신데……. 요즘은 역장 추출 후유증도 회복 가능하다고 하거든요."

서지현이 웃으면서 말하자, 허무한의 아버지는 안도했다.

"글나? 아이고, 나는 무한이가 어디 잘못될까 봐 어찌나 걱정했는지."

서지현이 고개를 끄덕인 다음 미소 지었다. 그 미소를 보고 있자 허무한은 모든 것이 아무래도 괜찮은 것만 같았다.

"저, 그럼. 제가 무한이에게 따로 좀 할 말이 있어서."

"아, 그래. 알겠어. 당신, 나갑시다."

"아니, 내가. 어, 음."

허무한은 자기 부모가 안절부절못하면서 나가는 것을 보고는 오랜만에 마음 편히 웃었다. 서지현은 입원실 밖으로 그의 부모를 따라 나가 배웅한 다음 돌아왔다. 서지현은 그의 옆에 앉으면서 핀잔을 주었다.

"어휴, 바보야. 너 저번에 독감 걸렸다고 한 거, 그때 역장 뽑은 거지?"

"아…… . 그게……."

"야, 내가 네 사정을 뻔히 아는데. 뭔가 이상하더라. 왜 그런 거야?"

"미안해. 그냥……."

허무한은 마음속에서 터져 나오는 진심을 최대한 숨기려고 노력하면서 말했다.

"너한테 뭔가 해주고 싶었어."

허무한을 바라보는 서지현의 얼굴에는 진심 어린 걱정이 깃들어 있었다. 허무한은 우울한 목소리로 말을 이었다.

"이렇게 될 줄은 몰랐어. 솔직히 말해서 네가 다시는 연락 안 해도 이상하지 않다고 생각했어. 이제 나는 마법도 뭣도 없잖아. 역장 팔아서 번 돈도 다 날렸는걸. 미안해……."

서지현이 어이가 없다는 듯 웃었다.

"무슨, 미안하긴 뭐가 미안해. 나한테?"

허무한은 아무 말도 하지 못했다. 어떤 말이라도 꺼냈다가는 서지현에게 자기 진심을 들키지 않을 도리가 없었다. 서지현이 말했다.

"아, 알겠다. 너 나 좋아하니까? 그래서 뭐라도 좋고 그럴듯한 걸 해주고 싶었는데 이렇게 돼서 미안하다. 이거지?"

서지현은 아무렇지도 않게 말했지만 허무한은 그 순간 세계 전체가 뒤흔들리는 느낌을 받았다. 그는 생각했다. 이주영이 서지현에게 말한 건가? 아니, 그 형이 그럴 사람은 아닌 것 같은데. 허무한은 흔들리는 세상의 초점을 가까스로 맞춘 다음 말했다.

"티가 나?"

서지현이 고개를 끄덕이고는 물었다.

"내가 그렇게 바보 같니?"

"아니……. 아니. 티가 났구나. 그래. 티가 났어……. 티가 다 났구나. 그래……. 맞아. 네 말이 맞아. 맞는데. 그래서, 그냥. 너한테 수준을 맞춰서, 그런 경험을, 선물하고 싶었어. 그랬던 거야. 그래서 그랬는데……."

서지현이 고개를 저었다.

"야, 너 결혼정보회사 직원이라도 되니? 뭐 우리 나이가, 지금 조건 따져보고 만나고 그럴 땐가?"

"아……. 응?"

"그런 생각 안 해도 돼. 무한아, 난 그냥 너란 사람 자체가 좋은 거야. 네가, 마력이 대단히 뛰어나다든지 무슨 조건이 좋다든지 해서 가까이 지낸 게 절대 아냐. 그것도 모르니?"

"뭐라고?"

허무한은 되물었지만, 서지현의 말을 이해하지 못해서 그런 것이 아니었다. 허무한은 단지 그녀가 한 말을 믿기 힘들었을 뿐이었다. 그 찰나의 순간에, 허무한은 자신이 느끼던 그 모든 콤플렉스가, 자격지심이 얼마나 비루했는지 수천 번을 되새겼다. 그 고통스러운 반복의 끝에는 도저히 이루 말할 수 없는 감격이 있었다.

허무한은 다시 한번 서지현에게서 빛나는 품위를 보았다. 그 태양보다 찬란히 빛나는 품위는 그의 콤플렉스라는 추악한 본그림자조차 씻어내고 있었다. 허무한은 금붕어처럼 뻐끔거렸다. 무슨 말을 해야 할지 알 수가 없었다.

그래서, 서지현이 먼저 입을 열었다.

"일단 그런 거 생각은 하지 말고. 먼저 네 몸부터 회복해야겠다."

허무한은 그조차도 너무 자비롭다고 생각하고는 고개를 끄덕였다. 그녀가 허무한에게 얼굴을 가까이하더니, 목소리를 낮추고 속삭였다.

"역상은 말이야. 내가 근처에 좀 알아봤거든……."

"응, 어, 응……."

허무한은 멍하니 자신이 세상에서 가장 아끼는 존재를 바라보았다. 그 인간을 초월한 아름다움을 뽐내는 존재는 입을 열어 놀랍게도 인간의 언어로 말했다.

"요즘은 동남아 쪽에서 역장을 몰래 수입해서 쓰기도 한대. 가격은 훨씬 싼데, 품질에 차이도 없다는 거야. 하긴 당연하지! 뭐, 솔직히 좀 불안할 수도 있겠지만, 너한테 주사하는 거라면 당연히 잘 알아볼 거니까 걱정 안 해도 되고……."

서지현이 싱긋 웃고는 말했다.

"지금 네가 겪고 있는 게 역장 추출 후유증이잖아? 그래서 그만큼 빠진 힘을 보충해주면 금방 회복될 거야. 물론 네 거만큼 뛰어난 역장은 찾기 힘들겠지! 그래도 뭐라도 넣어주는 게, 안 넣는 것보다는 훨씬 낫대……. 말만 하면 일주일 안에 준비된다니까……. 이번에는 너무 부담 가지지 말고."

빛으로 가득 차 있던 허무한의 세계가 급격히 원래의 그림자를 되찾았다. 어둠과 고통이 지배하는 세상 전체를 가득 메운 비린내를 맡으면서, 허무한은 물었다.

"그, 지현아. 내가 역장을 팔아서 이렇게 된 건 알고 있지?"

"어, 왜?"

"나는 다른 사람 역장 같은 거 사고 싶지 않아. 나도 뽑으면서 그렇게 고통스러웠는데, 다른 사람도 매한가지일 거야."

"에이, 그렇게 생각할 필요는 없어. 거기 사람들도 다 자기가 원해서 그런 건데 뭘. 팔 수 있어서 다행이라고 생각하는 사람들도 많을걸. 다 돈 주고 사는 건데 뭐가 나빠."

허무한은 서지현에게 묻고 싶었다. 어떻게 그렇게 품위 없는 말을 할 수 있냐고. 돈으로 모든 것을 살 수 있다고 말하는 것만큼 품위 없는 일이 어딨냐고. 왜 방금 전까지만 해도 그토록 찬란하게 빛났으면서, 이렇게 말할 수 있냐고. 하지만 허무한은 그렇게 말할 수가 없었다.

허무한 스스로도 알고 있었기 때문이다. 허무한이 그녀에게서 느끼던 그 찬란한 빛과 아름다운 품위는 결국 그 혼자서 마음대로 생각하고 있는 것에 지나지 않음을. 그림자 없는 인간이라는 것은 존재하지 않는다는 것을. 허무한은 마음속에 그녀를 본뜬 우상을 빚고 그 우상을 숭배하고 있었으나, 그 우상은 서지현이 아니라는 것을.

허무한이 어릴 때부터 꿈꾸던, 서울로 상징되던 더 나은 세상, 더 완벽하고 빛나는 세상 같은 것은 애초에 존재하지 않는다는 것을. 그가 선망하던 세상은 허무한이 자신의 고향에서 맡았던 비린내 같은, 아니 그보다 더욱 어두운 그림자를 드리운다는 것을.

허무한은 그것을 알고 있었으나, 그것을 목격했으나, 그것을 인정하고 싶지는 않았다. 빙빙 도는 세계 속에서 허무한은 가까스로 말했다.

"……아니. 싫어. 더러워."

"나는 너를 위해서 알아봐준 건데, 네가 그렇게 말하면 안 되지."

서지현의 목소리가 커졌다. 이제 그녀는 속삭이지 않았다.

"아니, 다른 사람의 몸을 갉아서 날 건강하게 하는 게 어떻게 날 위한 일이 될 수 있니……. 나는 네가 이것보단 나은 사람인 줄 알았어."

"이것보다 나은 사람? 무슨 말을 그렇게 해? 네가 뭔데?"

허무한은 서지현의 얼굴이 일그러지는 것을 보았다. 그녀의 눈빛에서 절대 모를 수 없는 경멸이 스쳐 지나갔다. 허무한은 그 경멸의 눈빛이 신체를 불태우는 것만 같았다. 허무한은 눈을 질끈 감았다.

"……됐어. 혼자 있고 싶어."

서지현이 일어서서, 병실을 나섰다. 그녀를 붙잡을 만도 하건만, 미안하다고 말할 만도 하건만, 허무한은 가만히 누워 있었다.

허무한은 잠시 자신과 서지현의 삶이 그리는 선이 교점을 만들어냈다는 사실 그 자체가 그의 인생의 아노말리, 가장 기이한 마법의 발현, 찰나의 순간 세상에 스쳐 지나간 오류일지도 모른다고 생각했다. 둘은 애초에 결이 맞지 않았고, 결코 같아질 수가 없는 존재인 것만 같았다.

허무한의 부모는 사흘 동안 그와 함께한 뒤, 다시 고향으로 돌아갔다. 그들은 횟집을 내버려두고 오랫동안 서울에서 아픈 자식을 보살필 만큼 여유가 없었다. 허무한의 아버지는 아들에게 다시 한번 당부했다. 앞으로 돈이 필요하면 그냥 자신에게 말하라고. 어떻게든 지원해줄 거라고. 하지만 허무한은 자신이 그렇게 무리한 부탁을 할 수 없음을 알고 있었다. 아마 허무한의 아버지도 알고 있었을 것이다.

한 달 뒤 허무한은 고향으로 돌아가기로 마음먹었다. 허무한의 어머니는 기뻐했다. 그의 아버지는 복잡한 심정이었던 듯하지만, 다시 생각해보라고 강요하지는 않았다. 창원에 전원할 만한 대형 병원에 자리를 잡는 데 이틀 정도의 시간이 걸렸다. 전원하기 전 마지막 진료에서, 의사는 허무한에게 말했다. 그가 마력을 회복하는 데는 최소 5년 정도의 시간이 걸릴 거라고. 그러나 이전과 같은 마력을 완전히 회복하는 건 불가능하다고. 마법 부작용의 후유증은 평생 그의 몸을 잠식할 것이라고도. 허무한은 군대에 가지 않아도 되는 몸이 된 것으로 만족하기로 했다.

이렇게 허무한의 매혈기는 끝을 맺는다. 딱 한 가지만 사족을 붙이기로 한다.

허무한이 창원 병원으로 전원할 때의 이야기다. 그의 아버지는 당시에 서울까지 오지 않았고, 그의 어머니만이 홀로 자식을 창원으로 데리러 왔다. 둘이 차에 타고, 차의 시동을 건 다음, 허무한의 어머니는 갑자기 한숨을 푹 쉬고는 말했다.

"무한아. 내가 너한테 하나 보여줄 게 있다."

"응?"

그녀는 아무 말도 하지 않고 운전석 의자를 뒤로 당겼다. 그다음에 그녀는 몸의 각도를 틀어서 등을 허무한 쪽으로 보인 다음, 입고 있던 상의를 살짝 들어 올렸다. 그러자 그녀의 등허리 정중앙에 있는 깊은 흉터가 보였다. 커다란 주사기로 찌른 듯한 그 진한 흉터는 깡마른 그녀의 살거죽 위로 드러난 척추뼈 아래쪽에 나 있었다.

허무한은 그 흉터를 멍하니 바라보았다. 그는 자기 등의 똑같은 곳에도, 비슷한 흉터가 있다는 걸 알았다. 그제야 허무한은 자기 어머니가 왜 그렇게 병약하고 파리했는지, 당신이 왜 대학을 졸업하면서 그렇게 건강이 나빠진 건지 비로소 알 수 있었다.

내게 주어져 / 마땅한 힘

| 현채 |

임현채는 어릴 때부터 야구 선수가 될 운명을 타고났다고 할 만한 사람이었다. B+급 마력을 가진 데다가, 신체 조건도 강골이었으니.

임현채는 고등학생 리그에서부터 두각을 드러냈다. 4할이 넘는 타율을 자랑하면서 자기 학교를 대회에서 우승시키기도 했다. 아, 참고로 4할이 넘는 타율이면 그냥 그 리그의 수준을 압도하는 것이다. 이 이야기를 읽는 이들 중 야구를 잘 모르는 이들이 있을 테니, 앞으로 야구에 대해 이야기할 때는 부연 설명을 하겠다.

고등학교 3학년 겨울에 진행된 드래프트, 그러니까 프로 구단들이 돌아가면서 신인 선수를 뽑는 이벤트에서 임현채는 한 시방 구단에 1순위로 뽑혔다. 전제로 따져도 첫 번째 지명이었다. 사람들은 임현채가 전국에 있는 고3 중에 세 번째로 야구를 잘한다고 믿고 있었던 것이다.

구단의 드래프트 담당자들은 임현채가 향후 10년간은 팀의 주축이 될 거라고 믿어 의심치 않았다. 마력과 신체 능력 모두 넘칠 정도로 훌륭했고…… 아, 거기에 더해, 임현채는 인성까지 흠잡을 데가 없었던 것이다.

뜬금없이 인성 이야기가 왜 나오냐고 의문을 품을 수 있을 것이다. 이건 임현채를 뽑은 구단의 역사 이야기도 조금 해야 한다. 그러니까, 그 구단은 리그에서 오랫동안 하위권을 전전해온 팀이었다. 순위가 낮을수록 먼저 선수를 뽑을 수 있는 것이 드래프트의 규칙이다. 아무래도 가장 못하는 팀이 가장 잘하는 선수를 뽑아야 밸런스가 맞을 테니까.

그래서 이 구단에서는 유망주들을 꽤 많이 모았다. 하지만 슬프게도, 이 유망주들 중 꽤 많은 수가 인성 문제로 폭발해 사라지고야 말았다. 개중 한 명은 심각한 학교폭력 가해자였고, 한 명은 계약금으로 스포츠카를 뽑다 곧바로 음주운전을 한 데다가, 또 다른 한 명은 SNS에서 뒷계정으로 팬과 코치들의 쌍욕을 하다 들통났다.

하지만 임현채에게는 그럴 만한 위험 요소가 없었다. 적어도 굉장히 그런 것처럼 보였다. 임현채의 부모는 둘 다 대단한 야구 마니아였는데, 자식을 프로 야구 선수로 만들려면 일단 뒤가 깨끗해야 한다는 사실을 잘 알고 있었다. 그들은 또한 독실한 개신교 신자이기도 했다. 그들은 임현채에게 개신교적 윤리의식을 강박적으로 밀어 넣었다. 개신교적 윤리의식은 임현채에게 잘 작동한 것 같았다. 임현채는 기도와 야구밖에 모르는 사람이 되었으니, 구단 입장에서는 이만한 자원이 없었다.

그렇게 임현채는 계약금 10억 원(소위 역대급이라 불릴 만큼 큰 금액이었다)을 받고 당당히 프로 무대에 진입했다. 모두가 임현채가 대단한 선수가 될 거라고 믿어 의심치 않았다. 아직 실전 경기를 단 한 번도 뛰지 못했는데, 벌써 임현채의 이름과 등번호를 박은 유니폼을 사는 팬들도 있었다…….

8년 뒤, 팬들은 임현채를 '먹튀' 혹은 '2군 본즈'라고 불렀다.

먹튀라는 호칭부터 설명해보자. 간단히 말해서, 먹고 튀었다는 뜻이다. 임현채는 그 많은 계약금과 쏟아진 기대에 전혀 부응하지 못했다. 프로 리그에서 변변찮은 성적밖에 내지 못한 것이다. 엄밀히 말하면 평균 이하였다. 타석에 임현채가 서면 투수들은 안심하고는 했다. 임현채가 공을 잘 못 치니까, 좀 편하게 던질 수 있겠다 생각할 수 있었으니.

2군 본즈라는 별명도 그에 만만치 않게 불명예스럽다고 할 수 있겠다. 2군에서, 적어도 2군에서만큼은 임현채는 한때 드래프트 1순위로 뽑혔던 특급 유망주다운 싱직을 냈다. 미국의 위대한 야구 선수 배리 본즈에 버금갈 만했다. 그런데 진짜 실력을 보여줘야 할 1군만 올라오면 이상할 정도로 성적이 확 나빠지는 것이었다. 못하는 선수 상대로만 잘했다고 말할 수 있겠다. 그도 아니면 관중들 앞에 서면 퍼포먼스가 나빠지는 새가슴이라거나……. 어떤 이유로든 결코 바람직하지 않은 일이었다.

결국 한때 한국 야구계의 신성으로 받아들여졌던 유망주는, 다른 선수와 바꿔볼 만한 트레이드 자원 정도로 전락해서 이 구단 저 구단을 전전하게 되어버렸다. 아직 병역 문제가 해결되지 않은 스물여덟 살의 야구 선수……. 유망주라고 말하기가 슬슬 애매한 시기가 다가오고 있었다. 정말로 슬픈 사실은, 임현채가 20대 중반일 때는 그래도 욕하는 팬들이 많았지만, 이제 팬들이 임현채라는 존재를 신경 쓰지도 않는다는 것이었다.

애초에 야구를 잘한다는 거 빼면 이슈를 만들 구석도 없는 재미없는 인간이었던 것도 문제였으리라. 물론 착한 건 좋은 것이다! 하지만 세상 사람들은 그렇게 말하면서, 또 톡 쏘는 사람을 좋아한다는 것을 부정할 수도 없다. 야구도 못하고 그런 매력도 없는 임현채는 잊힐 수밖에 없었다.

두 개의 구단을 거쳐 마지막엔 한 지방 대도시의 구단으로 임현채는 트레이드됐다. 임현채 스스로도 이 구단이 아마 자신의 마지막 팀이 될 거라는 사실을 알고 있었다. 어느 때보다 절박해진 임현채는 훈련에 훈련을 거듭했다. 2군에서 단 2주 동안 홈런을 열 개나 쳐낼 정도였다.

이렇게 무력시위를 하니까, 임현채가 속한 구단의 감독이었던 유승진도 임현채를 1군으로 불러오지 않을 수가 없었다. 유승진 역시 자기 재능을 개화하지 못한 유망주인 임현채가 안쓰럽기도 하거니와, 그 자신이 꽤 독실한 개신교 신자이기도 해서 교회를 다니는 임현채가 마음에 들기도 했다. 거기다가 그 나이가 됐으니 그동안 쌓아온 훈련이 어떻게든 도움이 되지 않을까 싶기도 했고.

몇 개월 만에 임현채는 다시 1군 그라운드를 밟게 되었다. 유승진 감독은 그에게 성적이 어떻든 최소 스무 경기는 투입하겠다고 약속했다. 팀의 성적이 여느 때처럼 바닥을 쳤기 때문에 가능한 일이기도 했다. 팀이 포스트 시즌에 갈 가능성이 사실상 없었기 때문이다. 그럴 땐 차라리 유망주들한테 1군 무대를 경험시켜주고, 아예 꼴등을 해서 다음 드래프트에서 더 좋은 선수를 뽑는 게 낫다.

그렇다고 해서 임현채가 마음을 편하게 먹을 수 있는 것은 아니었다. 꽤 많은 팬이 자기 말고 어린 유망주가 나오길 바란다는 사실을 임현채 스스로도 알고 있었다. 유승진이 임현채를 위해 팬들에게 욕을 엄청나게 먹는 결정을 했다는 사실도, 그는 알고 있었다. 어쩌면 이것이 마지막 기회일지도 모른다는 사실도.

그렇게 몇 경기를 뛰었지만……. 정말 굳세게 마음을 먹었지만, 야구는 정신만으로 하는 것이 아니었다. 임현채의 경기력은 이전과 크게 다르지 않았다. 어느 면에서나 애매했다. 공을 잘 치는 것도 아니고, 주력도 좀 부족하고, 수비할 때도 결정적인 공은 못 잡고……. 아예 못 쓸 선수는 아니지만, 그래도 나이를 고려하면 성장 가능성은 거의 없어 아쉬운…….

속절없이 시간만 흐르는 와중, 임현채는 에이스 투수 강산을 상대하게 됐다.

야구만큼 육체 능력, 정신 능력, 그리고 마법 능력이 조화롭게 필요한 운동 종목은 없다고도 혹자는 말한다.

임현채는 포수 옆, 타석 위에 서서 강산을 바라보고 있다. 일루에는 앞서 출루한 선수가 서 있다. 강산이 일루 쪽을 바라봤다가, 다시 임현채를 쳐다본다. 여기서 임현채의 머릿속은 빠르게 돌아가기 시작한다. 강산은 직구로, 힘으로 승부할 것일까? 아니면 변화구를 던질 것인가?

강산은 앞서서 직구만 던졌다. 임현채는 그래도 자신이 직구에 대응하는 능력이 강하다는 평가를 받는다는 걸 안다.

임현채는 강산이 오른쪽으로 휘는 변화구를 던질 것이라고 생각한다. 변화구는 직구보다 느리지만 변화무쌍하게 움직인다. 그 궤도를 예측하기 위해서, 임현채는 예지 마법을 시전한다. 특정한 조건을 가정한다면, 임현채는 공이 어떻게 움직일지 '정확하게' 알 수 있다. 물론 그가 강산의 의도를 꿰뚫고 있다면 말이지만…….

준비 동작을 끝낸 강산이 공을 던진다. 공이 강산의 손을 떠나기 직전에, 임현채는 강렬한 바람이 자기 쪽으로 부는 것을 느낀다. 그제야 임현채는 자기가 잘못 판단했다는 것을 깨닫는다. 강산이 선택한 공은 직구다. 강산이 전신에서 쥐어짠 힘에 더해 마력이 더해진 그 공은 시속 165킬로미터의 속도로 날아온다. 0.1초.

그리고 0.2초. 임현채는 단지 신체 능력만으로 배트를 휘둘러 그 공을 치려고 하지만, 배트는 공에 스치지도 못한다. 눈 깜박할 새에, 강산의 공이 포수의 글러브로 빨려 들어간다. 스트라이크. 뒤늦게, 임현채의 배트가 대기를 가른다.

임현채는 숨을 고르고, 대기 선수들과 감독이 있는 더그아웃 쪽을 바라본다. 유승진 감독이 손짓으로 자기 의사를 전한다. 이번에도 강산이 직구를 선택할 것 같으니, 직구에 대비하라는 뜻이다. 임현채는 고개를 끄덕이고 예지를 중단한다. 그의 시야에 떠 있던 변화구의 궤도가 사라져 없어진다.

대신 임현채는 마력을 신체를 강화하는 쪽으로 전환한다. 엄청나게 빠른 공도, 아무리 강한 공이라도 맞서 칠 수 있도록.

그리고 다시 한번 강산이 공을 던진다.

임현채는 빠른 공에 대응하고자, 빠르게 몸을 비튼다. 그리고 느낀다. 공의 속도가 이전과 너무나도 다르다는 것을.

강산이 선택한 공은 느린 변화구다. 강산이 건 중력 조절 마법에 따라, 공은 위아래로 진동하면서 날아온다. 준비했다면 충분히 칠 수 있는 공이지만, 빠른 공에 신체와 마력 모두를 집중하고 있던 임현채는 너무 빠르게 배트를 휘두르고 만다. 배트 끝자락에 공이 간신히 닿고, 공은 힘없이 그라운드를 굴러간다.

임현채가 애써 달려보지만, 일루수가 빠르게 달려와서 공을 잡고, 베이스 터치. 임현채, 아웃. 임현채는 탄식하면서 무릎을 꿇으려다 간신히 일어선다. 더그아웃으로 돌아가면서, 강산이 자기를 상대하는 동안 마력을 완전히 사용하지 않았다는 걸 임현채는 뒤늦게 깨닫는다. 강산은 힘을 아낀 것이다. 진짜 강한 타자에게 쓰려고.

그때도 야구 커뮤니티에서는 임현채를 욕하는 사람이 몇몇 있긴 하다. 그즈음 임현채는 '암현채'라는 별명으로 욕을 먹고 있다. 하지만 좀 더 솔직해지자. 이제 임현채를 욕하는 사람도 거의 찾아볼 수 없다. 에이스 중의 에이스 투수, 연봉만 15억에 다다르는 강산을 어떻게 1년에 7000만 원 받는 임현채가 이기겠느냐고. 이성적인 야구 팬은 그런 기대를 하지 않는다.

사실은, 임현채 스스로도 자신에게 전혀 기대를 걸지 않고 있었다.

그날 밤늦게까지 임현채는 혼자 야구장에 남아 연습했다. 피칭머신이 시속 155킬로미터로 던져주는 공을 치고 또 쳤다. 사실 피칭머신이 던지는 공은 빠르기만 할 뿐 마력이 담겨 있지 않기 때문에 실전과는 다르다는 사실을 임현채도 잘 알고 있었다. 이제 그도 훈련을 통해 자기가 더 나아질 수 있다고 진심으로 기대하지는 않았다.

그건 그냥 마음을 편하게 하는 의식 같은 것이었다. 손에 물집이 잡힐 때까지 배트를 휘두르다 보면, 그래도 자신이 열심히 하고 있다고 자위할 수 있었으니까. 그날따라 임현채는 더더욱 도피처가 필요했다. 자기 머릿속에 거머리처럼 엉겨붙는 강산의 기억을 떨쳐내고 싶었기 때문이다.

임현채와 강산은 초등학교, 중학교, 고등학교를 다 같이 다녔다. 중학교 1학년 때, 임현채가 먼저 야구부에 들어갔고, 2개월 정도 지나서 강산도 야구부에 들어갔다. 중학교 2학년 때 두 사람은 평생 야구에 뼈를 묻겠다고 다짐했다.

그런데 둘이 고등학생이 되고, 신체적으로 성인에 맞먹게 성장했을 때, 둘의 재능이 현격히 차이가 난다는 게 드러났다. 임현채는 일단 강산보다 키도 크고 어깨 힘도 좋았다. 그리고 마력도 임현채가 강산보다 뛰어났다. 공을 던지는 것이든 치는 것이든 임현채가 강산보다 훨씬 잘했다. 대회에서 두각을 드러내는 쪽도 임현채였다. 사실 강산은 프로에 들어가는 것조차 힘겨워 보였다. 임현채가 아니었다면 말이다.

당시 임현채는 고등학교 대회를 혼자 씹어 먹고 있는 자원이었다. 사람들은 임현채가 꼴등 구단에 주어지는 보상이라고 말했다. 꼴등 구단의 스카우터들은 드래프트 한 달 전에 임현채의 집을 찾았다. 꼭 그럴 필요는 없지만, 그래도 서로 미리미리 얼굴 좀 익혀두자는 차원으로. 그리고 임현채는 스카우터들 앞에서 폭탄 발언을 했다.

"저, 강산이를 후순위로라도 뽑아주세요. 안 그러면 저 미국 갈 거예요."

그 말을 들은 스카우터들의 눈이 동그래졌다. 그때까지만 해도 강산은 드래프트로 지명할 이유가 없는, 프로 1군 무대를 한 번이라도 밟을 잠재력도 없는 그런 선수였으니까. 괜히 뽑아봤자 계약금만 낭비하게 되는 부류의 선수. 그런데 임현채가 자신을 인질로 잡아서, 강산을 선발해달라고 한 것이다. 안 그러면 미국 메이저리그로 떠나겠다 말한 것이고. 임현채는 알고 있었다. 스카우터들이 거부할 수가 없다는 것을.

그렇게 임현채는 제일 첫 번째 순위로, 강산은 제일 마지막 순위로 같은 구단에 지명됐다. 강산은 드래프트 현장에 나오지도 않았는데, 휴대폰으로 축하 문자가 쏟아져서 얼떨결에 자신이 지명됐다는 사실을 알게 됐다. 한때 이 이야기는 기자들에게 초유망주 임현채의 미담으로 잘 써먹혔다.

시간이 흐르면서, 그 이야기는 강산이 제일 마지막 순위에서 제일 위로 올라왔다는 식으로 소비되기 시작했다.

말했다시피, 임현채는 그 이후로 10년 가까운 세월 동안 처절히 망하면서 구단을 이곳저곳 옮겨 다니는 저니맨 생활을 했다. 하지만 강산은 2군에서 2년 정도 구른 다음 생각지도 못한 재능을 뒤늦게 개화했다. 심지어 마법도 더 잘 다루게 되었고. 강산은 자기를 뽑은 구단에 남아, 에이스 투수로 성장했다. 국가대표로 선발되어 아시안게임 야구에서 우승하는 데 기여해 군 문제도 해결했다. 임현채가 여전히 군 문제를 해결 못 해 갈팡질팡하는 동안 말이다.

프로가 되고 나서 첫 몇 년간은 임현채와 강산의 관계가 좋았다. 그런데 강산이 팀의 에이스가 되고, 임현채가 팀에서 팔려 나가면서 둘은 점차 서먹해지기 시작했다. 임현채는 자기가 굳이 강산한테 짐이 되고 싶지 않다고 생각했고, 강산도 임현채와의 친분을 과시해봐야 득이 없다고 생각한 걸지도 모른다. 그렇게 둘은 남보다 더 남 같은 사이가 되어갔다.

강산은 도대체 어떻게 그런 잠재력을 개화할 수 있었던 걸까. 내 삶은 어디서부터 잘못된 것일까……. 임현채의 머릿속에는 몇 년 전부터 그런 답도 없는 고민들이 끈적하게 달라붙어 있었다. 그런 끈적끈적한 생각들을 떨쳐내고자, 임현채는 다시 한번 배트를 휘둘렀다.

임현채가 아파트 정문에 카드키를 대자, 문이 열렸다. 그때 그는 뭔가 익숙한 목소리를 들었다.

"형!"

오랫동안 들은 적 없지만, 임현채의 기억 저편에 너무나 강렬히 남아 있던 목소리였다. 임현채는 반사적으로 뒤돌아보았다. 수수깡처럼 키가 크고 깡마른 남자가 보였다. 임현채가 잘 알고 있는 남자였다.

"준?"

이준이 고개를 끄덕였다. 임현채가 미소를 지으면서 이준에게 다가갔다. 둘은 마주 보았다.

"진짜 오랜만이다. 너 왜 이렇게 말랐냐. 여긴 또 웬일이야?"

"어쩌다 보니……. 형, 잘 지냈어?"

"나? 나는 잘 지내고 있지."

마음에도 없는 소리를 하면서, 임현채는 옛 기억을 더듬었다. 둘은 한 살 차이가 났다. 임현채가 고등학교 3학년이고 이준이 고등학교 2학년이었을 때, 그때 봄 학기 때 둘은 처음으로 만났다. 죽이 잘 맞은 둘은 몇 개월간은 아주 가깝게 지냈다. 이준이 갑자기 학교를 떠나기 전까지는. 그 전에는……. 임현채가 그 기억을 떠올리기 전, 이준이 말했다.

"그래? 형, 경기 나오는 거 잘 보고 있어……. 건강해 보여서 다행이야."

"그래. 어, 야. 너도 여기 살았냐? 그건 몰랐는데……."

"사실은……. 형, 잠시만 시간 좀 내줄 수 있을까? 한 10분 정도만……?"

"당연하지."

그제야 임현채는 이준이 덜덜 떨고 있다는 것을 알았다. 이제 가을이 오기 시작해 밤은 쌀쌀했다. 이준은 니트 카디건으로 몸을 덮고 있었지만 그의 여린 몸에는 그 정도로는 부족한 것 같았다. 임현채는 말했다.

"올라가서 이야기할까?"

이준의 얼굴에 잠시 동안 숨길 수 없는 화색이 돌았다.

"정말? 괜찮겠어?"

"당연하지. 야, 들어가자. 춥다."

임현채와 이준은 아파트 안으로 들어갔다. 임현채의 집은 혼자 사는 20대의 집치고는 넓고 훌륭한 편이었다. 그가 처음 구단에 들어왔을 때, 계약금을 10억이나 당겼기에 가능한 일이었다. 임현채는 그 돈으로 일단 집부터 샀다. 계약금을 차나 유흥 등에 홀라당 날려먹는 동기들을 생각하면, 임현채는 꽤 현명한 선택을 했다고 할 수 있을 터였다……

임현채는 이준을 식탁 앞에 앉혔다. 자연스럽게 물 한 잔을 앞에 가져다 놓자 이준이 웃었다.

"여전히 친절하네. 형은."

"무슨 그런 말을 하냐. 그래. 무슨 일인데?"

"그게 말이지……. 형도 알고 있지?"

"뭘?"

"내가 힘이 세다는 사실."

난데없는 이야기였다. 임현채에게서 골격근 20킬로그램을 떼내 이준에게 넣어야 대충 비슷해질 정도의 몸을 가진 그가 말하니, 더욱 그렇게 느껴졌다. 이준은 그 가녀린 두 손을 앞으로 내밀었다. 임현채가 당황했다는 것을 이준도 알고 있는 것 같았다.

그래서 이준은 자기 힘을 보여주었다.

이준의 손에서 보랏빛이 발하기 시작했다. 동시에 임현채는 자신을 둘러싸고 있는 세상이 조금씩 진동하는 것을 느꼈다. 가스레인지와 전자레인지가 덜컹거리고, 장식장에 넣어둔 야구공이 떨어져 내렸다. 임현채는 머릿속에서 수많은 속삭임이 흘러들어 오는 것을 느꼈다. 자신의 목소리도, 타인의 목소리도 아닌 목소리. 아니, 인간의 것인지 아닌지도 알 수 없는 목소리. 그 속에 어떤 뜻이 담겨 있는지도 알 수 없는 목소리. 목소리들.

임현채는 그제야 알았다. 이것은 정제되지 않은 순수한 마력의 방출이었다. 힘은 어떤 목적을 가지고 작용하는 게 아니었다. 이준은 자기 힘을 아무런 제한 없이, 아무런 의도 없이, 그저 드러내고 있었다. 마치 과시하듯.

"그, 그만!"

임현채가 냉장고에 몸을 기댄 채로 외쳤다. 임현채는 자기도 모르게 눈물이 뺨을 타고 내리는 것을 느끼면서 물었다.

"왜, 왜 이래?"

이준이 절박한 표정으로 임현채를 올려다보았다.

"형, 나는, 나는 이 힘이 필요가 없어."

이준은 한숨을 푹 쉬고는 말을 이었다.

"이 힘을 가져가지 않을래?"

"무, 무슨 소리야?"

이준이 덜덜 떨면서 왼쪽 소매를 걷었다. 그러자 그의 팔뚝 위로 수많은 주사 자국이 드러났다.

임현채도 알고 있었다. 이준이 A⁻급의 마력을 가지고 있었다는 사실을. 한 해에 서울시에서 한 명 정도 탄생할 만큼 드문 힘을 가지고 있었다는 사실을. 고등학교 때도 이준이 커다란 마력을 가지고 있다는 것은 이미 유명했다.

하지만 이준의 그 힘이 다른 사람에게서 온 것이라는 사실은, 그도 모르고 있었다. 이준이 한 번도 한 적 없는 이야기였다.

이준은 고등학교 1학년 때, 한 대학생에게서 역장을 돈을 주고 샀다고 말했다. 원래 이준은 받을 생각도 없는 힘이었다. 이준은 마력에 관심이 없었다. 이준은 조금의 마력도 타고나지 않았고, 그랬기에 마법사들을 부러워하지도 않았다. 하지만 이준의 부모는 생각이 달랐다. 이준의 부모가 생각하기에, 마력은 이 사회의 상층에 서는 데 매우 중요한 조건이었다. 이준은 부모의 생각에 찬성도 반대도 하지 않았고, 그래서 역장을 받았다.

그리고 그에게서 마법의 힘이 자라났다. 이준은 고등학생 때 처음으로 이 세상에 가득 찬 마력을 느끼고, 현실 자체를 자기 의지대로 비틀 수 있다는 것을 알게 되었다. 다른 마법사들은 태어날 때부터 자연스럽게 힘에 익숙해지고, 이를 현실 세계와 타협하여 사용하는 법을 배우게 되기 마련이다. 하지만 이준에게는 그렇지 않았다. 이준은 불을 처음 보는 아이처럼 자신의 마력에 매료되었다.

거기다가 이준이 스스로에게 매료된, 그가 가진 마력은 특출나게 강력한 것이었다. 마력이 알파벳 등급으로 분명히 나뉘기에, 이준은 자기가 대다수의 사람보다 뛰어나다는 것을 알았다. 마력 운용법을 가르치는 코치 중에도 이준의 능력에 조금이라도 따라오는 사람은 드물었다. 이준의 작은 세상에서, 그는 혼자 갑자기 빛나기 시작한 것이다.

새로이 얻은 힘에 들뜬 채로, 이준은 마법학의 가장 깊은 심연 속을 파헤치기 시작했다. 보안 인터넷 브라우저를 이용해서 재능은 있지만 딱히 윤리의식은 없는 전 세계 마법사들이 운영하는 딥웹 사이트에 접근했다. 거기서 그는 학교에서는 가르쳐주지 않던 마법들을 배웠다. 그는 지루한 마법학 수업 시간에 학교를 빠져나가 그 마법들을 연습했다. 이준은 단지 재미로 국소적인 지진을 일으켰고, 중력을 마음대로 조절해 하늘을 날아올랐고, 완전히 투명해진 채로 시내를 걸었다.

그러나 그는 모르고 있었다. 마력에는 의존성과 중독성이 있다는 사실을.

의존성은 마법으로 현실을 계속 비틀다 보면 현실감각을 잃고 마법에 정신적으로 의존하게 되는 것이고, 중독성은 마법을 계속 사용하는 것 자체가 신체에 무리를 줘서 건강을 나쁘게 하는 것이다. 절대다수의 일반적인 마법 사용자에게는 이게 와닿지 않는 이야기일 수 있다. 마법이라고 해봐야

고작 손에서 불을 피우는 정도니까. 그런데 준처럼, 스펙트럼의 극단에 위치한 사람에게 이는 명백한 현실적 위협이다.

교육부 관료들이 바보라서 마력 재능이 있는 중고등학생들한테 강력한 마법을 가르치지 않는 것이 아니다. 한국 영재교육 커리큘럼에 포함된 마법은 청소년의 신체에 무리를 주지 않도록 주의를 기울여 만들어진 것들이다. 그에 반해, 이준이 딥웹에서 새로이 배운 마법들은 사용자의 신체에 미치는 영향 따위는 전혀 감안하지 않고 설계된 것이었다. 그런 마법들은 정말로 가끔씩만 사용해야, 아니, 아예 사용하지 않는 것이 바람직하다.

하지만 갑자기 힘을 얻게 된 이준이 그런 것을 알 리가 없었다. 자기도 모르는 새에, 이준은 치명적인 수준의 마법 중독에 빠져들고 있었다.

그의 주변 사람들이야 이준이 조금씩 이상해지고 있다는 걸 눈치채긴 했다. 신체를 오롯이 마력으로 지탱하게 되면서 근육량이 줄어들고, 항상 눈에 핏발이 서 있고, 몸을 덜덜 떨고 있었으니까. 하지만 아무도 직접 나서지 않고, 이준과 조용하게 멀어지는 길을 택했다. 이준의 부모도 그것이 그냥 이식받은 역장에 익숙해지는 과정이라고 생각했지, 설마 아들이 마력 중독을 앓고 있으리라고는 생각지 못했다.

이준이 열여덟 살 때 집에서 피를 토하며 쓰러지고 나서야,

심각한 마력 중독에 빠져 있다는 것이 드러났다. 이준의 장기는 골고루 심각하게 손상돼 있었다. 당장 급사해도 이상하지 않을 지경이었다. 이준은 곧장 학교를 떠나 재활 치료원에 들어가야 했다. 외부에는 전학으로 알려졌지만…….

그로부터 지금까지, 이준은 재활에만 집중해야 했다. 한번 마법으로 망가진 신체는 이전으로 돌아갈 수가 없었다. 일단은 신체가 더 망가지지 않도록 막고, 마법에 대한 정신적 의존을 줄이는 데 집중했다. 이준도 처음에는 반항했지만, 진짜로 죽을 뻔한 위기를 몇 번 넘기고 나서는 치료에 순응하게 될 수밖에 없었다.

이제 당장 죽지는 않게 됐지만, 이준은 자신의 힘이 원망스러웠다. 이준은 생각했다. 마력이 아니었다면, 자기는 그냥저냥 괜찮은 삶을 살았을 거라고. 적어도 이준에게 마력은 힘이 아니라 오롯한 저주였다.

"그래서 전학 간 거였어? 나는 그것도 모르고……."

임현채의 물음에 이준은 고개를 끄덕이고는, 숨을 몰아쉬면서 말했다.

"아직도 주사를 맞아야 충동을 참을 수 있어. 그리고 지금은…… 내 인생에 남은 게 하나도 없어. 이게 다 마력 때문이야. 형, 내 힘을 가져가줄래?"

"그런데 힘을 가져가라는 건 무슨 말이야?"

"의사들이 그러더라. 역장을 제거하는 게 낫다고…… 일시적으로는 신체에 타격을 입더라도, 장기적으로는 내가 중독에서 완전히 해방될 수 있을 거라고. 하지만 이 힘을 그냥 버리고 싶진 않아…… 누군가는 필요할 거 아냐. 내가 이 힘을 가지고 있을 순 없지만, 이 힘이 그냥 흩어져 사라지는 건 너무 아까워."

"그리고 그게 나라고?"

이준이 고개를 끄덕였다.

"형한테 주고 싶어. 그리고 형은……."

임현채는 이준의 말을 끊고 물었다.

"준아, 난 운동선수야. 내가 너한테 역장을 받아서 마력이 세지면, 그건 도핑이나 다를 게 없지 않아?"

"아냐. 토미 존 수술을 생각해봐……."

토미 존 수술은 손상된 팔꿈치의 인대를 다른 부위의 힘줄로 바꾸는 수술이다. 꽤 많은 야구 선수가 팔꿈치 부상을 입었을 때 그 수술을 받곤 한다. 이준은 말을 이었다.

"그 수술을 할 때, 원래 팔꿈치 인대보다 더 강인한 힘줄로 대체하잖아. 아무도 그게 잘못된 거라고 말 안 해. 이건 스테로이드 같은 게 아니라 그냥 신체 일부일 뿐이야. 막말로, 내가 형한테 간이나 콩팥을 주는 거랑 뭐가 그리 다른데?"

"……."

"형, 살려줘."

"……그런데 왜 하필이면 나야? 역장을 원하는 선수가 한 둘이 아닐 텐데."

이준이 머뭇대다가 말했다.

"형이 제일 어울릴 거라고 생각했어."

"내가?"

"형 고등학생 때부터, 자제력 뛰어나고 연습 많이 하는 걸로 완전 유명했잖아. 그러니 나처럼 힘 자체에 빠져들지 않을 거 같아."

"아……."

"사실, 오늘 야구장에서 봤어. 남아서 훈련하던 거. 멋있더라. 나는 형 같은 절제력도 집중력도 없거든."

"난 그렇게 대단한 사람이 아닌데……. 인터넷에서도 먹튀 소리나 듣고……."

"아니, 형은 충분히 대단해. 형이 이 힘을 써줬으면 좋겠어."

"음……. 사실 좀 갑작스러운데……."

"형…… 형이 마력이 있었으면 오늘 강산한테 안 발렸을 거 아냐."

임현채의 눈썹이 꿈틀거렸다.

"뭐?"

"오늘 경기도 다 봤어. 형이 밀리는 것도. 형, 이제 만년 유망주 생활 청산하고 싶지 않아? 고등학교 때 에이스였던 시절이 그립지 않아?"

순간, 임현채는 주먹을 한 번 쥐었다가 폈다. 그런 식으로 말해서 화가 났지만, 이준의 말에 틀린 데가 없는 것도 사실이었다. 만약 임현채가 더 큰 마력을 가지고 있었다면, 번개 같던 강산의 직구를 당당하게 쳐올릴 수 있었을지도 모른다. 어쩌면 저 구장 밖으로. 잠시, 임현채는 프로 데뷔 후 결코 자신의 것이 된 적 없던 관중의 환호를 생각했다.

2년 전, 임현채는 한 중요한 경기에서 죽을 쑨 적이 있었다. 그때 그는 관중석에서 누군가 던진 족발 뼈를 맞았다. 족발을 던진 사람은 곧장 퇴거 조치됐지만, 끌려 나가면서도 임현채에게 욕을 퍼부었다. 임현채는 그 욕들을 생각했다. '개먹튀 새끼야. 너는 평생 아무것도 못 이룰 새끼다. 그냥 빨리 은퇴하고 빌어 처먹기나 해라.'

임현채는 천천히 고개를 끄덕였다.

"한번 알아보자, 그럼."

둘의 목적이 같은 방향을 가리켰기에, 모든 것이 일사천리로 진행됐다. 이준이야 마력 중독에서 벗어나고 싶다는 바람이 확실했고, 이제 커리어가 끝장날 위기에 놓인 임현채도 선수로서 더 뛰어난 능력을 가지고 싶었다. 그리고, 실제로 역장 이식을 받는 건 도핑처럼 리그 규정 위반도 아니었다. 물론 어디 떠벌리고 다닐 만큼 떳떳한 일 또한 절대 아니었다. 역장 이식은 리그 규정에 아직 기록되어 있지 않았다. 그것은 회색지대에 있는 일이었다.

이준은 역장 이식 시술을 전문으로 진행하는 의사를 어디서 구해 왔고, 시술 일자는 사흘 뒤로 잡혔다. 임현채는 시즌 일정을 걱정했지만, 의사는 이틀 정도만 뺄 수 있다면 문제없다고 했다. 역장을 주는 사람은 낫기까지 시간이 좀 걸리겠지만, 역장을 받는 사람은 마력이 신체를 금방 치유해주니까 바로 걸어 나갈 수 있다고. 그건 좀 아이러니한 일이라고 임현채는 생각했다. 그 역장은 정작 주인인 이준의 몸을 파괴했는데, 임현채의 몸은 회복시키다니…….

역장 이식술은 외딴곳에 있는 작은 병원에서 진행되었다. 시술 자체는 한 시간 정도가 걸렸다. 시술이 끝나고 임현채는 병실로 옮겨졌다. 커다란 주사를 맞은 팔에 흐르는 뜨끈뜨끈한 기운을 느끼면서, 임현채는 오른손을 천장에 뻗어보았다. 그다음, 그는 오른손에 마력을 집중했다. 언제나 하던 대로. 너무나 자연스럽게.

그러자 짜릿한 기운이 임현채의 팔을 타고 흘렀다. 생각지도 못한 힘에 팔이 저릴 정도였고, 임현채는 놀라서 다급히 마력 집중을 중단했다. 임현채의 몸에 벌써 이준이 준 역장이 융합되어 그 힘을 발휘하고 있었던 것이다. 임현채는 자신의 손을 바라보았다. 현실이 그의 마력에 맞춰 부르는 노래가 은은하게 울렸다.

몇 분 지나지 않아서 병실 문이 열렸다. 의료진들이 이준이 누워 있는 침대를 밀어서 임현채 옆에 둔 다음, 둘 사이를 가리는 커튼을 쳤다. 커튼 너머로 이준이 끙끙대는 소리가 들려왔다. 임현채처럼 편하지는 않았던 모양이었다.

"괜찮냐?"

커튼에 대고 임현채는 물었다. 곧 이준의 목소리가 들려왔다.

"괜찮아……."

"고맙다, 야."

"……형, 고마워해야 하는 건 나야. 이제 머리가 울리지 않아. 다 형이 내 힘을 받아준 덕분이겠지……. 앞으로 잘 써줬으면 좋겠어……. 진심으로."

임현채는 상반신을 살짝 일으킨 다음, 커튼을 걷었다. 조금씩 떨고 있는 이준이 보였다. 몸은 불편해 보였지만, 그는 평온한 표정으로 눈을 감고 있었다.

"야, 준아."

이준이 눈을 떴다. 임현채가 이준을 마주 보면서, 자신 있게 말했다.

"이왕 이렇게 된 거, 내가 열심히 해볼게. 이렇게 큰 힘을 줬는데, 그래놓고 잘 못하면 너무 아깝지 않겠냐? 진짜 잘해서, 멋진 야구 선수가 돼서 보답할게. 딱 10년만 더 멋있는 야구할게."

이준이 고개를 끄덕였다.

"알겠어. 그럼 하나만 약속해줄래, 형?"

"그래, 뭔데."

"이 마력 때문에 혹시 신체에 이상을 느끼거나 마력 자체를 감당할 수 없다는 생각이 들면, 어떤 문제라도 생기면, 지체 없이 역장을 제거해줘. 그래줄 수 있어?"

임현채는 망설이지 않고 대답했다.

"물론. 믿어도 좋아. 다음 경기 출전할 때, 보러 올래?"

"물론이지."

이준이 미소 지으면서 답했다. 임현채가 너무나 오랜만에 보는 이준의 미소였다. 순간 그의 마음이 동요했다. 10년 전의 그 울림으로.

역장을 이식받고 임현채가 처음 나간 경기, 그 경기에서 임현채는 선발로 출전하지 않았다. 유승진 감독은 임현채를 계속 믿고 썼는데 임현채가 번번이 꼬라박으니까, 아무래도 여론이 너무 안 좋아졌기 때문이다. 임현채는 더그아웃의 벤치에 앉아서 경기를 지켜보았다.

그날 임현채의 구단은 또다시 강산과 승부하고 있었다. 감독이 시작부터 돌을 던진 날이라고 봐도 무방한 경기였다. 선발투수부터 타자까지, 대부분의 선수가 20대 초반의 쌩 신인이었기 때문이다. 상대 팀도 리그 2위가 확정된 상태였기 때문에, 감독이 이참에 선수들한테 경험치나 먹이자고 생각한 것이다. 1,000명도 안 되는 사람들이 앉아 있는 관중석에서, 응원단장이 외로이 춤을 추고 있었다. 관중들의 흥을 북돋우려고 애를 썼지만, 그도 이 경기를 이길 거라고 생각하지 않는 게 분명했다…….

그런데, 당신은 야구가 왜 재미있는지 알고 있는가? 야구는 구기 스포츠 중에서 가장 운이 많이 작용하는 종목이다. 선수가 아무리 잘해도 제어할 수 없는 부분이 굉장히 많다. 그 수많은 변수 때문에, 야구는 프로 리그에서 가장 잘하는 팀의 승률이 60퍼센트를 넘기가 쉽지 않고, 가장 못하는 팀도 승률이 40퍼센트 밑으로 떨어지기가 쉽지 않다. 물론 이 말을 듣고 꼴등을 도맡아 했던 구단의 놀라운 승률을 생각할 수도 있을 것이다. 하지만 그 구단은 통계적 아노말리라고 생각하는 게 좋겠다.

어쨌든 바로 그날, 야구의 그 신기한 성질이 그대로 발현됐다. 아무도 기대하지 않던 신인 선발투수가, 시쳇말로 '긁힌'

것이다. 딱히 마력이 강했던 선수도 아닌데, 그날 그가 던지는 공을 강산 구단의 타자 중 누구도 치지 못했다. 물론 강산을 상대하는 타자들도 죽을 쒔지만⋯⋯. 그래서 그날은 9회 말까지 점수가 단 1점도 나지 않았다. 강산도, 신인 투수도 신 들린 듯이 공을 던졌고, 마운드에서 내려오지 않았다.

9회 말 2아웃. 누상에는 아무도 없었고, 그때까지 아흔 개의 공을 던진 강산이 마운드 위에서 강렬한 마력의 보랏빛 안개를 뿜어내고 있었다. 경기는 이렇게 지루한 연장전으로 진행될 것처럼 보였다. 그때 유승진 감독은 심판에게 잠시 시간을 달라 요청한 다음, 더그아웃 한쪽에 앉아 있던 임현채에게 손짓했다.

"현채야. 네가 한번 나가봐라."

임현채가 기다리고 있던 한마디였다.

"이제 보여줄 때도 됐지?"

유승진이 말하자, 임현채가 고개를 끄덕였다.

"네. 감독님."

타석 위에 서서, 임현채는 강산을 바라보았다. 100개 가까이 공을 던졌음에도, 강산은 전혀 지치지 않은 것처럼 보였다. 아니, 오히려 그에게서 느껴지는 마력은 이전에 붙었을 때보다 훨씬 더 강했다. 임현채의 머릿속에는 오직 한 가지 생각만이 떠올랐다.

'지금 보여줘야 해.'

이번 시즌도 이제 얼마 남지 않았다. 내후년에는 이제 정말 군 문제를 걱정해야 한다. 군대를 갔다 오고 서른 살이 넘으면 이제 누구도 임현채를 유망주라고 불러주지 않을 것이다.

어쨌든, 임현채는 야구를 사랑하고 있었다. 야구 아니면 자기가 살면서 무엇을 할 수 있는지 임현채는 전혀 몰랐다. 임현채의 삶은 오직 배트와 글러브만으로 쓰인 이야기였으니까.

그러나 임현채는 여전히 스스로를 의심하고 있었다. 과연 강산의 공을 쳐낼 수 있을까? 이준의 마력을 제대로 사용해보지도 못했는데.

와인드업을 끝낸 강산이 공을 던졌다. 폭발음이라고 묘사해도 될 만한 소리가 들리면서, 순식간에 공이 포수의 글러브에 꽂혔다.

"스트라이크!"

심판이 우렁차게 외쳤다. 임현채는 한숨을 쉬었다. 마음 한구석에서 다시 한번 불안감이 스멀스멀 올라오고 있었다. 아무리 해도 강산의 공을 칠 수 있다는 생각이 들지 않았다. 강산은 임현채가 불안해할 시간을 많이 주지도 않았다. 순식간에 두 번째 공이 날아왔다. 임현채는 이번에도 배트를 휘두르지도 못했다.

"스트라이크!"

임현채는 고개를 한 번 저은 다음 심판을 보고는 따지고 들었다.

"잠깐, 잠깐. 그거 볼 아니었어요?"

심판은 임현채를 빤히 바라보기만 할 뿐, 아무 말도 하지 않았다. 임현채는 자기가 억지를 부리고 있다는 걸 알고 있었다. 마음이 너무나 쫓기고 있었다. 투 스트라이크 노 볼. 타자에게 극도로 불안한 상황이었다. 이제 한 번만 더 스트라이크가 나오면……. 다시는 기회가 없을 거라고 임현채는 생각하면서, 강산을 노려보았다. 그는 배에 힘을 주었다. 이준이 준 마력이 끓어오르고 있었다. 하지만 그 마력으로 무엇을 해야 하지? 그건 임현채도 잘 모르는 일이었다.

포수와 사인을 공유한 강산이, 글러브를 얼굴 높이로 끌어 올렸다.

바로 그때, 임현채는 강산의 움직임을 '미리' 보았다.

임현채는 강산이 3초 뒤에 정확히 어떻게 움직일지 알 수 있었고, 자신이 어떻게 배트를 휘둘러야 하는지도 분명히 깨달았다. 그것은 말로 어떻게 설명할 수 있는 감각이 아니었다. 임현채는 그저 본능적으로 알 수 있었다. 마치 우리가 자전거 타는 방법을 알면서도 말로 설명하지 못하는 것처럼. 임현채가 코너에 몰린 바로 그 순간에, 역장이 힘을 발휘하고 있었던 것이다.

강산의 공이 그 경로 그대로 날아왔다. 마력이 담긴 시속 172킬로미터의 공. 마운드에서 포수의 글러브까지 날아가는 데 0.4초도 걸리지 않는, 무시무시한 속력의 공. 신체의 힘과 마법의 힘이 조화를 이룬, 단지 보는 것만으로도 경탄을 자아내는, 인간 능력의 경지……. 보통 사람은 눈으로 좇기도 힘들 것이었다. 하지만 그 순간, 임현채에게는 그 공이 너무나도 느리게 느껴졌다. 임현채는 아주 천천히 날아오는 그 공을 아주 주의 깊게 바라보다가, 조심스레 배트를 내밀었다.

딱. 배트의 힘이 가장 집중되는 바로 그 지점에, 강산의 공이 날아와 부딪혔다. 막강한 반발력으로 공이 튀어 올랐다.

엄청난 힘이 담긴 공은 시속 190킬로미터의 무시무시한 속력으로 대기를 갈랐다. 그때까지 경기를 보던 인내심 좋은 관중들이 다 함께 함성을 지르면서 공의 궤적을 추적했다. 하지만 곧 아무도 그 궤적을 따라갈 수가 없게 되었다. 공이 야구장 밖으로 날아갔으니까. 모두가 임현채의 이름을 연호했다.

애초에 아무 기대도 하지 않고 있던 임현채의 동료들이 놀라 자빠지는 동안, 그 옆에서 팔짱을 끼고 모든 것을 지켜보던 유승진 감독이 미소를 지었다. 멍하니 공을 바라보던 강산은 입술을 한 번 핥고는, 원정 구단의 더그아웃 쪽으로 걸어갔다.

구장을 천천히 돌면서, 임현채는 머릿속에서 도파민이 그야말로 폭발하는 것을 느꼈다. 모두가 그의 이름을 부르고 있었다. 그가 해낸 것이다. 마치 고등학생 때 에이스 노릇을 했던 그 순간처럼!

팬들이 구장을 나가는 통로를 따라 임현채를 기다리고 있었다. 모두 이날의 영웅에게 사인을 받고자 했다. 임현채가 마다할 리 없었다. 그는 한 명 한 명 정성스레 사인을 해주었다. 그들 중 자신의 이름이 새겨진 유니폼을 가진 사람은 단한 명도 없었다는 사소한 사실쯤이야, 그 순간 임현채에게는 별로 중요하지 않았다.

시간이 흐르고 사람들이 모두 만족하면서 돌아간 다음, 임현채는 지하철로 걸어갔다. 그런데 그때 익숙한 목소리가 들려왔다.

"형!"

이준이 웃으면서 임현채에게 다가오고 있었다. 임현채가 그의 얼굴을 보고 웃었다.

"형, 오늘 멋있더라?"

"덕분이지. 몸은 괜찮냐? 생각보다 빨리 퇴원했네."

"아직 다 나은 건 아냐."

임현채가 더 할 말을 못 찾아서 머뭇대는 사이, 이준이 그에게 물었다.

"형, 오늘은 우리 집에 올래?"

"음?"

"이번엔 내가 대접하고 싶어서."

나쁠 건 없다고 임현채는 생각했다.

이준은 신축 오피스텔에 살고 있었다. 집 내부는 집에 주인이 없다고 느껴질 정도로 깨끗하고 텅 비어 있었다. 흔한 책상 하나 없었다. 다만 방구석에 햄스터 한 마리가 웅크리고 있는 사육장만이 보였다. 한쪽 벽에 무더기로 쌓여 있는 주사기들과 약병들이 임현채의 시선을 사로잡았다.

"별거 없긴 한데."

이준이 방 한구석에 무릎 꿇고 앉은 다음, 임현채에게 손짓했다. 임현채가 살짝 거리를 두고 그의 앞에 앉았다.

"무릎은 또 왜 꿇냐?"

"난, 그냥 이 자세가 편해."

어색한 침묵이 흘렀다. 임현채는 이준의 시선을 조금씩 피하고 있었다. 이준이 다시 말했다.

"잘 다루더라. 적응하기 힘들었을 텐데."

"하하……. 그게, 나도 진짜 놀랐어."

임현채는 신이 나서 말했다.

"사실 처음 타석에 섰을 때는 분명히 힘은 느껴지는데, 이

걸 어떻게 써먹어야 할지 감이 전혀 안 왔거든? 그런데 딱!
공이 멈춘 것처럼 보이는 거야! 원래라면 칠 엄두도 못 냈을
공이었는데……. 진짜. 다르더라. 센 마력이 좋긴 좋더라고."

이준이 쓸쓸하게 미소 지었다.

"이제야 힘이 올바른 주인을 찾은 것 같네. 다행이야."

"올바른 주인은 무슨……."

머쓱해진 임현채가 머리를 긁적였다. 마력 때문에 인생을
망친 사람 앞에서 괜히 자랑한 것 같았기에. 그때 이준이 방
구석에 놓인 주사기 무덤을 가리켰다.

"저게 내가 맞는 약이야. 양 조절을 조금만 실수해도 죽을
수 있어. 그래도 마력 중독을 이겨내려면 저 약을 맞는 방법
밖에 없었어. 그런데 이제는……. 곧 저 약에서 벗어날 수 있
겠다는 생각도 들어. 마력이 없으니까. 조금씩 줄여나갈 수
있을 거 같아. 그럼 나도 이제 새 삶을 살 것 같고……."

"내가 정말 도움이 됐으면 다행인데."

"힛."

이준이 피식 웃고는 말했다.

"형, 그럼 나도 하나만 부탁해도 될까?"

그러면서 이준이 살짝 임현채에게 다가왔다. 임현채는 별
생각 없이 고개를 끄덕였다.

"물론이지. 필요한 거 있으면 말만 해."

"형, 고등학생 때 나한테 말했던 거 기억나? 나한테서 좋은 냄새가 난다고……."

순간, 임현채의 몸이 바짝 굳었다. 고등학교 시절의 기억이, 그가 잊었다고 생각했던 이준과의 기억들이 머릿속에서 무수히 피어올랐다.

"기억나."

임현채는 말했다. 이준이 그에게로 천천히 다가왔다. 임현채는 그때 좋다고 말했던, 그 솔잎 비슷한 냄새가 확 풍겼다. 이준이 가까이서 임현채를 주시하다가, 그에게 입을 맞췄다. 깜짝 놀란 임현채가 이준을 살짝 밀어냈다. 다급히 떨어진 이준이 잠시 숨을 몰아쉬다가 말했다.

"미안해. 형도 아직 좋아하는 걸로 생각해서……."

머릿속을 주걱으로 슬슬 휘저은 듯한 혼란의 소용돌이를 간신히 빠져나온 임현채는 문득 이런 생각이 들었다.

'나쁘지 않은데.'

아니, 나쁘지 않은 정도가 아니었다. 그건 분명히 좋았다. 임현채는 그 생각을 한 스스로에게 놀랐다. 그 스스로도 잊고 있던 로맨틱한 이끌림이었기 때문이다. 고등학생 이후로 너무나 오랫동안 느낀 적이 없어서, 그 감각이 어떤지도 점차 잊어버리고 있던, 그 이끌림. 분명히 이준과 서로 느끼고 있었던 그 이끌림.

어쩌면 그것은 독실한 개신교 신자였으며 이를 임현채에게 주입하고자 한 그의 부모 영향일지도 몰랐다. 임현채는 그냥 습관적으로 교회에 나갔을 뿐, 진지하게 신앙을 가진 적은 없었다. 하지만 그 집단 속에서 당연하게 공유되는 관념을 임현채 스스로 체화하고 있었을지도. 남자가 남자와 이러는 건 말도 안 되는 거라고 너무나 당연하게 생각해왔던 걸지도. 그래서 자기가 느끼는 욕망을 정의 내리지 못하고 있었던 걸지도. 그래서 고등학생 때 느꼈던 욕망을 잊고 있었던 걸지도.

이준이 입 맞췄던 그 순간, 임현채는 스스로의 욕망과 과거를 다시 한번 연결했다. 임현채는 더듬거리면서 말했다.

"어, 음. 괜찮아. 조금 놀라서 그랬어. 아니, 정말로 괜찮아."

그 말을 듣자, 이준이 활짝 웃으면서 임현채를 안았다. 그건 정말 나쁘지 않았다. 임현채는 말했다.

"사실 그동안 어디 갔나 했어."

고등학생 때 이준이 전학을 이유로 사라진 후, 임현채는 로맨틱한 관계를 단 한 번도 가져본 적이 없었다. 연애에 대해 생각하면, 다른 사람한테 그렇게까지 마음을 쏟는 게 가능한가 싶었다. 그래서 그냥 쭉, 혼자, 혼자 살아왔고, 거기에 큰 불편을 느끼지 못했다. 어떤 사람들은 임현채가 재미없게 산다고 생각하기도 했다. 어릴 때는 그 사실 때문에 스카우터들이 임현채를 좋아하기도 했다. 임현채는 자신이 외로움이라는 감정 자체를 모르는 것 같다고 믿었다.

임현채 스스로가 너무 오랫동안 고질적인 외로움에 빠져 있었기 때문에 그런 것이었다. 바닷속에 있는 물고기가 자신이 물속에 있는 줄 모르고 바다를 찾는 것처럼. 죄책감과 불안감 때문일지도 몰랐다. 임현채의 부모가 독실한 개신교 신자인 것이야 이미 말했고 아주 중요한 이유였지만, 또 하나더 걸리는 게 있었다.

임현채는 남자 운동선수였다. 이 야구판에 종사하는 사람들 대부분은 호모섹슈얼이라는 개념을 결코 받아들일 수 없는 마초남들이었다. 팬들 중에서도 절대 못 받아들이는 사람들이 꽤 있을 테고. 이 관계가 스포츠 뉴스에 올라오기라도 한다? 만약 그러면 임현채는 도대체 어떤 끔찍한 일이 일어날지 짐작도 하기 힘들었다. 그렇기 때문에 임현채는 자신의 근간의 일부가 되는 섹슈얼리티와 이준에 대한 그리움을 잊고 있었는지도 몰랐다.

하지만 이제 이준이 돌아왔다. 그리고 임현채는 다시 잊고 있던 욕망을 떠올렸다. 자기 자신을 태울지도 모르는 그 불꽃 같은 욕망. 하지만 인간은 불에 이끌리게 되는 법이다. 그런 불안감이 오히려 임현채가 이준을 고등학생 시절보다 더욱 좋아하게 만들었다.

임현채는 구단이 원정을 떠나지 않는 날에는 이준의 집으로 퇴근하곤 했다. 그러면서, 언젠가는 햄스터에게 밥을 주고 있는 그에게 이렇게 물어보기도 했다.

"왜 나한테 말하지 않았어? 그때는 그냥 아무 말도 없이 떠나서, 우리 둘이 만나는 걸 숨기고 싶어서 사라진 줄 알았어."

그 질문을 듣고 이준이 말했다.

"형한테 걱정을 끼치고 싶지 않았으니까. 부끄럽기도 했고. 내가 마력 중독에 빠져 있다는 것이⋯⋯."

"그래."

"그래도 형이 정말 보고 싶었어."

"⋯⋯그런데 왜 날 아직도 좋아하고 있던 거야?"

"형은 나랑 너무 다른 사람이니까."

확실히, 여러 면에서 그래 보였다. 임현채는 인도에서 걷고 있으면 인도의 폭을 꽉 채운다는 느낌을 주는 덩치였고, 이준은 가만히 두면 차차 증발해 공기 중으로 사라져버릴 것처럼 가냘팠다. 임현채는 평소에는 좀 단순하고 긍정적으로 생각하는 걸 선호했다면, 이준은 언제나 생각이 많아 보였으며 또 염세적이었다.

"그런 것도 이유가 되나?"

"다른 게 좋아하는 이유가 될 수 있지."

"사실 나도 이렇게 될 거라고는 생각하지 못했는데⋯⋯. 그때 이후로 다 끝난 거라고 생각했어."

"어쩌면 형이 내 몸에서 흐르던 것을 가져갔기 때문일지도. 내 몸속을 흐르던 역장이 형의 신체에 융화되면서, 정신적으로도 날 받아들이게 된 것 아닐까. 역장에는 그 사람의 정신 또한 깃든다고들 하거든⋯⋯."

이준이 눈을 빛내면서 말했다.

"원래 네 것도 아니었으면서 어려운 말을 하네."

"음. 그냥 헛소리였어."

그러면서 말끝을 흐렸지만, 이준은 아마도 자신이 한 말을 믿었을 것이다. 그러나 그 행복이 그렇게 오래갈 수 있을지는, 이준도 의문스러웠다.

이준은 언제나 임현채에게 당부했다. 지나치게 마력에 의존하지 말라고. 경기 중에서든, 일상생활에서든, 몸으로 할 수 있는 건 몸으로 때우라고. 그러지 않고 본래의 잠재력을 초과하는 마력이 스스로를 잡아먹게 두면, 신체에 마법 부작용이 쌓이게 될 거라고. 한번 의존하게 되면 돌이킬 수 없다고. 자기는 이 힘이 임현채를 잡아먹는 걸 결코 바라지 않는다고.

처음에는 임현채도 그 말을 잘 지켰다. 적어도 지키려고 노력은 했다. 10년 가까운 세월이 흐른 뒤에 만난 이준이 어떤 꼴이 됐는지 봤으니까. 그러는 동안 임현채는 역장 속에 깃든 경이로운 힘에 차차 익숙해졌다. 이름 모를 이에게서 온 그 역장은 마치 임현채가 태어날 때부터 임현채의 몸속에 흐르던 것처럼, 그에게 엄청난 힘을 부여했다.

실전에서 강력한 마법을 응용하기 시작하면서, 임현채는 자기 몸에 흐르는 마력을 자기 의지대로 활용할 수 있게 됐다. 임현채는 투수의 마력을 아예 차단해서 비리비리한 공밖에 던지지 못하게 만들기도 했고, 빠르게 움직이는 공을 순간 이동시키는 고급 전이술을 이용해서 반드시 홈런이 될 공을 낚아채기도 했다.

당연히, 시즌 후반부는 임현채에게 정말 끝내주는 시기였다! 물론 팀의 순위는 심해에서 벗어나지 못하고 있었지만, 신인 선수들 크는 맛에라도 경기를 보는 팬들에게 임현채는 희망의 신성이 되어 빛났다. "10년 동안 그렇게 처박더니, 마침내 한 사람, 아니 다섯 사람 몫을 해내는구나!" 1년에 500장도 팔리지 않던, 임현채의 이름이 새겨진 유니폼의 판매량이 수직 상승했고, 평소에는 연락도 않던 야구 기자들이 그를 찾아와서 인터뷰를 진행했다. 어떻게 그렇게 갑자기 마법을 잘 다룰 수 있게 됐느냐는 질문을 받을 때마다 임현채는 그저 웃으며 말했다.

"오랫동안 꾸준히 훈련한 덕이죠. 연습은 거짓말을 안 하거든요."

그러나 사람은 거짓말을 한다. 어쨌든, 임현채는 10년 만에 마침내 잠재력을 터뜨리고 재기한 유망주가 되었다. 임현채를 계속 믿어준 유승진 감독은 다행히도 잘리지 않을 수 있었고. 구단 팬들은 두근거리는 가슴으로 내년을 고대했다. 임현채의 대활약에 마음이 편하지 않은 이는 딱 한 명뿐이었다. 이준.

정규 시즌 경기 수가 이제 한 손으로 꼽힐 정도로 얼마 남지 않은 날, 새벽녘이었다. 술에 거하게 취한 임현채가 비틀거리면서 집에 들어왔다. 그날도 끝내기 홈런을 쳤고, 그걸 기념해 술을 잔뜩 마셨기 때문이다. 이준은 약한 조명을 켠 채로 거실의 소파에 앉아 마르쿠스 아우렐리우스의 《명상록》을 읽고 있다가, 임현채가 들어오자 책을 덮었다.

"어, 준. 안 자고 있었네."

임현채가 웃었다. 하지만 이준의 표정은 그렇게 밝지 않았다.

"형 요즘 술 엄청 자주 마시네."

"뭐, 잘되니까. 오늘도 끝내기 홈런 쳤거든."

"실시간 중계로 봤어."

임현채는 거실에 붙어 있는 식탁 의자에 앉아서, 짙은 알

코올 냄새가 섞인 숨을 내뱉었다. 그는 식탁 위에 왼손을 올리고 딱 소리를 냈다. 그러자, 찬장에 있던 물컵이 임현채 앞으로 보랏빛을 내면서 순간 이동했다. 그다음에는, 물컵에 저절로 물이 차올랐다. 임현채는 물을 한 잔 마시고 크, 하며 소리를 냈다.

보통은 술에 취한 채 그렇게 복잡한 마법을 연계해서 사용하는 건 불가능하지만, 임현채에게 이제 그 정도는 아무렇지도 않았다. 누군가에게는 경이로운 장면이었겠지만, 이준에겐 그건 너무 불안한 모습이었다. 이준이 일어서서는 말했다.

"일상에서는 마법 안 쓰기로 했잖아."

"뭘 이 정도 가지고 그러냐……."

"약속했잖아."

"아니, 이건 원래도 쓸 수 있는 마법이었는데."

"술에 취한 채로 쓰는 건 다르지. 연속으로 여러 마법을 시전하는 거기도 하고. 그리고……."

이준은 한숨을 푹 쉬면서, 휴대폰으로 무언가를 검색한 다음, 떠오른 화면을 임현채에게 보여주었다. 그건 스포츠 뉴스의 사진 기사였는데, 임현채가 말 그대로 하늘 높이 날아올라 떠오른 공을 낚아채는 장면이었다. 대부분의 마법사가 꿈도 못 꿀, 반중력과 가속이 조합된 마법이 사용된 모습이었다.

"마력에 너무 의존하지 말라고 내가 계속 말했잖아."

"이건 경기잖아? 몸으로 때울 수 있는 공도 아니었고. 마법 안 쓰면 절대 못 잡았어."

"아니, 이 정도로 강한 마법을 쓸 필요 없다고. 형 신체에 부담이 가니까."

임현채가 피식 웃었다.

"프로 선수가 경기에서 잘하는 게 잘못이냐? 원래 프로 스포츠 선수라는 게 젊을 때 몸 확 당겨쓰는 거잖아."

"마력 의존은 평생 가는 거야. 최대한 잘 관리해둬야……."

임현채가 귀찮다는 듯이 머리를 흔들었다.

"야, 알아서 잘해. 걱정 마. 내가 너냐?"

"뭐라고? 다시 말해봐. 뭐라고 말했어, 형?"

이준이 다그치듯 말하자, 임현채가 일어서서 그를 똑바로 내려다봤다.

"짜증 나게 하지 마라. 진짜."

하지만 이준도 임현채에게 기가 죽지 않았다. 그는 임현채의 눈을 똑바로 바라보면서 말했다.

"형 지금 위협적이야."

"무슨, 위협하려는 게 아니라……."

"충분히 그렇게 느껴져. 형이 나보다 훨씬 크고 세잖아."

"너는 왜 이렇게 사람이……."

"오늘은 다른 방에서 잘게."

그렇게 말하고는, 이준은 창고로 쓰는 방으로 들어갔다. 그 뒷모습을 보고 있자니 임현채는 '뭔데 이렇게 지랄이지?'라는 생각을 하지 않을 수가 없었다. 준이 문을 꽝 닫는 것을 보고, 임현채는 씩씩대다가 안방으로 들어갔다. 씨발 소리를 내면서, 침대 위에 드러누웠다. 그는 눈을 감았다.

그런데, 마음 한편에서 또 슬그머니 준에게 미안하다는 생각이 들기도 했다. "내가 너냐?"라고 말한 거는 좀 심하지 않나. 어쨌든 마력 중독 때문에 고생한 사람한테 그렇게 말하는 건 비열한 짓이니까. 이런 일은 빨리 사과해야 앙금이 남지 않는다는 걸 임현채는 알고 있었다.

내키진 않았지만, 해야만 하는 일이라고 생각하면서 임현채는 침대에서 일어났다. 그는 이준이 있는 방의 문을 열고 들어갔다.

"준."

이준은 바닥에 누운 채로 잠들어 있었다. 어두운 방 안에서 임현채는 그를 내려다보았다. 임현채의 눈이 어둠에 적응하자, 옆에 놓인 예상치 못한 물건이 보였다. 바로 주사기였다. 인상을 찌푸리고, 임현채는 그 주사기를 주워 들었다. 그는 이준이 이전에 가르쳐준 감정(鑑定) 마법을 사용해 주사기에 남은 약물의 정보를 읽었다.

그건 재활에 쓰이는 약물이었다. 중독을 차마 참을 수 없을 때 맞는 마약······. 임현채에게 역장을 이식한 후 준은 이약을 맞지 않아도 괜찮다고 했지만, 이렇게 감정적으로 괴로울 때는 역시 어쩔 수 없었던 것이다.

그 모습을 보고 있자니, 임현채의 머릿속에 문득 한심하다는 생각이 스쳐 지나갔다. 자신은 그 마력을 받고도 아무렇지도 않은 것 같았기 때문이다. 그 힘을 성공을 위한 추진력으로만 사용하고 있다고 임현채는 생각했다. 그러자 방금전에 자기가 했던, "내가 너냐?"라는 말이 그렇게 틀리진 않은 것만 같았다. 스스로도 그런 생각을 할 거라고 예상하지 못했지만······. 임현채는 이준을 깨우지 않고 안방으로 돌아갔다.

다음 날 일어났을 때, 두 사람은 아무 일도 없었던 것처럼 행동했다. 하지만 임현채는 약물을 맞고 잠들어 있던 이준의 모습을 잊지 않았다. 그 약하고 한심한 모습을.

그해에도 최악의 성적표를 받아 든 임현채의 구단은 다음 시즌에는 반드시 꼴등에서 벗어나야 했다. 그래서 그해의 정규 시즌이 끝나고 나서, 구단은 베테랑들과 싹수가 보이는 신인들을 일본 남쪽의 따뜻한 땅으로 전지훈련을 보냈다. 임현채는 지난 5년간 이런 전지훈련에서 항상 제외됐지만, 마지막 시즌 끝에 멋진 모습을 보여줬기 때문에 이번에는 당당하게 참여할 수 있었다. 그 때문에 이준과 잠시 떨어지게 됐고.

역장을 이식받은 이후에도, 임현채의 연습 벌레 기질은 죽지 않았다. 아니, 오히려 임현채는 이전보다 더 열심히 훈련했다. 모두가 자신의 이름을 연호하던 순간을 잊을 수 없었기 때문이었을지도 모른다. 그때 느낀 뇌에서 도파민이 쏟아지던 순간의 쾌락은 도저히 포기할 수가 없는 것이었다. 임현채는 자신의 몸에 깃든 마력을 사용하는 것 그 자체에 재미를 느꼈다. 전지훈련장에는 마법을 과도하게 사용한다고 사사건건 태클을 거는 이준도 없으니, 그는 마법을 그 어느 때보다 자유롭게 사용할 수 있기도 했다.

전지훈련이 시작되고 일주일이 지났다. 그날 밤에도 임현채는 가장 늦게까지 남아 배트를 휘두르고 있었다. 관성 무시 마법에 적응하기 위해서였다.

그러니까, 배트를 이미 휘두르기 시작하면, 공에 전혀 닿을 수 없다는 사실을 알아도 중간에 멈추기가 힘든 법이다. 한번 힘을 주면 관성이 생기니까. 근데 이 마법을 쓰면 관성을 무시하고 배트의 방향을 완전히 바꿔버리거나, 배트를 중간에 힘들이지 않고 멈춰 세울 수 있는 것이다. 이건 마력으로 고전역학의 기본 원칙 하나를 잠시나마 완전히 깨뜨리는 일이다. 임현채가 자기 마력에 꽤 익숙해졌다 해도 쉽지 않았다.

임현채가 구슬땀을 삘삘 흘리면서 마력을 집중하고 있는데, 뒤에서 다가온 누군가가 그의 어깨를 툭 쳤다. 집중이 깨진 임현채가 살짝 인상을 찡그리며 고개를 돌렸다가, 이내 인상을 폈다.

"감독님?"

유승진이었다.

"어이, 밤늦게까지 너무 무리하는 거 아냐?"

유승진이 임현채의 오른손을 잡아 펼쳐 보고는 말했다.

"물집 잡힌 것 좀 봐."

"감독님, 물 오른 김에 열심히 해야죠. 그래야 내년에 아시안게임 국가대표에 뽑혀서 군 문제도 해결하고요."

"그래. 맞다. 그래도 몸 상하지 않게 조심해야지."

"네, 조심하겠습니다."

유승진이 손을 놓고는, 대견하다는 듯 임현채를 바라보면서 말했다.

"부상당하면 안 되지. 그래야 내년에 상위 타선에 설 거 아냐?"

"상위 타선에요? 제가요?"

"그래. 내년부터는 네가 우리 4번 타자거든."

야구에는 9번까지의 타자가 있는데, 5번까지를 상위 타선이라고 부르고 팀에서 잘하는 타자들로 채워 넣는다. 그중에서 3번과 4번 타석에 팀 최고의 강타자가 선다. 4번 타자는 그 자체로 에이스라는 뜻의 관용구로 쓰이기도 한다. 임현채가 고등학생 이후로 다시는 서지 못했던 순서였다. 임현채가 얼떨떨한 채로 물었다.

"제가 그 정도가 될까요, 감독님?"

"아냐……. 보니까, 현채 네 잠재력이 이제 확실히 터진 것 같아. 앞으로 5년간은 네가 우리 팀을 이끌어줄 수 있을 거야. 너도 그렇게 생각하고 있지?"

임현채는 다시 한번, 강산의 공을 야구장 밖으로 받아쳐냈을 때의 그 기분을 느꼈다.

"감사합니다, 감독님. 열심히 하겠습니다!"

유승진이 너털웃음을 터뜨렸다.

"그래, 앞으로도 훈련 잘하고……. 기도도 잘하고."

기도라는 말을 들었을 때 임현채는 이준을 떠올렸다. 미묘한 느낌이었다. 그런데 그때 유승진이 살짝 정색하고는, 말을 이었다.

"그런데 말야……. 현채야. 하나 물어보자."

"예?"

"너……. 갑자기 이렇게 잘하게 된 거, 다 훈련 덕이지?"

임현채는 잠시 머뭇거리다 말했다.

"……네."

"아니, 뭐. 요즘 그런 이야기가 들려오더라고. 야구 선수 중에 다른 사람 골수에 든 역장을 이식받아서 마력을 늘리는 경우가 있다네. 사실 전례가 없던 일이라 규정 위반은 아닌데 말이야. 요즘 사회 곳곳에서 역장 이식이 문제지 않니. 이게 승부 조작하고 연결이 되어 있다고……."

"승부 조작이요?"

유승진이 고개를 끄덕였다. 그가 주위를 둘러보더니, 임현채한테 속삭였다.

"강산이 알지? 강산이 9년 전부터 거기 연루됐다더라."

"강산이가요?!"

유승진이 어깨를 으쓱였다.

"그래. 구단에 제일 후순위로 들어온 애가 갑자기 잘하게 된 것도 역장 이식을 받아서라더라. 강산은 승부 조작 연루된 게 이번에 검찰한테 확실히 걸려서, 곧 뉴스에 쫘르륵 뜬다는 거야."

"아……."

임현채의 가슴이 빠르게 뛰었다. 이를 아는지 모르는지, 유승진은 한가로이 물었다.

"너는 문제없지? 이 일과 관련 없고?"

임현채는 고개를 끄덕였다.

"물론이죠. 감독님."

"그래, 나도 너 믿고 있다. 너는 원래부터 싹수가 있었잖아. 그럼 열심히 하자. 너무 무리하진 마라."

유승진이 임현채의 어개를 몇 번 툭툭 친 다음 숙소 쪽을 향해 걸어갔다. 그 뒷모습을 임현채는 멍하니 바라보다가, 현기증을 느끼고 잠시 비틀거렸다.

유승진의 말은 틀리지 않았다. 다음 날 아침 스타 투수 강산이 역장 이식을 받고, 그 대가로 승부 조작에 가담했다는 뉴스가 모든 스포츠 신문에 도배가 되었다. 선수들은 훈련은 아예 뒷전으로 하고 강산 이야기밖에 하지 않았다. 임현채는 아무렇지도 않은 척, 헬스장에서 운동에 열중했지만, 등 뒤로 들려오는 이런 이야기에 귀를 쫑긋 세울 수밖에 없었다.

"……무슨 해외 도박 사이트에서 강산을 후원한다고 접근했다는데?"

"야, 씨발……. 솔직히 부러운데? 어쨌든 10년 동안 존나 해 먹었잖아. 지금까지 받은 연봉만 해도 수십억 아나?"

"그니까. 그리고 어차피 한번 받은 마력은 안 사라질 거 아냐. 빵 갔다 와도 뭐라도 하겠지."

임현채의 등에 식은땀이 흘렀다.

"룰대로 하는 놈들만 좆 되는 거지, 뭐. 역장 이식받아서 마력 능급을 두 단계나 점프시켰다잖아. 나는 누가 그런 것 좀 안 주나? 킥킥, 씨발."

"이번에 리그에서 전수조사 한다는데. 역장을 뽑아서 유전
자랑 대조한대."

"아니……. 나는 뭐 한 것도 없는데 검사받아야 해? 개좆
같네. 진짜."

그 말이 귀에 들어왔을 때, 임현채는 들고 있던 바벨을 놓
쳤다. 쇳덩어리가 쾅 떨어지면서 커다란 소리가 헬스장 전체
에 울려 퍼졌다. 임현채는 엎어져서 허리를 부여잡고 신음을
흘렸다. 곧 이야기를 나누던 후배 둘이 그에게 달려왔다.

"선배님, 괜찮으세요?"

"아, 어. 괜찮아. 일어날 수 있어."

"아뇨. 계세요. 일단 메디컬 팀 부를게요."

후배 한 명이 메디컬 팀을 데리고 오는 동안 남은 후배 하
나가 뭐라 뭐라 말했지만, 임현채에게는 거의 아무것도 들리
지 않았다. 허리가 아프다는 사실도 그렇게 신경 쓰이지 않았
고. 다만 지금 그가 생각하는 것은 하나뿐이었다. 강산이 역
장을 이식받았고, 승부 조작에 연루됐다는 그 사실.

곧 트레이너와 정형외과 의사가 후배 선수와 함께 찾아왔
다. 다행히 임현채의 허리에는 아무 이상도 없었다. 살짝 삐
끗한 정도였다. 그래도 의사는 며칠 쉴 것을 권고했다. 평소
의 임현채였다면 거부하고 훈련에 참여했겠지만, 이번에 그

는 순순히 받아들였다. 그는 숙소로 돌아갔다. 아니, 돌아가려고 했다. 가는 도중에 생각이 바뀌었던 것이다.

임현채는 휴대폰으로 가장 빠르게 한국으로 돌아갈 수 있는 항공편을 잡았다. 그리고 택시를 잡아타고 공항으로 향했다. 임현채는 도저히 숙소에 가만 누워 있을 수가 없었다. 당장 목을 죄어오는 불안을 해결해야만 했다.

열 시간 뒤, 임현채는 자기가 사는 도시의 기차역에 도착했다. 기차역 대합실에 설치된 텔레비전에서는 마침 강산의 역장 이식과 승부 조작을 알리는 뉴스가 방송되고 있었다. 강산의 얼굴이 텔레비전에 대문짝만하게 나오는 것을 보고 임현채는 실제로 가슴이 찔리는 듯한 통증을 느꼈다. 그가 느끼는 감정은 이제 불안이라기보다는 차라리 공포에 더 가까웠다.

임현채는 자기를 공격하는 기사들의 헤드라인을 생생히 떠올릴 수 있었다. '거짓으로 점철된 임현채 신화', '임현채, 역장 이식 브로커와 연결된 것으로 밝혀져', '야구계의 검은 손길, 역장 이식 스폰서'……. 이제야 정점을 회복했는데. 이제야 다시 관중들의 환호를 받을 수 있는데. 이제야 재능이 꽃피기 시작했는데!

그는 다시 한번 나락으로 굴러떨어지는, 이제 먹튀보나 너

심한 욕을 듣는 미래를 생각했다. 살인 등의 중범죄를 제외한다면, 승부 조작은 스포츠계에서 가장 심각한 범죄로 취급된다. 강산은 이제 다시는 이 업계에서 일할 수 없을 것이 뻔했다. 어쩌면 임현채에게도 비슷한 운명이 기다리고 있을지 몰랐다. 그 생각만으로 임현채는 미쳐버릴 것만 같았다.

임현채는 기차역 밖으로 뛰쳐나왔다. 떨리는 손으로, 누군가에게 전화를 걸었다. 신호음을 들으면서, 임현채는 이 전화가 연결이 될지 의심스러웠다.

다행히, 전화는 연결이 되었다. 임현채는 목소리를 낮게 깔고 그의 이름을 말했다.

"준."

"형?!"

임현채는 잠시 무엇을 물어봐야 할지 고민했다. 이준에게 따지고 싶은 게 너무 많았기 때문이다.

"……너 어디야?"

"나? 지금 집."

"지금 거기로 갈 테니, 만나서 이야기 좀 하자."

"형, 일본이잖아?"

임현채는 답하지 않고 전화를 끊었다. 그다음 택시를 잡아, 그의 집으로 가달라고 말했다.

집 안으로 들어서자, 선 채로 임현채를 기다리고 있는 이준이 보였다. 임현채는 당장에라도 멱살을 잡고 싶은, 아니 파괴 마법으로 그를 부숴버리고 싶은 충동을 애써 참으면서 따져 물었다.

"너……. 너 오늘 뉴스 봤지? 강산 뉴스, 응? 봤지!"

이준이 고개를 끄덕였다. 임현채는 다가서서 그를 내려다보았다.

"씨발, 너 그 역장 이식 브로커는 어디서 구한 거야!"

"형, 진정해. 제발, 일단, 진정해."

이준이 임현채의 팔뚝 위에 손을 올리자, 임현채가 그 손을 쳐냈다. 흥분을 주체하지 못한 그는 콧김을 씩씩대면서 말했다.

"너도 승부 조작이랑 연루된 거지? 그러려고 접근한 거지? 응? 사람 하나 좆 되게 하려고?"

"정말 그런 거 아냐. 일단 진정해, 제발. 형……."

이준이 애원하듯이 말했다. 비굴하게까지 느껴지는 행동을 보고 있자니, 임현채의 화가 약간이나마 누그러들었다. 이준은 다시 임현채의 오른팔을 부여잡고는 말했다.

"일단 내 말 좀 들어봐."

"승부 조작에 연루되지 않은 건 확실해?"

"형한테 그선 확실히 말해줄 수 있어. 역장 이식해준 사람,

그 의사, 그냥 옛날에 내가 받았을 때 시술해줬던 의사야. 형도 아는 병원에서 일하고 있고……. 그 의사는 그런 거랑 전혀 관련 없어."

그렇다고 해서 임현채의 불안이 완전히 사그라든 건 아니었다.

"그게 끝이 아냐……. 리그에서 전수조사 할 수도 있다고 했어."

"전수조사를 한다고?"

"그래. 그러면 그냥 좆 되는 거야."

"엄밀히 따지면 역장 이식이 규정에 어긋나는 건 아니잖아."

"그래서? 사람들이 어떻게 생각할 거 같아? 프로 판에서 매장당하는 건 똑같을걸."

이준은 거기까지는 생각을 못 한 듯, 잠시 침묵했다. 이준은 눈을 감고 살짝 한 손을 들어 올렸다. 생각을 좀 해보겠다는 제스처였다. 그러다 고개를 한 번 젓고는, 다시 눈을 떴다. 이준의 입이 열렸다.

"……그때는 어쩔 수 없어. 그 역장은 원래 내 것도, 형 것도 아닌 다른 사람의 거니까……. 유전자가 달라. 조사하기 전에 역장을 빼서 폐기하는 수밖에 없어. 모두의 역장을 검사한다는 게 금방 할 수 있는 일도 아니니까. 그럴 시간은 충분할 거야."

임현채는 믿을 수 없다는 표정으로 이준을 바라봤다. 그는 어이가 없다는 듯 되물었다.

"역장을 폐기하라고?"

이준은 고개를 끄덕였다.

"응. 걱정하지 마. 유전적으로 차이 나는 것만 뽑아서 제거할 수 있으니, 원래 있던 힘은 멀쩡할 거야."

임현채는 고개를 저었다.

"싫은데."

이준이 살짝 인상을 찌푸렸다.

"왜?"

"야. 내가 10년 동안 얼마나 개고생한지 알아? 이 구단 저 구단 전전하고……. 사람들한테는 개먹튀라고 맨날 욕 처먹다가, 이제야 내 힘을 제대로 쓸 수 있게 됐는데. 지금 내 힘을 포기하라고? 그건 싫어. 내가 미쳤다고 역장을 빼냐?"

그 말을 듣자, 이준은 한숨을 쉬고는 임현채를 다그쳤다.

"형. 형 지금 헛소리한다. 그게 어떻게 자기 힘을 제대로 쓸 수 있게 된 거야?"

"네가 올바른 주인을 찾았다고 했잖아. 이제 내 힘이라고 했잖아. 네가 줬는데, 왜 내 힘이 아닌데? 이건 내 힘이야."

그렇게 말하는 임현채의 눈에는 핏발이 서려 있었다. 이준은 그 눈이 어떤 눈인지 정확히 알고 있었다. 마력에 빠시기 시작한 사람의, 광기의 늪에 빠져들기 시작하는 사람의 눈. 고등학생 때 이준이 거울로 항상 봤던 눈이었다.

"······형. 약속했잖아. 이 역장 때문에 어떤 문제라도 생기면, 지체 없이 역장을 제거하는 걸로. 그때 병원에서 우리 같이 이야기했잖아······."

임현채도 분명 그 순간을 기억하고 있었다. 자기가 약속을 했다는 것도. 하지만 그 약속을 내팽개치는 데서 오는 수치심 같은 것보다, 마력을 잃고 싶지 않다는 갈망이 훨씬 더 컸다. 그 힘이 지금까지 준 성취감과 즐거움을 차마 포기할 수가 없었다. 이제 이준이랑은 어떻게 되든 상관없다고 생각하면서, 임현채는 말했다.

"마음대로 생각해. 나는 다시 일본 갈 거야."

그런 다음, 임현채는 몸을 돌려 현관으로 걸어갔다. 이준은 임현채의 뒷모습을 지켜보았다. 이준은 과거를 떠올렸다. 그리고 뼈저리게 후회했다······. 그냥 폐기해버렸어야 했는데. 그는 이 역장을 통해 고등학교 때 설레었던 그 관계를 다시 회복하고 싶었다. 그가 했던 고생에 걸맞은 합당한 보상을 준다면, 임현채의 사랑을 얻을 수 있을지도 모른다고 생각했다. 하지만 돌이켜보면, 그것조차 오만이었을지도 모른다고, 이준은 생각했다. 애초에 그 역장의 주인은 이준이 아니었는데. 이준은 현관문을 연 임현채에게 말했다.

"당장 폐기하지 않으면, 내가 기자한테 직접 연락할 거야. 내가 형한테 역장 쳤다고."

이준의 최후통첩을 듣자, 임현채가 번개같이 고개를 돌렸다.

임현채는 2년 전의 하루를 떠올렸다.

그때 임현채의 팀은 압도적인 점수 차로 지고 있었다. 23:0이었던 것으로 임현채는 기억했다. 이게 정말 프로야구 구단끼리 맞붙은 게 맞는지 의아할 정도의 스코어. 6:0 정도가 됐을 때 임현채의 팀은 완전히 전의를 잃었다. 하지만 상대 구단의 타자들은 이참에 자기 기록을 뻥튀기할 요량으로 최선을 다해 공을 때렸다. 투수들은 나오는 족족 하나같이 홈런을 허용했다. 팬들에게도, 선수들에게도, 코칭스태프들에게도, 그 경기를 중계하는 캐스터와 해설위원들에게도 잔혹한 경기였다.

그날 임현채의 기록은 4타석 0안타 0볼넷 3삼진. 무가치한 수준의 성적이었다. 노력을 하지 않은 것은 아니었다. 오히려 가장 마지막까지 집중을 유지하려고 노력한 사람이 바로 임현채였을 것이다. 그러나 집중을 유지한다고 해서 공을 칠 수 있는 건 아니었다. 배트를 열심히 휘둘러봤지만, 원망스러운 공은 포수의 글러브로 빨려 들어갈 뿐이었다. 그나마 한 번은 공을 치는 데 성공했지만 곧장 수비에 막혀버렸다.

상대 팀이 5점을 추가로 낸 8회 초, 투 아웃이었다. 이제 한 타자만 더 잡으면 9회로 넘어갈 수 있었다. 오랫동안 수비를 하고 있던 임현채는 멍하니 서서 전의 타석을 복기하고 있었다. 복기를 하면 할수록, 마음속 희망이 사그라들기만 했다. 자신의 기량이 빠른 속도로 쇠퇴하고 있다는 생각밖에 할 수가 없었다.

그때 임현채 쪽으로 공이 날아왔다. 힘없는 외야 플라이였다. 훈련을 받은 선수라면 못 잡을 수가 없는, 잡지 않으면 안 되는 공. 임현채는 그 공을 뒤늦게 발견했다. 어, 소리를 내면서 임현채는 뛰었다. 순간, 공이 경기장의 환한 조명에 숨어 사라졌다. 임현채의 귀에는 아무 소리도 들리지 않았다. 공은 임현채의 등 뒤로 떨어져 굴렀다.

명백한 실책이었다. 임현채가 뒤늦게 공을 주워 들어 던졌지만 한참 늦었다. 그 공을 친 타자는 일루로 천천히 뛰어갔고, 누상에 있던 타자 두 명이 홈으로 들어갔다. 스코어가 2점 벌어졌다. 홈에 들어간 타자들은 기쁨의 세리머니를 하지도 않았다. 경기장 분위기는 남극 한가운데처럼 꽁꽁 얼어붙어 있었다. 임현채는 한숨을 푹 쉬었다.

바로 그때, 임현채는 자기 등에 뭔가 부딪히는 걸 느꼈다. 임현채는 몸을 돌렸다. 땅에 떨어진 족발 뼈가 보였다. 그리고 관중석에서 만취한 사람 한 명이 임현채에게 소리를 고래 고래 지르고 있는 것도.

"야이 개먹튀 새끼야!"

보안 요원들이 다급히 그에게 달려갔다.

"씨발, 너는 진짜 안될 새끼다. 평생 아무것도 못 이룰 새끼라고! 그냥 빨리 은퇴하고 어디 안 보이는 데로 꺼져서 빌어처먹어라!"

임현채는 아무 말도 하지 않고, 아니 하지 못하고, 자신에게 족발 뼈를 던진 사람이 구장 밖으로 끌려가는 것을 바라보았다.

족발 뼈를 맞았던 그때와 똑같은 표정으로, 임현채는 이준을 쳐다보았다. 임현채는 이준의 표정을 보고 단번에 알 수 있었다. 이준이 결단을 내렸다는 사실을. 임현채가 어떤 말을 한다고 하더라도, 이준이 다른 선택지를 줄 것 같지는 않았다. 임현채는 두 가지 중에 하나를 선택하는 수밖에 없었다. 힘을 포기하거나, 아니면 이 모든 것이 탄로 나거나.

역장을 제거한다면, 임현채는 다시 이전으로 돌아가야 했다. 아니, 오히려 이전보다 더 끔찍한 나락으로 떨어질지도 몰랐다. 임현채는 이미 마법으로 모든 것을 해내는 데 익숙해져버렸으니까. 이전만큼의 기량조차 되찾지 못할지도 몰랐다. 그리고 이제 그는 곧 서른이있다. 야구 신수로서의 전성기가 조금씩 끝나기 시작하는 바로 그 지점. 더 이상 유망주라고 불릴 수 없는 그 나이. 임현채가 다시 이전으로 돌아간다면, 기회를 받을 수 있을까? 결코 그렇지 않다는 것을 그는 아주 잘 알고 있었다.

평생 아무것도 못 이룰 새끼. 20대가 끝나기 직전에 뭐라도 해보나 싶었지만, 결국 끝까지 거품뿐인 새끼. 먹튀. 먹튀. 그게 임현채의 삶을 설명하는 칭호가 될 터였다. 아니, 사람들이 임현채라는 선수가 있었다는 사실을 기억하기나 할지 그는 의심스러웠다. 역장을 이식받기 전까지는, 그래도 임현채는 자기가 잊힐 거라는 사실을 받아들일 준비가 돼 있었다. 하지만, 지금 이 순간, 그는 인생의 전성기를 맞을 생각에 들떠 있었다. 이제 임현채는 그 끔찍한 미래를 결코 받아들일 수가 없었다.

이 모든 사실이 탄로 나는 것도 끔찍한 일이기는 매한가지였다. 설령 승부 조작과 아무런 상관이 없더라도, 이 역장 이식이 사실 도핑이나 다름없는 일임은 그 누구보다 임현채가 잘 알고 있었다. 그렇지 않다면 이 모든 것이 훈련 덕분이라고 인터뷰에서 굳이 거짓말을 했을까? 아닐 터였다.

승냥이 같은 기자들이 달려들면 임현채와 이준의 관계가 들통나는 것도 시간문제였다. 임현채는 이 판에 얼마나 집요한 기자들이 많은지 알고 있었다. 임현채는 이 마초적인 스포츠 업계에서, 자신이 게이라는 사실이 알려지면 쏟아질 수 많은 조롱을 차마 상상도 할 수 없었다. 어쩌면 역장 이식보다 더 치명적인 폭로가 될지도 몰랐다.

그럴 순 없었다.

절대 그럴 순 없었다.

임현채는 준을 보았다. 그는 준에게로 천천히 걸어갔다. 자신의 삶을 망치려고 하는 그 존재를 막아야만 한다고 생각하면서. 임현채는 이준을 와락 껴안았다. 마치 자신이 그의 말을 따라, 역장을 당장 내일이라도 폐기할 것처럼. 예전의 약속을 지키려고 하는 것처럼. 이준은 그 품속에서 조금 안심이 되는 듯 말했다.

"고마워……. 형은 잘할 수 있을 거야. 설령 안 되면 또 어때. 우리 둘이서 잘 살 방법이 차고 넘칠 텐데……. 찾아나갈 수 있을 거야."

하지만 임현채가 품고 있는 생각은 이준의 기대와는 전혀 다른 것이었다. 이준의 어깨 너머로, 임현채는 방 한구석에 쌓여 있는 주사기와 약병을 보았다. 임현채가 오른손을 펼치자, 그의 손안으로 주사기 하나가 전이해 나타났다. 그 주사기 안에는 이준을 지긋지긋한 중독으로부터 잠시나마 막아주었던 약물이 가득 차 있었다. 마력 중독에서 인체를 지켜줄 수 있을지는 모르겠지만, 결국은 그것만으로도 인간에게 치명적인 약물이.

임현채는 그 주사기를 이준의 옆구리에 찔러 넣고, 그를 떠밀었다.

"허억!"

비명을 지른 이준은 그제야, 상황이 어떻게 돌아가고 있는지 깨달았다. 혈관을 타고 차가운 약물이 주입되어 흐르는 것을 느끼면서, 이준은 임현채의 얼굴 쪽으로 손을 내밀었다.

"혀, 형……."

거기까지였다. 주입된 약물이 순식간에 작용했다. 이준은 결코 저항할 수 없는 졸음을 느끼면서 눈을 감았다. 임현채는 자신의 얼굴에 닿은 이준의 손이 살짝 경련하는 것을 느꼈다. 이준이 바닥에 천천히 쓰러졌다.

자기도 모르는 새에, 임현채는 벌벌 떨고 있었다. 임현채는 억지로 호흡을 제어하면서, 방금 전 이준의 옆구리에 찔러 넣었던 주사기를 오른손으로 꼭 쥐고 파괴 마법을 외웠다. 손안에 있던 주사기는 흔적도 없이 사라져버렸다. 임현채는 비틀거리면서 이준의 집을 나섰다.

초겨울의 차가운 공기가 임현채의 허파를 꽉 채웠다. 조금 몽롱한 상태이던 임현채는 그제야 현실감을 느꼈다. 그 모든 것이 현실이었다. 임현채는 그를 죽였다. 이준은 돌아오지 않을 것이다. 그 사실을 생각하면, 비통했다. 아직도 이준을 좋아하고 있었으니까. 그 솔잎 같은 냄새를 좋아했으니까. 여전히 그의 머릿속에 이준은 연인으로 남아 있었으니까.

그러나 죄책감은 조금도 느껴지지 않았다. 이준은 임현채의 힘을 빼앗으려 했으니, 이 모든 것은 그가 자초한 일이었다고 임현채는 굳게 믿고 있었다. 임현채는 몸속의 마력이 발하는 뜨거운 기운을 다시금 느꼈다.

임현채에게 이 힘은, 자신에게 주어져 마땅한 힘이었다. 누구도 뺏을 수 없는 힘. 누구도 임현채에게 힘을 포기하라고 할 수 없었다. 이 힘이야말로 임현채의 모든 것이었으니까. 이 힘이야말로 임현채의 삶이었으니까. 오직 이 힘 때문에 그는 빛나고 있었으니까.

임현채는 웃었다. 숨이 넘어갈 정도로 웃다 보니 딸꾹질이 나왔다. 꺽꺽대면서 그는 텅 빈 골목을 걸었다. 목적지를 알 수 없었지만, 어딘들 상관없었다. 그의 눈에서 보랏빛 불꽃이 한 번 타올랐다. 임현채는 절룩거리며, 보라색 빛무리를 뿜어내면서 도시의 어둠 속으로 천천히 걸어갔다……. 그는 분명히 눈을 뜨고 있었지만 아무것도 보지 못했고, 귀를 열고 있었지만 아무것도 듣지 못했다.

그 이후 임현채는 경찰에 잡혀 감옥에 들어가 매일매일 죄책감에 떨며 살게 되시도 않았고, 범죄 증거를 말소하고 멀쩡히 야구 선수로 살아가게 되지도 않았고, 살인의 쾌락에 눈을 뜨고 연쇄살인마가 되거나 하지도 않았다.

이준과 임현채 둘 모두가 모르고 있던 사실이 있었다.

이준은 고등학생 때 급격히 마력에 중독되었다. 이준은 마력 중독이 모두에게 자기와 같은 방식으로, 신체를 빠르게 망치면서 발현한다고 생각했다. 착각이었다. 이준이 위험한 마법을 마구 다루면서, 만성적인 마력 사용의 부작용에 노출돼 그의 신체가 붕괴한 것은 맞았다. 그런데 이는 이준이 선천적으로 갸냘프고 약한 신체를 타고나, 마력에 저항하지 못한 탓도 있었다.

그에 반해, 임현채는 오랜 세월 운동선수로 살아가면서 얻은 강건한 신체가 있었다. 임현채는 역장을 이식받고 강력한 마법을 자유자재로 다루고 있다고 믿었지만, 이준의 신체가 마법 부작용에 좀먹힐 때보다 훨씬 더 빠른 속도로 임현채의 신체는 붕괴되고 있었다. 이준에게서 받은 역장이 뿜어내는 마력은 임현채의 세포 하나하나를 모두 불살랐다. 그 붕괴 속도는 굉장히 빨랐지만, 임현채의 신체는 이를 견뎌낼 수 있었다. 그래서 항상 그의 곁에 있었던 이준도 임현채가 무너지고 있다는 것을 눈치채지 못했다.

이렇게 물어볼 수도 있을 것이다. 어떻게 임현채는 자기 몸이 무너지고 있는데 그걸 모를 수가 있느냐고. 누구보다 더 잘 알 수 있었을 텐데. 아니, 오히려 임현채야말로 자기가 새로이 받은 역장이 자기 신체를 파괴하고 있다는 사실을 전혀 몰랐다.

왜냐면, 임현채는 자신이 중독되고 있다는 것을 인정할 수가 없었기 때문이다. 그는 내심 자기가 이준보다 훨씬 강한 인간일 거라고 믿고 있었다. 자신은 결코 이 힘에 중독되지 않을 거라고, 자기가 이 힘의 정당한 주인일 거라고도. 그는 이 모든 것은 운명이었다고 자신을 속이고 있었다. 그 효과적인 자기기만은 마력처럼 그의 감각을 마취했던 것이다.

그러나 언제까지 지속될 수는 없었다. 임현채의 정신은 이제 한계치를 넘는 스트레스를 받고 있었다. 이준을 죽여버리고 도시를 걷는 임현채의 마음속에서는 수많은 감정이 들끓었다. 자신의 연인을 죽였다는 죄책감, 이제 누구도 자신의 역장을 뺏어 가지 않을 거라는 안도감, 이제 더 이상 준의 눈치를 볼 필요가 없다는 해방감, 준의 시체가 발견되는 순간 도망자 신세가 될 거라는 불안감. 그 수많은 모순된 감정이 임현채의 정신세계에서 격전을 벌였다.

임현채의 핏줄이 보랏빛으로 번뜩였다. 임현채가 결코 그 그릇이 될 수 없었던, 결코 그의 것이 아니었던 마력을 펌프질하느라 그의 심장은 엄청난 속도로 뛰었다. 도시의 골목을 걷는 농안 임현채가 뿜어내는 마력은 그의 신체 자체를 조금씩 포식하기 시작했다. 마력으로 분해된 신체는 순수한 마력 에너지의 형태로 공기 중으로 흩어져 사라졌다. 통제에서 벗어난 역장이 마법 에너지를 뿜어내고, 뿜어낸 에너지가 다시 임현채의 통제력을 꺾는 피드백 사이클이 일어나고 있었다.

임현채는 스스로를 계속 기만할 수가 없었다. 이제 그의 운명은 결정되어버렸다. 그 무엇도, 그 누구도 그를 구할 순 없었다. 그의 온몸이 보라색으로 빛났다. 한때 그가 빛나는 신성이라고 불리던 것처럼 말이다. 이는 은유적인 묘사가 아니다. 다만 이것은 담백한 사실 진술에 불과하다.

도저히 조절할 수 없는 마력이 임현채의 신체에서 터져 나왔고, 임현채의 얼굴에 있는 모든 구멍에서 보라색 광선이 뿜어져 나왔다. 임현채는 비명을 지르려고 했지만, 힘에 압도되어 끽소리조차 낼 수가 없었다. 그는 무릎을 꿇고 밤하늘을 올려다보았다. 마지막으로 그가 반달을 보았을 때, 그는 통제력을 완전히 잃었다.

그의 몸에서 한차례 힘의 파동이 일었고, 그를 둘러싼 세계가 한 번 진동했다. 동시에 그의 신체 전체가 보랏빛을 발하는 가루로 산산이 부서져 내렸다. 임현채의 형태를 더 이상 알아볼 수 없을 때까진 채 1초도 필요하지 않았다. 임현채의 것이 아닌 역장만이 그가 남긴 흔적 위에 찐득하니 말라붙어 있었다.

더 나은 세상을 위해서라면

| 지현 |

서지현은 책상 앞에 앉아 있었다. 자세는 약간 구부정했다. 서지현이 바라보고 있던 노트북 화면에는 여러 사람의 얼굴이 바둑판 모양으로 떠 있었다. 서지현이 속한 연구실의 구성원들이었다. 교수와 석박사들, 그리고 학부 연구조교들. 화상으로 진행되는 오전의 랩 미팅이었다. 박사과정생 김연서가 지난 한 달간의 실험 결과를 설명하고 있었다.

"……어, b08- 샘플 일곱 개에 코스투즈 절차를 진행해봤습니다……."

김연서는 연구실에서 서지현과 가장 가까운 사람이었다. 끝없는 노동이 넉넉하게 보장되는 이 연구실에서 둘은 가족보다 더 오래 함께 시간을 보낼 수밖에 없었다. 서지현은 김연서가 쓰고 있는 논문의 내용을 김연서만큼, 이느 부분에서는 오히려 김연서보다 더 잘 알고 있었다. 서지현이 그녀의 발표에 집중할 이유가 없었다는 뜻이다.

서지현은 랩 미팅 시작하기 전에 보았던 뉴스를 생각하고 있었다.

일주일 전, 서울 중구 한복판에서 마법 전투가 벌어졌다. 대여섯 명 정도로 이루어진 두 범죄 조직이 서로 파괴 마법을 난사하면서 싸웠다고 했다. 첫 폭발이 일어났을 때는 북한군이 장사정포를 발사했다는 오경보가 울리기도 할 정도였다. 두 명의 민간인이 여기 휘말려 죽었고, 일곱 명이 부상당했다. 그리고 오늘, 그 부상자 중 두 명이 세상을 떠났다.

그들은 역장을 밀매하는 소규모의 범죄 집단이었다. 3년 전 임현채라는 이름의 야구 선수가 녹아 사라진 이후로, 역장 이식은 엄격히 통제되었다. 하지만 힘에 대한 욕망은 법으로 쉽사리 막을 수 있는 것이 아니었다. 인신매매, 살인, 테러……. 한국뿐만이 아니라, 전 세계 곳곳에서 역장에 관련한 사건 사고가 역병처럼 번지고 있었다.

서지현은 그중 한 조직의 리더로 알려진 사람의 얼굴을 머릿속에 그려보았다. 뉴스에서 보도된 사진을 보면, 별로 특이한 건 없어 보이는 여자였다. 그런 사람이 어떻게 그런 일을 저지를 수 있었을까. 서지현은 궁금했다. 왜 다들 이 역장에 그렇게 목을 매는 걸까.

거기까지 생각이 닿은 서지현은 실소했다. 그녀는 역장의 응용을 연구하는 마법학자였다. 그 힘에 대한 열망은 방향이 다를지언정 크기는 비슷했다.

살짝 열려 있는 창문의 틈을 비집고 겨울의 햇빛이 새어 들어와 서지현의 눈가를 비추었다. 그제야 서지현은 번뜩 정신을 차렸다. 노트북 화면에는 이제 그녀와 한 사람의 얼굴밖에 남아 있지 않았다. 관자놀이가 희끗한 초로의 남자. 그 남자가 입을 열었다.

"서 선생은 어제 잠을 제대로 못 잤어요?"

연구실을 이끄는 서영락 교수였다. 서지현은 급히 말했다.

"아, 죄송해요. 교수님."

"아, 괜찮아요. 어차피 다 알고 있는 내용이었을 테고……. 사실 더 궁금한 건 서 선생 쪽 연구였는데. 요즘 이야기를 못 들은 지 좀 되어서."

서지현의 박사 논문 이야기였다. 그녀는 정신이 곧바로 현실로 돌아왔다.

"그게……."

서지현은 뭐라고 둘러대려다가, 그냥 솔직히 말하기로 했다.

"사실 요즘 꽉 막혀 있는 느낌입니다."

"막혀 있으면, 어떻게 막혀 있는데?"

"사실 그것도 스스로 잘 모르고 있는 것 같아요."

아무것도 되는 게 없다는 뜻이었다. 서영락은 고개를 끄덕였다.

"메타인지가 중요한 법인데."

"원래 알고 있던 것도 요새는 잘 모르게 된 느낌이에요. 제가 이러면 안 되는데……"

"아니, 그럴 수 있어. 점심 먹고 교수실로 잠시 들러요. 오랜만에 이야기 좀 하지."

그리고 노트북에서 서영락 교수의 얼굴이 사라졌다. 동시에 화면 전체가 서지현의 얼굴로 꽉 찼다. 서지현은 난처함이 그대로 드러나는 자신의 창백한 얼굴을 잠시 바라보았다. 그녀는 스스로 많은 사람이 자신을 동경하고, 한 치의 빈틈도 없는 사람으로 생각한다는 사실을 알고 있었다. 서지현은 종종 생각했다. 그들 모두 틀렸다고.

서지현은 서영락의 교수실에 들어섰다. 서영락의 교수실은 익숙한 모습 그대로였다. 100권 남짓한 책이 꽂혀 있는 지나칠 정도로 단출해 보이는 책장. 서영락은 지금까지 무수히 상패를 받았는데, 아무것도 전시되어 있지 않았다. 책상에는 쓴 지 오래되어 비행기 소리를 내는 일체형 컴퓨터가 하나 놓여 있을 뿐이다. 서영락이 그 앞에 반듯한 자세로 앉아 무언가를 타이핑하고 있었다.

서지현은 생각했다. 꽤 높은 확률로, 서영락은 미국 유수의 대학에서 온 종신 교수직 제안을 거절하는 메일을 쓰고 있을 것이라고. 어쩌면 이번 해 그가 노벨생리의학상을 수상하게 됐다는 메일에 답장을 하고 있을지도 모른다. 그건 결코 불가능한 일이 아니었다. 올해 수많은 영국의 도박사가 서영락을 노벨생리의학상 수상자로 예측하고 베팅했다. 만약 그가 이번 해에 노벨상을 받는다고 해도, 그들에게 돌아올 배당금은 그렇게 높지 않았다.

서지현은 앞으로 긴 세월 동안 고등학교 교과서에 이름이 남을 학자 앞에 서 있었다. 인간 몸에서 분리해낸 역장에서 오롯이 힘을 추출해 응용할 수 있다는 사실을 밝혀낸 사람. 마법공학이라는 분야 자체를 개척한 사람.

"교수님."

서지현이 말하자 그제야 서영락이 고개를 살짝 들어 서지현을 바라보았다. 서영락은 입가에 가벼운 미소를 띠고는 말했다.

"아, 미안해요. 내가 정신이 없었네. 앉아요."

서지현은 서영락의 맞은편에 있는 의자에 앉았다. 서영락이 말을 이었다.

"이거, 내가 불러놓고 미안한데, 내가 시간이 많지 않아서."

"아뇨. 괜찮아요, 교수님."

"뭐 이건 당연한 말이지만. 박사 논문 때문에 많이 힘들지요?"

서지현은 고개를 끄덕였다. 그녀는 서영락이 그렇게 말할 것이라는 걸 알고 있었다. 그만큼이나 그녀에게 그는 익숙했다.

"사실 서 선생 정도 되는 사람한테 내가 무슨 말을 더 얹을 게 있나 싶어요. 서지현 씨는 이미 충분히 훌륭한 학자고……. 본인이 그 누구보다 자기 문제를 잘 알고 있을 텐데. 세부적인 조언이 필요하다면 이미 말했겠지. 내가 여기 부른 건, 그냥 우리가 왜 이 일을 시작했는지 다시 한번 짚고 넘어가보자 이거예요. 그러면 스스로 정리가 된다니까."

"네……."

"우리가 이 역장이라는 것에 어떤 마음가짐으로 접근하고 있죠?"

익숙한 질문이었다.

"공학적 사고방식입니다."

서지현은 답했다. 그녀는 자신이 서영락과 공유하고 있는 철학을 말했다.

수많은 사람이 서영락과 서지현 같은 사람을 과학자나 마법과학자라고 부르지만, 서영락의 연구실에 있는 사람들 중 누구도 스스로를 그렇게 지칭하지 않는다. 그들은 역장을 이해하고자 하지 않기 때문이다.

인간의 몸에서 오롯이 역장만을 분리할 수 있게 되었을 때, 과학자들은 드디어 자연과학이 마법의 영역을 정복하리라고 믿었다. 근대까지도 마법은 신비의 영역에 머물러 있었으며, 현대에 들어서도 통계학적 접근을 제외한 방법으로 마법을 연구하는 건 불가능했다. 마법은 인간의 의지와 정서라는 몹시 추상적인 개념으로 작동했으니까. 이런 상황에서, 마침내 인류는 역장이라는 마력의 매개체를 발견한 것이다.

그러나 마법은 또 다른 신비 뒤에 스스로를 숨겼다. 역장은 인간 몸에서 분리된 이후로도 기이한 특성을 유지했다. 화학적으로 따졌을 때, 그것은 별달리 흥미로운 특성을 찾을 수 없는, 인간 체세포 조금이 담긴 약간의 점성이 있는 액체에 불과하다. 하지만 역장은 '분명히' 인간이 관찰할 수 있는 어떤 물질로서 존재한다. 그것은 보라색으로 빛나고, 대부분의 사람들이 본능적으로 감지할 수 있는 힘을 뿜으며, 성분적으로는 확실히 동등한 다른 사람의 역장과 합쳐도 그대로 분리해낼 수 있다. 그 내부의 유효 성분을 찾는 시도는 항상 실패했다. 지금까지 성립된 그 어떤 물리학적 모델도 역장의 성질을 설명할 수 없었다.

하지만 영혼이라는 개념을 가져온다면, 역장을 직관적으로 이해할 수 있었다. 역장은 인간 정신, 그중에서도 정서와 기억에 맞닿아 있는 것 '같았다'. 역장을 이식받은 어떤 사람은 때로는 원주인의 정서와 기억을 가져오는 것 '같았다'. 폭주 등으로 나타나는 거부 반응을 관찰하면 마치 역장이 스스로 주인을 거부하는 것 '같았다'. 역장은 본질적으로 영적인 존재일지도 몰랐다.

그러나 아무래도 상관없는 이야기였다.

"……하지만 그 본질이 영적이든 물질적이든, 그것을 이해하려고 드는 것은 무익하다는 거죠. 그게 중요합니다."

거기까지 이야기한 서지현은 살짝 헛기침을 했다. 그러자 서영락이 다시 물었다.

"왜죠?"

"정말 중요한 건 역장을 응용하고 그 성질을 이용해서, 더 살기 좋은 세상을 만드는 것이기 때문입니다. 그게 인류에게 정말 필요한 거니까요."

서영락이 고개를 끄덕였다.

"내가 과제를 줄게요."

그러면서, 그는 책상 밑에서 냉각 상자를 꺼내 책상 위에 올렸다. 역장 앰플을 담는 데 주로 사용하는 그 가벼운 상자는 내부에 든 역장의 힘을 이용해 스스로 역장을 항상 차갑게 유지했다. 그것은 마법공학의 최첨단에 서 있는 물건이었다. 냉각 마법 자체는 대수롭지 않은 것이었지만, 인간이 개입하지 않고 역장이 스스로 힘을 발휘하도록 하는 것은 전혀 다른 영역에 있는 이야기다. 물론 서영락의 목표는 훨씬 더 높은 곳에 있었지만.

"이건 뭔가요, 교수님?"

"안에 기부받은 A급 역장이 들어 있어요."

서지현의 눈이 동그래졌다.

"A급이요? A급 역장을 기증하는 사람도 있나요?"

"그래요. 하지만 그 자체로 조금 불안정한 것 같아요. 서 선생이 한번 안정화해봐요. 그럼 본인한테도 도움이 될 거야. 좀 환기도 될 거고."

"저한테 이런 귀한 걸……"

"아니야. 서 선생은 스스로 자신의 능력이 뛰어나다는 걸 다시 되새겨야 해. 그래서 맡기는 거예요."

서지현은 고개를 끄덕이고는 상자를 받아 들었다. 서영락이 손목시계를 슬쩍 내려다보았다. 과장되지는 않지만, 그러나 서지현이 충분히 그 뜻을 짐작할 수 있을 정도로.

"그럼, 전 랩으로 가보겠습니다. 교수님."

"그래요. 수고하고."

서지현은 일어서서 살짝 목례한 다음 문 쪽으로 걸어갔다.

"……내가 자주 이야기했던 거, 알고 있지?"

서지현의 뒤에서 서영락의 목소리가 들려왔다. 방금과는 또 다른 감정이 실린 목소리였다. 그녀는 몸을 반쯤 돌리고,

방긋 웃으며 답했다. 이전과는 다른 목소리로.

"응, 아빠. 고마워. 마음이 좀 정리된 것 같아."

서영락이 준 가방을 챙긴 채로, 서지현은 연구실로 들어갔다. 그녀는 자기 책상 앞에 앉은 다음, 상자를 열었다. 상자 안에서 차가운 냉기를 품은 연무가 확 퍼져 나왔다. 서지현은 한 걸음 물러섰다. 곧 연무 안에서 빛나는 보라색 액체를 담은 앰플이 드러났다. 동시에 서지현은 거기서 감도는 힘을 느꼈다. 그것은 강력한 힘을 품은 인간 역장이었다. 그 역장은 스스로의 힘으로 상자의 냉기를 유지하고 있었다.

"아……."

그 힘을 느끼고, 서지현은 자기도 모르게 탄성을 내질렀다.

A급의 역장. A급의 힘. 누군지는 몰라도, 그 역장을 품고 있던 마법사가 충분히 자기 힘을 다루는 연습을 했다면, 국지적으로 사이클론을 불러오고 불기둥을 피워 올릴 수 있었을 것이다. 하늘로 날아올라 번개를 불러올 수도 있을 것이고, 도저히 믿을 수 없는 온갖 이적을 펼칠 수 있을 것이다.

서영락 교수는 틈만 나면 말했다. 마력은 인간 세상을 훨씬 더 낫게 할 수 있는 힘이지만, 너무나 비합리적인 존재, 즉 인간에게 주어졌다는 것이 문제라고. 인간은 필연적으로 생물학적인 욕망과 한계에 매여 사는데, 현실을 바꿀 수 있는 힘이 그런 욕망을 채우는 데 쓸데없이 낭비되고 있다고.

만약 이 세상의 그 누구도 마력을 가지고 있지 않았더라면, 이 세상의 역사를 수놓은 피비린내 나는 전쟁 따위는 없었을 것이라고. 마력이라는 수단이 불균형하게 편재한다는 단 하나의 이유로 온갖 불합리가 발생했으리라고. 모두가 평등하게 똑같은 마력에 접근할 수 있다면, 사회는 훨씬 더 나은 곳이 되리라고.

그는 단순한 공상가가 아니었다. 그는 인간에게서 추출한 역장을 이용해 자기 신념을 현실화할 수 있는 방법을 찾아냈다. 이제 적어도 마력의 원천은 분리될 수 있으며, 응용될 수 있다. 서영락의 목표는 이 역장을 언젠가는 석유나 우라늄 같은 연료처럼 통제하고, 온갖 방법으로 사용할 수 있도록 하는 것이었다.

그 에너지로, 그 막대한 에너지로, 현실을 조작할 수 있는 잠재력을 개인이 아니라 사회가 가진다면, 인류가 할 수 있는 것을 생각해보라!

서지현은 어릴 적부터 자기 아버지의 세계관에 이미 감화되어 있었다. 서지현에게 아버지는 선구자이자, 자신만의 멘토였으며, 이 세상에 보기 드문 진짜 어른이었다. 그녀는 아버지의 위업에 자신이 조금이라도 도움이 될 수 있다면, 자기 삶도 괜찮은 삶이 될 수 있을 거라고 믿었다.

아버지의 연구실에서 일하면 사회적으로 안 좋은 시선을 받을 수 있다는 것을 그녀도 알고 있었다. 하지만 그래서 다른 사람보다 더 최선을 다했다. 조금이라도 아버지의 이름에 누가 되지 않도록, 그의 위대한 목표를 진정으로 보조할 수 있도록. 그 생각을 할 때면, 서지현은 가슴이 벅차고 손끝에 약간 소름이 돋는 것을 느꼈다.

이 간지러운 벅참을 즐기면서, 서지현은 앞에 놓인 역장을 바라보았다. 그리고 그 역장 안에 깃들어 있을 영혼을 생각했다. 영혼. 지극히 비과학적인 표현이지만, 이 업계에서 일하는 사람들 모두가 역장에는 영혼이 있다고 말한다. 한 사람의 기억과 정서가 투영된 무언가. 그리고 서지현이 해야 할 일은, 역장에서 그 영혼을 잠재우는 것이었다.

이는 역장의 활용을 위해 반드시 필요한 일이었다. 우라늄과 석유에는 개성이 없다. 휘발유가 한 엔진에 애착을 붙여 그 엔진에서만 가동하는 일은 없다. 하지만 제대로 안정되지 않은, 인간의 영혼이 깃들어 있는 역장은 그런 일을 일으킬 수 있다.

초기에 역장을 이식받은 이들 중 일부가 일으킨 거부 반응과 폭주도 그 때문이었다. 역장 속에 깃든 감정과 기억이 이를 담은 신체를 광기로 이끄는 것이다. 이 영혼을 안정화할 수 없다면, 역장을 광범위하게 응용하는 것은 불가능한 일이었다.

서지현은 그것에 오른손을 가져다 댔다. 그녀는 자신의 마력을 역장의 파장에 동기화하고자 했다. 천천히, 그 속에 들끓는 기억을 억제하고, 그 속에 담긴 영혼을 통제하고자. 그것이 아버지가 그녀에게 준 과제였으니.

휘몰아치는 바람을 느끼고, 서지현은 눈을 떴다. 그리고 그녀의 주변을 둘러싼 모든 것이 변했다는 것을 알았다. 물론 서지현은 여전히 연구실 내부에 있었다. 하지만 사물들은 전부 보라색으로 은은히 빛나고 있었다. 마법의 빛깔이었다.

서지현은 자신이 역장이 만들어낸 심상 속의 세계에 있다는 것을 알았다. 그녀의 가슴속에서 출처를 알 수 없는 감정들이 몰아쳤다. 보통 사람이라면 공포스러워할 만한 순간이었지만, 그녀는 버틸 수 있었다. 서지현은 역장과 절대적으로 교감하고 있었다. 그녀가 목격하고 있는 것은 그 속에 깃든 영혼의 세계였다. 서지현은 슬픔과 분노를 동시에 느꼈다.

그녀가 할 일은 하나였다. 이 속에 깃든 감정과 정서를 누르고 제어하는 것이다. 여기에 마력의 크기 자체는 그렇게 중요하지 않았다. 그 과정은 오히려 명상과 비슷했다. 서지현은 익숙해진 대로, 마음을 편하게 먹었다. 언제나 그랬던 것처럼. 마치 자기 내면의 야수를 다루는 것처럼. 모두 아무것도 아니야. 너는 이제 분리됐어. 네가 어디서 왔든 상관하지 않아. 더 이상 아프지 않아도 돼.

놀랍게도, 마음대로 되지 않았다. 처음에 그녀는 그 속에서 자신이 느끼는 증오와 우울함이 같은 원천에서 오는 것이라고 생각했다. 그러나 그 부정적인 정서는 완전히 별개의 것이었다. 하나를 누르면 다른 하나가 그녀의 마음속을 꽉 채웠다. 동시에 분노하지 않고, 동시에 슬퍼하지 않을 수가 없었다. 한 인간의 감정이 이토록 다른 색채를 띨 수 있다는 것을 서지현은 믿기 힘들었다.

살짝 당황한 채로 서지현은 고개를 들어 올렸다. 컴퓨터 모니터가 보였다. 아무것도 떠 있지 않은 검은 액정에 그녀의 얼굴이 비쳤다. 서지현은 자신의 얼굴을 바라보았다. 그 순간, 그녀는 심장이 미친 듯이 울리는 것을 느꼈다. 그 역장 속에서 지배적으로 느끼던 감정과는 전혀 다른 무엇이었다. 서지현은 그 감정을 분별했다.

그것은…… 사랑? 아니면 열등감? 그 감정은, 또 다른 원천에서 피어나고 있었다. 서지현이 집중을 잃자, 여러 목소리가 동시에 그녀의 마음속에서 울리기 시작했다.

'뭐야, 이게?'

"언니!"

그때 익숙한 목소리가 들렸다. 현실의 목소리였다. 좀 더 정확하게 말하자면, 김연서의 목소리였다.

"응?"

서지현이 김연서 쪽으로 고개를 돌렸다. 김연서는 당혹스러운 모습으로 서 있었다. 그녀가 서지현에게 말했다.

"그, 연구실에 손님이 찾아와서."

"그래? 일정이 없었을 텐데……."

온갖 종류의 시정잡배들이 연구실을 찾아오곤 했다. 역장에 깃든 기묘한 신비를 마침내 깨달았다든지, 현대 양자역학과 마법학을 통합할 수 있는 방법을 찾아냈다고 말하는 바보들이었다. 서지현은 그냥 내보내라는 뜻으로 손짓을 했다. 그러자 김연서가 쭈뼛대면서 말했다.

"그게, 언니를 찾아왔다고 해서. 원래 아는 사람이래. 문밖에서 기다리고 계셔."

"나를?"

서지현은 의아한 얼굴로 자리에서 일어섰다. 그녀는 연구실 문 쪽으로 걸어가 문을 열었다. 그러자 복도에 서 있는 한 키 큰 남자가 보였다. 그는 팔짱을 낀 채로 서지현을 내려다보았다. 잠시 침묵 속에, 둘의 시야가 교차했다. 서지현은 분명히 그 남자를 알고 있었다. 삶에서 꽤 오랜 시간을 함께 보냈다는 것도 알았다. 하지만 그 남자의 이름이 이상하게 떠오르지 않았다.

남자가 먼저 말했다.

"오랜만이다, 서지현?"

그제야 서지현은 그의 이름을 기억해냈다.

"주영 오빠……?"

이주영이 고개를 끄덕였다.

"그러게. 오랜만이다. 그동안 연락을 못 했네. 잘 지냈어? 여긴 웬일이야?"

서지현은 어색한 웃음을 지으면서, 그가 자기를 찾아올 만한 이유를 추측해보았다. 둘은 학부 시절 이후로 만난 적이 없었다. 둘의 관계는 인생에서 가장 흔한 종류의 관계였다. 삶의 영역이 서로 잠시나마 겹쳐, 한때 알았던 타인. 그런 사람이 갑자기 무엇 하러 그녀의 일터를 찾아온단 말인가? 뭐 돈이라도 빌려달라는 건가? 서지현은 방어적인 태도를 취할 수밖에 없었다.

"뭐 그럭저럭. 사실 별건 아니고. 피를 찾으러 왔어."

이주영의 대답을 들은 서지현은 더욱 의아해졌다.

"피?"

"응. 내 동생 역장. 여기서 뺏어 갔다고 들었거든."

"그게 무슨……. 연구실의 역장은 전부 기증받은 건데……."

"그래? 그러면 내가 직접 확인해봐야겠다."

이주영은 서지현을 우악스럽게 밀치고는, 문 쪽으로 다가갔다. 너무 갑작스러운 폭력에 서지현이 당황한 사이, 이주영은 문에 손을 대고 무언가를 읊조렸다. 그와 동시에 문이 돌덩이를 맞은 널빤지처럼 펑 하고 터져 나갔다. 파괴 마법이었다. 연구실 안쪽에서 비명이 들려왔다. 이주영은 안쪽으로 당당히 걸어 들어갔다.

"지금 뭐 하는 거야!"

머릿속을 삐 하고 울리는 이명을 들으면서 서지현은 간신히 정신을 차렸다. 서지현은 이런 상황에 대비가 되어 있었다. 수많은 역장을 보관하는 연구실은 그 자체로 여러 인간의 이목을 끌기 쉬우니까. 도대체 이주영이 왜 이러는지 의문을 품을 새가 없었다.

서지현은 훈련받은 대로, 연구실을 보호하는 보호 마법을 작동시키는 시동어를 내뱉었다. 보랏빛 보호막이 펼쳐지면서 사이렌이 울리기 시작했다. 동시에, 서지현은 단전에서 자신의 마력을 이끌어냈다. 순수한 힘으로 이루어진 파괴 마법의 빛이 그녀의 손에서 반짝이기 시작했다. 그녀는 손을 이주영 쪽을 향해 내밀었다.

바로 그때, 사이렌이 그쳤다. 동시에 그녀의 마력도 꺼졌다. 스위치를 내리는 것처럼. 분명 서지현의 힘은 그녀 안에 그대로 있었다. 하지만 이상하게도, 그녀는 그 힘을 발휘할 수가 없었다. 방해 마법인가? 잠시 서지현이 굳은 그 찰나에, 누군가 우악스럽게 등 뒤에서 서지현을 붙잡고는 팔목의 관절을 뒤틀었다. 서지현은 비명을 질렀다.

"쉿."

서지현을 붙잡은 사람이 그녀의 귀에 속삭이며, 입을 막았다. 여자 목소리였다. 그 사람이 연구실 안쪽으로 그녀를 끌고 들어갔다. 서지현은 도저히 그녀의 힘에 저항할 수 없었다. 연구실 안에는 김연서를 비롯한 구성원들이 덜덜 떨면서, 두 팔을 들고는 무릎을 꿇고 있었다.

"자, 자. 여러분. 얼마 전에 중구에서 난리 난 거 뉴스 봤죠?"

서지현을 붙잡은 사람이 말을 이었다.

"우리가 바로 그 주인공이야. 나는 김혜정이고. 반가워요!"

김혜정의 말을 듣자 서지현은 심장이 미친 듯이 쿵쾅거리기 시작했다. 이들은 모두 살인자, 약탈자, 강도였다. 역장에 미쳐 무엇이든 할 수 있는 사람들. 서지현이 공포에 빠졌거나 말거나, 김혜정은 말을 계속했다.

"우리가 바라는 건 별거 없어요. 여기에 역장이 많다며? 우리가 좀 나눔을 받고 싶거든. 오랫동안 있지 않을 테니까……. 지금 있는 거 가능한 한 많이 가져와요. 안 그러면 여기 이 학생 신변에 좋지 않은 일이 일어나겠지?"

김연서가 흔들리는 눈으로 서지현을 바라보았다. 서지현은 다급히 눈짓했다. 김혜정의 지시에 따르라는 뜻이었다. 역장은 잃어버려도 어디선가 다시 얻을 수 있겠지만, 목숨은 그렇지 않으니까.

김연서와 연구원들이 서둘러 역장 앰플들을 갈무리하는 사이, 이주영이 위협스럽게 외쳤다.

"너희들, 여기에 이준이란 사람의 역장도 있는 거 다 알아. 그것부터 챙겨!"

서지현이 몸을 뒤틀었다. 입을 막고 있던 김혜정의 손을 간신히 뿌리친 다음에, 서지현은 말했다.

"오, 오빠. 대체 무슨 말을 하는 거야? 여, 여기서 관리하는 역장은 누가 주인인지 몰라."

그리고 기증받은 역장의 주인이 누군지 알 수 없어야만 했다. 이곳의 연구 목표는 역장에서 개성과 기억을 억제하고 없애는 것이니까. 이주영이 고개를 돌렸다. 가증스럽고 역겹다는 표정으로, 이주영은 서지현을 쏘아보았다.

"개소리하지 마. 내 동생이 피를 기증했다고?"

억제되어 있던 사이렌 소리가 조금씩, 되살아나기 시작했다. 서지현은 억제되어 몸속에 맴돌기만 하던 자신의 마력이 다시 한번 몸속을 세차게 헤집는 것을 느꼈다. 귀를 찢는 사이렌 소리가 울려 퍼지자, 김혜정이 다급하게 외쳤다.

"그만해! 여기 보안을 계속 막아둘 수 없어. 챙길 수 있는 거 빨리 챙기고 뜨자!"

아마도 김혜정 옆에 있었을 또 다른 남자 한 명이 앞쪽으로 나섰다. 그는 연구원들이 바닥에 쌓아놓은 역장 앰플을 가방 속에 다급히 쏟아 넣었다. 이주영이 간절한 눈으로 김혜정을 바라보면서 말했다.

"아니, 누나, 씨발……"

김혜정이 뒤쪽을 바라보고는, 서지현을 바닥에 밀쳤다. 비명을 지르면서 뒹구는 동안, 서지현은 이미 복도에서 연구실로 달려오고 있는 경비원들을 보았다. 이주영은 마지못한 표정으로 연구실 창 쪽에 다시 한번 손을 내밀었다. 펑 하면서 창이 쪼개졌다. 김혜정 무리의 세 구성원이 그쪽으로 달려갔다. 서지현은 엎어진 채로 신음을 내면서 그 모습을 올려다보았다.

김혜정과 또 다른 남자는 두 번 생각지도 않고 창을 넘었다. 하지만 이주영은 무언가 미련이 남은 듯했다. 그는 머뭇거리며 김혜정을 따르다가, 서지현의 책상 위쪽을 보았다. 상자 위에서 빛나고 있는 역장 앰플이었다. 이주영은 그것을 붙잡았다.

물론 모든 역장이 소중하지만, 그것만큼은 훨씬 더 소중했다. 그것은 그녀의 아버지가 직접 내려준 과제였다. 서지현은 이주영 쪽으로 손을 뻗었다. 서지현의 몸속에서 흐르는 역장이 그녀의 부름에 응답했다.

서지현이 불러낸 마력의 뿌리줄기가 바닥을 부수며 자라 났다. 그 줄기가 이주영을 속박했고, 이주영이 비명을 지르면 서, 손에 들고 있던 앰플을 떨어뜨렸다. 동시에 경비원들이 들어왔다. 그들 중 한 명이 신속하게 이주영에게 테이저를 발 사했다. 이주영의 몸이 경련하는 모습을 보면서, 그제야 서지 현은 천천히 마력을 거둬들였다. 극심한 피로와 의문은 조금 뒤늦게 찾아왔다.

"팔목? 응……. 그냥 반깁스 했어."

전화를 받으면서, 서지현은 자기 팔목 쪽을 바라보았다. 냉 랭한 구치소 면회실 내부에 있어서인지 팔이 더 아픈 듯했다. 서영락의 걱정스러운 목소리가 들려왔다.

"괜찮아, 아빠. 너무 걱정 안 해도 돼. 지금 어디냐고?"

반대쪽 면회실의 문이 열렸다. 경찰관이 서지현이 면회하 기로 한 사람을 데리고 들어오는 것이 보였다. 서지현은 말을 얼버무렸다.

"아……. 잠시. 전화 끊을게."

서지현은 전화를 끊고, 이주영이 의자에 앉는 모습을 관찰 했다. 이주영은 서지현을 무표정하게 노려보고 있었다.

김혜정 무리의 연구실 습격은 별 피해 없이 시나갔다. 발

빠르게 출발한 경비 팀 덕분에 김혜정과 또 다른 남자도 아무 역장을 챙기지 못하고 도망쳤다. 대학에서는 마법공학 연구실에 더욱 철저한 보안을 제공하기로 약속했다. 경찰은 부상을 입은 와중에도 속박 마법으로 이주영을 붙잡은 서지현에게 용감한 시민상을 줄 거라고 말했다. 물론 서지현은 용감한 시민상에는 그렇게 큰 관심이 없었다.

그녀가 관심을 가지는 것은 전혀 다른 것이었다. 이주영의 범행 동기. 이주영은 연구실에서 자기 동생의 역장을 되찾겠다고 했다. 연구실 사람들에게는 그저 헛소리일 뿐이었다. 연구실의 역장은 오직 일련번호와 그 특성으로만 관리되며, 과거의 이력 따위가 추적되지 않는다. 혈액은행에서 피에 헌혈자의 신상을 붙여놓지 않듯이.

서지현은 반대쪽 면회실로 통하는 전화기를 집어 들었다. 이주영이 자기 전화기를 집어 드는 것을 보고서, 그녀는 말했다.

"오빠. 몸은 좀 괜찮아?"

말하고 나서야 서지현은 이게 이 상황에서 맞는 질문인지 의심스러웠다. 무슨 말로 대화를 시작해야 하지? 자기가 이런 곳에서 범죄자를 면회하는 상황이 올 거라는 상상을 단 한 번도 한 적이 없었으니까. 이주영은 조롱하듯이 피식 웃고는 말했다.

"왜, 너도 내 꼴이 웃기냐?"

서지현은 이주영을 뚫어지게 바라보았다. 서지현은 마치 전생의 기억처럼 오래된 것 같은 학부생 시절의 기억을 떠올렸다. 그때의 이주영은, 분명히 악인은 아니었다. 그는 그냥 어디서나 찾아볼 수 있는, 평범한 남학생이었다.

"그런 거 아냐. 나는 그냥…… 오빠가 오해를 하고 있는 것 같아서."

무슨 오해인지는 전혀 몰랐지만.

"오해?"

"응. 오빠 동생한테 무슨 일이 있었는지는 나도 잘 몰라. 무슨 일이 있었겠지……. 그런데 오빠가 그 피를 우리 연구실에서 찾는 게 이해가 잘 안 가. 애초에 우리는 합법적으로, 필요 없는 사람한테 기증받은 역장만 쓰고 있거든. 그건 중요한 원칙이고……."

서지현이 말을 하는 동안, 이주영의 얼굴이 급격히 일그러졌다. 이주영이 유리창에 얼굴을 딱 갖다 대면서 그녀의 말을 끊었다.

"원칙? 무슨 원칙? 내 동생이 역장을 합법적으로 기증했다고? 그런 식으로 거짓말하면 스스로 부끄럽지도 않나 보네?"

이 혼란스러운 광기에 어떻게 대응해야 할지 서지현은 알 수가 없었다. 서지현은 그저 지긋이 이주영을 바라보기만 했다. 이주영은 고함을 한 번 지르더니, 제풀에 지친 듯 약간 씩 씩대다가 다시 말을 이었다.

"아, 그래. 이제 네가 뭔 소리를 하는지 알겠다. 그래. 피 주 인은 내 동생이 아니다, 이거지? 원래 무한이 피니까. 기억나 냐? 허무한?"

다시 한번, 전혀 예상치 못한 이름을 들은 서지현의 눈썹 이 꿈틀거렸다. 혼란이 중첩되자 서지현은 더욱 답답한 기분 이 되었다. 그녀는 따지듯이 말했다.

"허무한? 무한이 얘기가 왜 나와? 오빠. 난 진짜 걔 이름도 엄청 오랜만에 들어. 제발 진정하고. 천천히 말해봐. 난 진짜 오빠가 이러는 이유를 전혀 모르겠단 말이야."

이주영은 어이가 없다는 듯이 서지현을 바라보다가, 천천 히, 또박또박, 분노를 담아 말했다.

"너도, 분명히, 알고 있잖아. 허무한 역장. 내 동생한테 이식 했다가, 임현채라는 야구 선수한테 가서 터진 거. 거기 잔해 에서 나온 역장, 긁어모았잖아. 내가 모를 것 같냐?"

거기까지 듣고 나서야, 서지현은 결론을 내렸다. 대체 왜인 지는 모르겠지만, 이주영이 기괴한 망상증에 빠졌다고. 그 광 기에 찌든 소리를 들어줄 여유가 그녀에게는 없었다. 서지현 은 고개를 젓고는 전화를 끊으려 했다. 그러자 이주영이 발광 하듯 말했다.

"왜? 진실이 무서워? 니 애비가 개새끼라는 걸 인정하기가 싫으냐?"

그 한마디는, 확실히 서지현을 흥분시켰다. 미친 사람이 그녀를 욕하는 건 상관없었다. 그건 그냥 지나가다가 침을 뱉는 사람을 보는 경험과 비슷했다. 불쾌했지만, 그녀를 다치게 하지는 않았다. 하지만 그녀는 누군가가 서영락 교수를 욕하는 것만큼은 두고 볼 수가 없었다. 서지현은 끊으려던 전화기를 고쳐 잡고는 소리를 높였다.

"이 씨발 새끼가. 그냥 아가리로 나오면 다 말 같냐? 야. 미친 새끼가 지 인생 조져놓고 엄한 사람을 탓하네. 좆 까는 소리 하려면……."

그 후 몇 분간 이어진 서지현의 분노는 강렬했다. 그때까지 뒤편에 앉은 채로 대화를 무시하고 있던 경찰관이 처음으로 주의를 기울였다.

서지현을 태운 택시는 낮 시간에 맞지 않게 꽉 막힌 도로에 사실상 서 있었다. 날씨는 찝찝할 정도로 추웠고, 차 안에는 텁텁한 냄새가 났으며, 택시 기사는 온갖 무도한 욕설을 주워섬기고 있었다. 모든 것이 서지현의 취향과 맞지 않았지만, 그녀는 아무래도 상관없었다. 그녀는 왕창 분노를 쏟아내고 탈진한 채로, 오랫동안 잊고 있던 과거를 되돌아보고 있었으니까.

오랜만에 듣는 그 독특한 이름을 그녀는 되새겼다. 허무한.

보통은, 대학 신입생 때 잠시 만난 남자를 굳이 기억하지는 않을 것이다. 사실, 서지현도 허무한의 얼굴이나 목소리 같은 특성은 떠올리지 못했다. 다만 서지현에게 있어, 허무한이란 존재는 수치심으로 각인되어 있었다. 그리고 그 수치심이 가리키고 있는 대상은 바로 그녀의 아버지 서영락이었다.

서지현은 창밖에 비치는 서울의 풍경을 바라보면서 허무한이 자기 역장을 내다 팔아서 병원에 입원했다는 걸 안 그 순간을 떠올렸다. 그때 그녀가 했던 생각은 단순하고 명료했다. 그럼 그냥 동남아 쪽에서 적당히 싼 역장을 구해서 다시 주입하면 된다고. 아버지가 이 분야를 개척한 교수니까, 역장을 구하는 것은 전혀 어렵지 않을 거라 생각했다. 그 일을 계기로 허무한과의 관계도 확실히 하고 싶었다. 이왕이면 주도권을 좀 더 잡으면 좋고. 딱 그 정도였다.

허무한의 반응은 서지현이 예상한 모습과는 전혀 달랐다. 허무한은 다른 이의 역장을 그에게 넣어 치유한다는 말을 듣고 엄청나게 화를 냈다. 그는 자신의 존엄을 공격당한 것처럼 분노했다─그리고 그것은 사실이었다. 서지현은 허무한의 존엄을 공격했다. 그리고 그것을 이해시켜준 사람은 그녀의 아버지 서영락이었다.

병문안을 갔다가 허무한에게 비난받은 날, 서지현은 집으로 돌아와 서영락에게 푸념했다. 그녀에게 아버지는 언제나 든든한 지지자이고 친구였으니까. 마음에 있는 남자에게 배려를 베풀었다가 그런 식으로 욕을 먹는 것도, 아버지에게 얼마든지 말할 수 있었다. 그런데 그날 서영락의 반응은 전혀 예상하지 못한 것이었다.

"지현아, 네가 잘못했구나."

서지현은 그때 서영락의 차갑게 굳어 있던 표정을 사진처럼 생생히 떠올릴 수 있었다. 평생에 걸쳐, 그녀는 자기 아버지가 그토록 냉담한 표정으로 자신을 바라보는 것을 목격한 적이 없었다. 오직 그 순간, 단 한 번뿐이었다.

서영락은 말했다.

"그 무한이라는 애 입장에서 생각하면, 너는 걔를 모욕한 거나 다름이 없다. 그리고 네가 동남아 등지에서 역장을 싸게 가져와 그 애한테 넣을 생각을 했다는 게……. 그런 생각을 했다는 것 자체가, 나까지 모욕하는 것 같구나. 너는 내가 하는 일이 무엇인지 모르니?"

서지현은 스스로를 변호하듯이 답했다. 아빠가 하는 일은 인간 역장의 특성을 연구하는 것이라고. 이식쯤이야 그중에서도 간단한 일 아니냐고. 그 말을 듣고 서영락은 한숨을 쉬었다.

서영락은 말했다.

"역장 이식을 연구하기는 했지만, 아빠의 목표는 그런 게 아니야. 역장을 마음대로 사고팔고 하면서 부유한 사람이 마력을 독점하는 세상을 만들면 안 되잖아. 내 궁극적인 목표는 이 세상을 더 공평하고 살기 좋은 곳으로 만드는 거다. 마법의 힘을 이용해서."

그날 밤, 긴 시간 동안 서영락은 딸에게 자신이 목표로 하는 이상적인 사회를 설명했다. 여러 예시를 들었지만 서영락의 뜻은 간단히 요약될 수 있을 만큼 명료했다. 그 사회에서 마력은 더 이상 인간에게 속한 것이 아니다. 역장과 마력은 인간에게서 분리되어, 신비한 무언가를 넘어 실생활을 윤택하게 만들 수 있는 에너지원으로만 활용된다.

마력이 단지 개인의 욕망을 위해 봉사하던 구시대를 넘어, 마력을 통해 더 많은 사람이 행복하고, 더 많은 사람이 살 만해진 세상. 마법공학은, 새로운 기술은, 그렇게 인간의 상처를 치유하리라. 인류는 다시 한번 더 위대한 영역을 향해 전진하리라.

서지현은 그 목표가 너무나도 아름답다고 생각했다. 바로 그날 서지현은 인생에 자신만의 분명한 목적이 생겼다. 아버지가 그 아름다운 세상을 만드는 데 일조하겠다고. 그리고 서지현은 그 이후로 10년 넘는 세월을 그 목적을 추구하며 살아왔다.

동시에, 허무한은 서지현에게 강한 부끄러움과 죄책감으로 남았다. 서지현은 허무한이라는 이름만 떠올려도, 자신이 그에게 한 제안이 생각나서 미쳐버릴 것만 같았다. 비록 연애 감정이야 달아난 지 오래였으나, 그가 다시 학교로 돌아온다면 반드시 면대면으로 사과하리라고 마음먹었다. 하지만 그녀는 다시는 허무한을 만날 수 없었다. 그렇게 허무한이라는 존재는 그녀의 마음속에 앙금이 되어 오랫동안 침전해 있었다.

그리고 그 해묵은 흉터가, 느닷없이 다시 한번 쓰라리고 아팠다. 허무한의 이름을 다시 듣게 되거나, 다시 만나게 될 수도 있다고 생각을 한 적은 있었다. 하지만 이런 식일 거라고는, 상상도 하지 못했다.

원래라면, 서지현은 이주영의 말을 그렇게 곱씹지도 않았을 것이다. 서지현은 역장과 관련된 모든 종류의 범죄에 연루된 인간들을 무척 혐오했다. 그들은 이 세상을 더 나아지게 만들 수 있는 기술을 가지고 자신의 욕망을 채우려고만 드는, 가장 끔찍한 인간들이었다.

하지만 서지현은 이주영이 단순히 미쳐버린 것이 아니라, 그럴듯한 말을 한 것 같다는 괴로운 가정을 도저히 떨쳐버릴 수가 없었다. 이미 그녀는 느꼈기 때문이다. 늙었기 때문이다.

역장 속에 깃든 세 사람의 판이한 감정과 목소리를.

새벽 2시, 서지현은 연구실의 문을 열었다. 불을 켜자, 며칠
전에 습격을 당했다는 사실이 깨끗이 지워진 것처럼 잘 정
돈되어 있는 공간이 드러났다. 서지현은 내부를 둘러보았다.
아무도 없었다. 그래도, 그녀는 어떤 의식을 치르기라도 하
는 것처럼 몇 번이고 연구실 안을 돌아 그 사실을 다시 확인
했다.

목 끝까지 차오르는 불안감을 조금이나마 다스린 다음에
야, 서지현은 자기 자리에 앉았다. 그리고 책상 한편에 둔, 마
법의 냉각 상자를 열었다. 그 안에는 이주영이 가져가려고 했
던 역장이 찬란히 빛나고 있었다. 서지현은 그 앰플을 꺼내
손에 쥐었다.

역장 속에 저장되어 있는 기억을 읽을 수 있다는 사실은
역장이 성공적으로 추출되고 얼마 지나지 않아 알려졌다. 어
느 정도의 마력을 가지고 있는 사람이라면, 자신과 역장의 기
억을 동기화하는 것은 그렇게 어렵지 않다. 이를 이용해서,
한 수사관이 죽은 사람의 역장 속에 들어 있는 기억을 불러
내 미제가 될 뻔했던 살인 사건을 해결한 일은 아직도 유명
하다.

그리고 죽은 사람의 마지막 순간을 직접 경험한 그 수사관

이 극심한 트라우마에 시달리다 자살한 것도 그만큼 유명하다. 당연한 일이다. 인간은 공감하는 동물이다. 우리는 생면부지의 사람이 고통스럽게 눈물을 흘리는 것을 목격하는 것만으로도 그 고통을 공유할 수 있다. 그리고 기억을 읽는 것은 가장 극단적인 방식의 공감이다. 역장 속의 기억을 읽는 것은 그 자체로 너무 위험한 일이라는 사실이 곧 판명됐다. 또 다른 몸에서 온 기억은 한 사람의 사고를 충분히 뒤틀어 놓을 수 있었다.

서지현이 그 사실을 모를 리가 없었다. 하지만 그럼에도 그녀는 그 역장을 읽어내고자 했다. 그녀 자신도 스스로를 이해하기 힘들었지만, 꼭 그래야 할 것 같다는 생각이 들었다. 그녀의 무의식은 알고 있었을 것이다. 자기 아버지에게 싹트는 의심을 제거해야만 한다는 사실을. 그리하여 그녀의 세계를 오롯이 지켜야만 한다는 사실을.

서지현은 역장을 쥐었다. 그리고 천천히 마법의 시동어를 외웠다. 그 원리가 단순하여 외워두고 있었지만, 결코 써보리라고는 생각하지 못한 주문이었다. 애초에 그녀의 일이란 역장에서 개성을 지우고 산업에 사용할 수 있도록 하는 것이었다. 이 일은 그 정반대 아닌가.

역장의 빛이 한층 강렬해졌다. 동시에 서지현은 기억했다. 스스로의 신체가 아닌 다른 몸으로 얻은 기억. 다른 경험으로 구성된 감정의 결로 인식한 기억. 기억. 그 기억들은 모든 기억이 그렇듯 극단적으로 왜곡된 채 서지현 속에 흘러왔다.

그것은 세 사람의 기억이었다. 웅얼거리던 그 목소리가, 이번에는 확실하게 들렸다. 한때 그 역장을 품고 있던 이들이 서지현에게 말을 걸고 있었다.

"준이 마력이 완전 제로라는 거, 내 배 속에 있을 때부터 알고 있었지. 산부인과에서 바로 검사해주는데 어떻게 그걸 몰라."

피를 달라는 요구를 받는 그 순간. 자신의 자신감의 근원에 대한 긍지, 그녀─혹은 자신, 서지현에 대한 깊은 갈망 간의 갈등. 서지현은 자신, 아니 허무한이 서지현, 혹은 자신에게 품고 있는 그 품위에 대한 갈망을 이제야 깨닫는다. 허무한에게 자신이 얼마나 이상화되어 있었는지 그녀는 안다. 그것은 안타까우면서도 기이한 경험이다. 문득 그녀가 허무한에게 했던 마지막 한마디가 떠오른다.

"기증자가 이 침대에 엎드려요. 세 시간 정도 걸릴 거야. 특히 기증자는 사흘 정도는 누워만 있어야 하고……."

"네? 누워만 있어야 한다고요? 그럼 어떻게 집으로 돌아가나요?"

차가운 주삿바늘이 척추뼈로 들어오는 고통. 그 고통 속에서 서지현은 도저히 억제할 수 없는 불안감을 느낀다. 그와 동시에, 역장이 빨려 나가는 그 느낌과 함께, 기억은 끝을 맺는다. 시점은 급격히 변화한다.

서지현은 이제 이준의 기억을 경험한다. 서지현은 처음에는 이준이 누구인지 알 수 없지만, 역장을 이식받는 순간의 기억을 통해 이준이 이주영의 동생임을 안다. 새 힘으로 세상을 조작하며 현실을 초월하는 그 해방감에 서지현은 따라 전율한다. 하지만 그다음으로 다가오는 것은 마력 중독으로 인한 고통이다. 서지현은 자신이 겪어보지 못한 고통의 결을 체험한다.

그러나 그 이후로 찾아오는 것은 재회의 기쁨이다.

"그래? 형, 경기 나오는 거 잘 보고 있어……. 건강해 보여서 다행이야."

"그래. 어, 야. 너도 여기 살았냐? 그건 몰랐는데……."

"사실은……. 형, 잠시만 시간 좀 내줄 수 있을까? 한 10분 정도만……?"

"당연하지."

"아직도 주사를 맞아야 충동을 참을 수 있어. 그리고 지금은…… 내 인생에 남은 게 하나도 없어. 이게 다 마력 때문이야. 형, 내 힘을 가져가줄래?"

그 말에 임현채가 고개를 끄덕일 때, 서지현 혹은 이준은 엄청난 기쁨을 느낀다. 자신에게 저주의 근원이 된 마력에서 해방될 수 있어서기도 하겠지만, 그보다 더 큰 이유가 있다. 자신이 오랫동안 사랑하던 사람에게 도움이 될 수 있다는 것, 바로 그 이유. 사랑하는 사람에게 헌신하는 것은 그 자체로 인간에게 얼마나 큰 보람이 되는가.

하지만 서지현은 그 결말을 이미 알고 있다. 임현채는 마력 중독과 폭주로 사람을 죽인 첫 번째 인물이다. 그 이름은 역사에 남았다. 서지현은 임현채가 이준을 어떻게 배신할지 이미 잘 알고 있다. 서지현은 자신의 예측이 틀렸기만을 바란다. 하지만 서지현은 그 바람이 이루어질 수 없다는 사실을 잘 알고 있다.

서지현은 임현채의 기억을 본다. 그가 품은 괴로움을 이해할 수 있다. 하지만, 그럼에도 임현채가 한 행동은 결코 용서받을 수 없는 것이다.

"야. 내가 10년 동안 얼마나 개고생한지 알아? 이 구단 저 구단 전전하고……. 사람들한테는 개먹튀라고 맨날 욕 처먹다가, 이제야 내 힘을 제대로 쓸 수 있게 됐는데. 지금 내 힘을 포기하라고? 그건 싫어. 내가 미쳤다고 역장을 빼나?"

이 시점에서, 서지현은 임현채가 이준을 전혀 사랑하고 있지 않다는 것을 안다. 그에게 이준은 힘에 딸려 온 귀찮은 부산물 정도에 지나지 않는다. 이준이 역장을 빼지 않으면 모든 것을 신고하겠다는 최후통첩을 내렸을 때, 서지현은 임현채가 거의 곧바로 결정을 내렸다는 것을 안다.

자기 힘을 결코 뺏길 수 없다는 번민. 그것은 자신에게 주어진, 자신만의 것이라는 욕망. 임현채는 이준에게 다가간다. 서지현은 그 뒤로 벌어질 일을 알고 있다. 안 된다고, 안 된다고 속으로 외쳐보지만 역장 속에 담긴 기억은 결코 바뀌지 않는다. 서지현은 이다음으로 일어날 일을 차마 목격할 수가 없다. 그녀는 바로 여기서 달아나기로 마음먹는다.

주문 시전을 멈추고, 서지현은 감고 있던 눈을 떴다. 자신도 모르는 사이에, 눈물을 흘리고 있었다. 역장 앰플을 너무 꽉 쥐고 있어 손바닥에 손톱자국이 파일 정도였다. 그녀는 역장을 내려놓고 시간을 확인했다. 10분도 채 지나지 않았다. 짧지만 너무나도 강렬한 경험이었다. 벌써 그녀는 자기 몸이 익숙하지 않은 느낌이 들었다. 주문을 외우던 도중 그녀에게 들어온 기억 일부는 이미 잊을 수 없을 정도로 마음 속에 강렬히 남아 있었다. 그리고 그 기억들은 하나같이 감정적으로 몹시 강렬한 것들이었다.

서지현은 두 손으로 자기 뺨을 강하세 몇 번 쳤다. 또렷하게 눈을 뜨고, 눈물을 멈추고, 그녀는 되뇌었다.

"나는 서지현이야."

그리고 그녀는 다시 한번 자신의 가장 강력한 정체성을 읊었다. 자기 삶에서 가장 중요하고 온전한 사실을.

"나는 서영락 교수의 딸이고, 이 세상을 마법으로 더 살기 좋은 곳으로 만들 사람이야."

그렇게 말하자, 그녀는 스스로 자신을 믿기 힘들었다. 놀랍게도.

그 이유는 명백했다. 이주영이 한 말이 맞았기 때문이다. 이 역장은 허무한에게서 나온 것이었다. 허무한이 자발적으로 역장을 내놓았다고 말하기는 힘들었다. 사실, 그의 환경을 이용해서, 제대로 된 부작용에 대한 설명 없이 갈취한 것에 가까웠다. 그 이후 이 역장은, 역장의 짧은 역사 속에서 가장 끔찍한 사건의 원인이 되었다. 그리고, 서영락은 서지현에게 이를 얻은 과정을 제대로 설명하지 않았다.

그렇다면 서영락이 서지현에게 거짓말을 한 것이 된다. 그 추악한 욕망으로 남은 역장을 어떤 방법으로 얻게 되었을지 상상도 되지 않았다. 사실 서지현의 마음속에 떠오르는 방법이 몇 개 있긴 했다. 그것들 모두가, 서지현이 꿈꾸는 이상과는 거리가 먼 방법이었다.

서지현은 이 결론을 심정적으로 받아들이기가 힘들었다.

아니, 그럴 수가 없었다. 서영락은 언제나 서지현이 가장 존경하는 사람이었다. 언제까지고 그럴 것이라고 믿었다. 서영락은 한 점 오점이 없는 위대한 구도자여야만 했다. 그녀의 삶의 목표는, 자신의 아버지가 설계할 아름다운 세계를 만들고 목격하는 것이었다.

과호흡이 올 것만 같은 긴장감을 느낀 서지현은 숨을 몰아쉬었다. 아직 모든 것이 명백하진 않았다. 그녀의 아버지가 스스로를 충분히 변호할 수 있을지도 몰랐다. 아니 아마 그럴 것이다. 서지현은 조금은, 조금은 안정을 되찾았다.

점심시간이었다. 서지현은 서영락의 교수실 앞에 서 있었다. 그녀의 얼굴에 피로한 기색이 역력했다. 어젯밤 한숨도 못잔 탓도 있었지만, 그보다 더 그녀를 피로하게 하는 것은 다름 아닌 압박감이었다. 그녀는 생각했다. 지금 당장이라도 되돌아갈 수 있어. 그냥 아무것도 모르는 척, 아무것도 아닌 척할 수 있다고. 하지만 그녀의 아버지가 했던 약속은……

서지현은 문을 두드렸다.

"교수님."

교수실 안에서 왠지 들뜬 듯한 목소리가 돌아왔다.

"어, 들어와요."

서지현은 문을 열었다. 그녀는 서영락 교수의 책상 위에 놓여 있는 작은 기계 인형을 보았다. 그것은 톱니바퀴 소리를 내면서 스스로 똑딱거리며 움직이고 있었다. 서영락 교수는 마치 새로운 장난감을 받은 아이 같은 탄성을 내면서 그 인형을 바라보고 있었다. 그는 서지현을 올려다보면서 즐거운 목소리로 말했다.

"서 선생! 일정이 있었나? 그래도 마침 잘 왔어요. 이것 봐요."

서지현은 서영락의 맞은편 의자에 앉았다. 가까이서 보니, 그 인형은 마력을 가진 어린아이들이 마력을 주입하는 법을 연습할 때 쓰는 장난감이었다. 아이들은 인형에 마력을 집어넣고 인형의 관절부를 조정함으로써, 스스로의 마력을 정밀하게 통제하는 법을 배울 수 있다. 서지현은 그 인형이 마법으로 움직이는 것을 느낄 수 있었다. 아마 서영락의 마법일 것이다.

"네? 이건……."

"그래, 별거 아닌 거 같지? 하지만 봐요."

서영락이 자기 두 손을 들고는 말을 이었다.

"난 여기 아무 힘도 주입하고 있지 않아요. 인형 안에 들어 있는 역장이 인형에 힘을 공급하는 거죠."

서지현은 그제야 서영락이 무슨 말을 하고 있는지 깨달았다. 방금 전까지 별것 아닌 것처럼 보였던 그 인형에 실은 엄청난 마법공학 기술이 부여되어 있었다. 그것은 역장을 에너지원으로 사용하고, 인간의 조종 없이도 스스로 행동하는 기계였다.

"교수님, 성공하셨군요."

서영락이 희열에 가득 찬 표정으로 답했다.

"그래! 이걸 좀만 발달시키면 무슨 일을 할 수 있을지 생각해봐요. 마력이 깃든 자동인형들이 위험한 일을 사람 대신 해줄 수 있고, 마법을 효율적으로 사용할 수 있게 해줄 거야. 자동인형들은 인간처럼 욕망이 있는 것도 아니고, 지치는 것도 아니거든. 그것뿐인가. 마력엔진 같은 것도 만들 수 있겠지. 모든 게 통제가 가능하니까. 어젯밤에 이걸 만들어냈을 때 어찌나 짜릿하던지. 이제 모든 게 시작된 거야."

오래전부터 들어 알고 있던 이야기였다.

"이…… 이 자동인형들의 이름은 서비터(servitor)라고 지어볼까 해요. 괜찮은 것 같지요? 이제부터 우리 연구실도 본격적으로 바빠질 거야. 일단 이걸 발표하고 나면, 학제 간 연구도 쏟아질 테고……. 아, 그래. 이 서비터에 컴퓨터를 달고 인공지능을 장착하면 어떻게 될까?"

"교수님."

서지현이 서영락의 말을 끊었다. 서영락이 의아한 표정으로 서지현을 바라보았다.

"아, 어……. 어 서 선생, 그러고 보니, 이 시간에 웬일이에요? 원래 오늘 저녁에 연구실에 알리려고 했는데."

"교수님, 이전에 주신 역장의 기억을 읽어보았습니다."

서영락의 표정이 급격하게 굳었다.

"뭐라고요?"

"얼마 전에 연구실에 습격이 있었죠. 그때 잡혔던 사람이 예전에 저랑 알던 사람이었습니다. 자기 동생의 피를 찾으러 왔다고 하더군요."

"그래서?"

"처음엔 그냥 미친 사람의 이야기라고 생각했습니다. 그런데 말이 아귀가 맞더라고요. 그 역장을 통제하려고 할 때, 세 사람의 목소리를 들었거든요. 그래서 혹시나 그 사람 말이 진실인지 확인해보고 싶었습니다."

서영락이 한숨을 쉬었다.

"지현아. 왜 그렇게 위험한 일을 했니. 네 것도 아닌 기억을 네가 경험하면 어떤 부작용이 생길지 모른다는 걸 알고 있잖아."

"……우리가 가지고 있는 모든 역장은 기증받은 것이라고 생각했으니까요. 역장의 출처를 확실히 하고 싶었습니다. 그 역장을 어떻게 얻게 된 거죠?"

서영락은 잠시 할 말을 찾지 못해 머뭇거렸다. 드문 광경이었다. 그는 뭔가 말을 지어내려다가 포기한 듯 쯧 소리를 내고는 말했다.

"그래, 그 역장은 임현채한테서 난 거다. 임현채가 마력 폭주로 폭발했을 때, 역장만이 남아 있었다. 경찰이 현장에서 그걸 회수했고, 몇 년 동안 증거품 보관 창고에 박혀 있었지. 그걸 정부에서 우리 연구실에 준 거다."

"교수님. 그건 그냥 뺏어 온 거랑 다르지 않잖아요? 그 역장에는 원래 주인이 있습니다. 허무한이라고. 제 동기였어요. 지금은 어디서 뭘 하는지 모르겠지만, 찾을 수 있을 거예요."

"지현아. A급 역장이 얼마나 구하기 힘든지 알고 있잖니."

"그래도 그건 저한테 가르쳐주신 방식이랑 다르잖아요. 교수님. 우리가 하는 연구가 다 뭔가요. 결국 더 나은 세상을 만들려고 하는 건데 한 사람의 힘을 이런 식으로 빼앗으면……."

우리가 그 '패밀리'라는 족속들과 뭐가 다른 것이지요? 차마 서지현은 그 질문을 던지지는 못했다. 서영락은 고개를 끄덕였다.

"그래. 더 나은 세상을 만들려면 좋은 등급의 역장으로 실험하는 게 필요하고. 지현아, 나도 허무한이라는 친구는 알고 있다. 예전에 그 아이가 너한테 잘 보이려고 역장을 내다 팔았다가 큰 부작용을 겪었지? 그래서 네가……."

"네. 개 맞아요."

부끄러운 기억을 다시 되새기고 싶지 않았던 서지현이 말을 잘랐다. 서영락도 딸의 뜻을 알겠다는 듯, 굳이 그 이야기를 하지 않고 다음으로 넘어갔다.

"그래. 내가 하고 싶은 말은, 그 아이한테 그 정도의 힘이 굳이 필요하겠느냐는 거다. 우리한테 그 역장이 있으면 훨씬 좋은 곳에 쓸 수 있잖니. 그 아이한테 힘을 다시 돌려주면 뭐 하겠니. 또 이상한 데 팔아버리면 어떡하니? 그랬다가 더 큰 사고라도 나면?"

서지현은 주먹을 한 번 쥐었다 폈다. 그녀는 10년도 더 전의 서영락과 나누었던 대화의 기억을 이 순간에 겹쳐보고 있었다. 아버지는 힘과 재능이 부로 오가는 세상보다 훨씬 공평하고 살기 좋은 곳을 만들리라고 약속했다. 서지현은 아버지의 이상적인 사회에서, 인간은 자신이 타고난 것, 육체와 정신에 매여 있는 인간의 정수를 판매하지도 구매하지도 않으리라고 믿었다. 하지만 그녀의 아버지가 그리고 있는 모습은 서지현이 믿고 있던 것과는 조금 다른 것이었다. 서지현은 사무치도록 억울했다. 그녀는 입술을 꽉 깨물고는 말했다.

"허무한한테 역장과 마력은 신체의 일부이자 가장 중요한 자신감의 근원이었어요. 그걸 팔고 큰 부작용을 겪기도 했고요. 환경 때문에 잘못된 선택을 내린 것인데, 그런 식으로 개를 비난할 수는 없지는 않을까요."

서영락이 일어났다. 그는 자기 딸의 한 손을 들어, 자신의 양손으로 꼭 잡았다.

"우리 딸. 너는 지금 그 아이의 기억을 읽은 것 때문에 지나치게 개한테 이입해 있는 거야. 우리가 만들 세상을 알면 그 아이도 괜찮다고 할 거다. 우리가 옳아. 더 나은 세상을 위해서 어쩔 수 없는 희생도 있는 법이다."

"정말인가요."

"그래. 너도 이제 알고 있잖니."

"그럼…… 그럼 약속하실 수 있나요? 정말로 이 세상을 더 나은 곳으로 만드는 데만 그 힘을 쓰겠다고."

"물론이다."

서영락이 당당히 말하자, 서지현이 고개를 끄덕였다. 그제서야 서영락은 그녀의 두 손을 놓아주었다. 서지현의 두 팔이 힘없이 바닥으로 축 처졌다. 서지현은 물끄러미 서영락의 두 눈을 바라보았다. 그 어느 때보다, 서영락의 눈빛에는 자신감이 넘쳐 보였다. 불과 며칠 전만 해도, 서지현은 서영락이 그렇게 할 거라고 믿어 의심치 않았다.

하지만 이제 그녀는 도저히 자신할 수가 없었다. 미래에 무슨 일이 있을지. 만약 아버지가 그 약속을 지키지 않는다면 자신은 어떻게 해야 할지.

그런 서지현의 속내를 전혀 모르는 것처럼, 서영락이 말했다.

"내가 항상 얘기하는 거, 알고 있지?"

그 말투와 목소리는 서영락이 서지현의 아버지 노릇을 할 때와 똑같았다. 서지현은 그 목소리를 들을 때마다 항상 무엇에 비할 수 없는 안정감을 느꼈다. 그 목소리를 통해, 그녀는 언제나 자기 세상이 온전하게 유지되고 있음을, 모든 게 바르게 돌아가고 있음을 알았다. 서영락은 서지현에게 뿌리 내려 자라난 토대였다.

그리고 그 토대는 비참할 정도로 흔들리고 있었다. 서지현에게 이상을 심어준 자가 그 이상을 배반했으니, 그녀는 무엇에 발 딛고 이 세상을 바라보아야 할지 알 수가 없었다. 서지현의 신념은 그녀 스스로 조각한 것이 아니었으며, 오롯이 한 사람에게서 물려받은 것이니. 그녀는 고개를 돌려 아버지를 바라보고는 말했다.

"……알고 있습니다, 교수님."

서지현이 문을 나섰다. 서영락이 그 뒷모습을 바라보는 동안, 책상 위에서는 이제 서비터라고 불러야 할 작은 자동인형이 뒤뚱거리며 걸어 다니고 있었다.

가족을 찾아서

| 혜정 |

SUV 차량 한 대가 한밤중에 고속도로를 달리고 있었다. 요즘 시대에 보기 드문, 순수하게 내연기관만으로 돌아가는 차량이었다. 지난 10년간 마법공학이 급속한 속도로 발달하면서 나타난 마력엔진은 가솔린엔진과 디젤엔진을 빠르게 밀어냈다. C급 정도의 마력만 가진 사람도 마력엔진을 작동시켜 차량을 움직일 수 있었다.

마법공학은 새로운 산업혁명을 불러왔다고 사람들은 말했다. 그런 혁신적인 발달을 위해 불법적으로 추출된 인간 역장 연구가 크게 공헌했으며, 이에는 인신매매나 다름없는 범죄들이 얽혀 있다는 사실을 말하는 사람은 드물었다.

차 안에는 그런 그림자에 종사하는 남자와 여자 하나가 타 있었다.

"이제 이 일도 슬슬 그만둬야겠어."

운전 중이던 홍성원이 말했다. 조수석에 앉아서 창밖을 바라보던 김혜정이 그를 돌아보았다. 홍성원은 40대 중반의 남자였는데, 그보다 훨씬 더 나이 들어 보였다. 김혜정은 그보다 다섯 살 정도 어렸다. 그녀의 왼쪽 뺨에는 꽤 멀리서도 보이는 깊은 흉터가 나 있었다. 김혜정은 어이가 없다는 듯 말했다.

"어디 할 일은 있고?"

"찾아봐야지."

"무슨…… 무슨 일을 할 건데? 그동안 저거 날랐던 거 이력으로 쓰게?"

홍성원이 뒷좌석을 가리켰다. 거기엔 의료용 아이스박스가 실려 있었다. 그 아이스박스에는 싱싱한 역장 앰플이 세 병 들었다.

"B⁻ 두 개, C⁺ 하나."

홍성원이 각 앰플의 등급을 말했다. 두 박자의 침묵이 흐른 후, 홍성원이 다시 말했다.

"5년 전만 해도 B⁻ 등급을 사는 사람이 있었어? C⁺급은? 덤으로 얹어줘도 가져갈까 말까. 그런데 지금 우리 꼴을 보라고. 이것들을 서울에서 이름도 없는 산 구석으로 날라야 하잖아."

김혜정이 딴지를 걸었다.

"그래도 수익성은 이전보다 좋아졌잖아. 가격이 몇 배가 됐는데."

둘은 역장 유통업자였다. 좀 더 엄밀히 말하면, 인간 역장 유통에 걸린 수많은 빡빡한 규제와 법령을 굳이 따를 필요를 느끼지 못하는 유통업자들이었다.

인간이 마법을 쓰는 이상, 인간의 마력이 유전적으로 타고나는 역장에 종속된 이상, 마력이 인간의 계급을 결정하는 중요한 요인인 이상, 인간이 힘을 욕망하는 이상 이들이 종사하는 산업은 죽을 수가 없었다. 기증자와 수여자 모두가 생명에 직결되는 부작용을 겪더라도. 그러나…….

"수익성이 문제가 아니야. 그만큼 이 일이 위험해지고 있다는 거지. 높은 마력을 가진 사람들은 감시를 받으니 질 높은 역장은 귀해지고. 역장을 구하기가 힘들어지니 브로커들은 악의로 가득 찬 놈들만 남고."

물론 김혜정도 몇 번이고 손을 털고 싶다는 생각을 했다. 실제로 그럴 뻔한 적도 있었다. 실현할 순 없었지만.

김혜정이 그 이유를 말했다.

"보스가 좋아하지 않을 텐데."

그러자 홍성원이 아무렇지도 않다는 듯 답했다.

"확실히 안 좋아하더라고."

그녀는 곧 홍성원이 한 말의 함의를 깨달았다.

"그만두겠다고 말했어?"

"응."

김혜정이 홍성원을 다그쳤다.

"그 새끼가 순순히 보내줄 리가 없잖아? 분명 위험한 일을 맡길 텐데……."

"도망쳐야지. 글쎄, 그리스 정도가 좋을까……."

"하, 그리스는 무슨. 내가 일본에 봐둔 마을이 하나 있는데……." 김혜정은 헛기침을 하고는 말을 이었다. "농담이지?"

"아니, 진심이야."

김혜정은 운전 중인 홍성원의 옆얼굴을 빤히 바라보았다. 비록 추잡한 일이라지만, 홍성원은 김혜정과 10년을 넘게 함께해온 파트너였다. 둘이 거친 위기와 시련은 손꼽을 수 없을 정도로 많았다. 위기 상황에서 드러나는 서로의 밑바닥을 목격했고, 협동을 통해 시련을 이겨나갔다. 비록 떳떳하지 않은 일이었지만, 아니, 떳떳하지 않은 일이었기에 그 둘의 유대는 더욱 강했다. 그녀가 그를 걱정하지 않을 리 없었다.

"너무 위험해."

"괜찮아. 너도 끌어들일 생각은 없으니까……."

"그게 문제가 아니야! 네가 총 맞지 않았으면 하는 거지. 뭘 원해서 이렇게까지 하는데?"

홍성원은 숨을 한 번 길게 내쉬고는 말했다.

"이제 가족을 책임질 때가 온 것 같아서."

"가족이라고?"

김혜정은 기억을 더듬었다. 홍성원이 가족이 있었나? 그는 단 한 번도 가족 이야기를 한 적이 없었다. 자연스럽게, 그녀는 홍성원도 자기처럼 딱히 챙길 가족이 없을 거라고 생각해왔다. 이런 일을 하는 사람들 중 정상적인 가족 관계를 가진 사람은 드물었다. 가족이라고 부를 만한 안정적인 인간 관계를 가지고 있다면 이토록 위험한 범죄에 종사하지는 않았을 것이다.

그때였다. 둘이 타고 있던 SUV의 모든 조명등과 전조등이 점멸했다. 직후, 엔진 RPM이 급격히 줄어들기 시작했다. 차가 멈춰 선 다음 시동이 꺼졌다. 새벽 2시, 고속도로 위에서 순식간에 사방이 어두워졌다. 홍성원은 클러치를 밟으면서 차 열쇠를 돌려보았다. 그러나 엔진은 무언가에 막힌 듯 먹먹한 소리를 낼 뿐이었다.

시동이 걸리지 않는 것을 보고, 둘은 본능적으로 자세를 숙였다.

곧이어 김혜정은 총탄이 그들 위를 스쳐 지나가는 느낌을 받았다. 차의 앞 유리와 뒤 유리가 커다란 소리를 내며 폭발했다. 두 사람 위로 유리 파편과 보라색의 마력 가루가 쏟아졌다. 김혜정은 팔에 살벌한 고통을 느꼈지만, 다행히 급소는 비껴간 것 같았다.

그것은 순수한 마력과 살의만으로 이루어진 파괴의 칼날이었다. 어떤 마법사가 마법으로 차를 멈춰 세우고, 이어서 파괴 마법을 시전한 것이 틀림없었다. 파괴 마법은 대물 저격총에 버금가는 파괴력을 낼 수 있었지만, 다시 시전하는 데 꽤 시간이 걸렸다. 차 안에 남아 있다간 두 번째 공격에 썰려 나갈 것이 뻔했다. 김혜정과 홍성원은 차에서 급히 내렸다.

둘은 차 옆에 붙은 채로, 탄환이 날아온 쪽을 바라보았다. 막막한 어둠의 장막이 내려 있었지만, 그 속에 있는 또 다른 SUV 차량이 보였다. 그것은 마력엔진으로 움직이는 차량이었다. 정부 차량 같진 않았다. 다른 조직에서 끼어든 것이 틀림없었다.

차량 앞쪽에 몸을 숨긴 채로, 홍성원이 허벅지에서 자동권총을 꺼내 들고 차량을 향해 쏘았다. 조준할 여유는 없었다. 애초에 시야가 제대로 확보되지도 않았으니까. 하지만 적어도 마법사의 집중을 방해해 소중한 시간을 벌 수는 있었다. 홍성원이 총을 네 발 쏜 다음, 한쪽 손으로 마력 감지기를 꺼내 들었다. 홍성원은 감지기의 액정을 보고는 다급하게 말했다.

"저쪽은 마법사 두 명이고 둘 다 B⁺급 정도야. 남은 탄환은 열여섯 발!"

"그 정도면 나 혼자서 어떻게든 막을 수 있어. 모조리 쏴!"

홍성원이 권총을 난사하는 동안, 김혜정이 차 위로 몸을 들었다. 그리고 적들을 향해 손을 뻗었다. 동시에 그녀의 손에서 희미한 연두색을 띠는 파장이 퍼져나가기 시작했다. 그것은 반마법장(antimagic field)이었다.

전 세계 79.85퍼센트의 사람은 마력을 가지고 태어나고, 20.1퍼센트는 마법을 아예 다루지 못한다. 0.05퍼센트의 사람들은 마력을 가지고 태어나지도 않지만, 그렇다고 마법에 아예 무감한 것도 아니다. 그들의 독특한 역장에는 반마법의 힘이 흐른다. 이 반마력은 마력을 무효화하고 상쇄한다.

김혜정은 Z⁻급의 반마력을 타고났다. 일반적으로 반마력은 불편한 특성이다. 반마력 사용자들은 마법공학 기술이 적용된 물건을 사용하기 힘들다. 반마력이 마법 에너지를 지워버리기 때문에. 그래서 김혜정은 내연기관으로 움직이는 오래된 차를 타고 다니는 것이다. 더 문제가 되는 것은, 사람들이 반마력을 불길한 힘으로 여기고 꺼린다는 사실이다. 가까이 가기만 해도 자신의 몸속에 있는 힘이 억제되는 게 느껴지니까.

하지만 김혜정처럼 특수한 직업에 종사하는 이에게 반마력은 유용한 힘이 된다. 김혜정의 반마법장이 퍼져나가자, 습격자들이 타고 온 차의 시동이 꺼졌다. 마력엔진이 셧다운된 것이었다. 두 번째 파괴 마법을 준비하던 습격자들은 마력의 흐름이 차단되자 당황스러운 기색이었다. 김혜정은 그들이 자신의 억제를 이겨내고 다시 힘을 모으는 것을 느끼면서 홍성원에게 말했다.

"30초 정도 버틸 수 있을 것 같아."

홍성원은 고개를 끄덕였다. 그는 권총을 허벅지에 찬 다음, 자동차 뒷좌석으로 빠르게 접근했다. 그는 아이스박스를 연 다음, 보랏빛으로 빛나고 있는 B-급 역장 앰플을 집어 들었다. 그다음 그는 외쳤다.

"준비됐어!"

"던져!"

김혜정이 신호하자 홍성원은 습격자들을 향해 역장 앰플을 집어 던졌다. 앰플이 땅에 부딪혀 박살 나기 직전, 김혜정은 반마법장을 거둬들였다. 앰플이 부서지면서, 반마법장에 의해 억제되고 있던 힘이 급격히 쏟아져 나왔다. 커다란 보랏빛 폭발이 습격자들의 차를 휩쓸었다. 터져 나오는 충격파에 김혜정과 홍성원이 휘청였다. 폭발의 충격이 지나간 다음, 김혜정은 안도의 한숨을 내쉬었다.

홍성원은 다시 한번 권총을 뽑아 든 다음, 이제 깡통이 된 습격자들의 차로 걸어갔다. 김혜정이 그의 뒤에 대고 말했다.

"빨리, 벗어나자!"

"혹시라도 누가 살아남았으면, 더 귀찮아질 거야. 미리 싹을 잘라둬야 해."

"이 정도 폭발에 누가 살아남겠어?"

김혜정은 팔짱을 낀 채로 차에 접근하는 홍성원의 뒷모습을 바라보았다. 홍성원은 권총을 쥔 손을 앞으로 내민 채로, 조심스럽게 다른 손으로 차의 앞문을 열었다. 그 속에는 상반신과 하반신이 분리된 남자가 누워 있었다. 의식은 없어 보였다. 홍성원은 안도했다…….

바로 그 순간, 남자가 오른손을 치켜들었다. 그가 자신의 몸에 남은 마지막 마력을 쥐어짠 것이었다. 홍성원이 방아쇠를 당김과 동시에, 남자의 오른손에서 마법으로 이루어진 탄환이 발사됐다. 총탄이 남자의 뇌간을 헤집는 동안, 그의 마력 탄환은 홍성원의 심장을 관통했다.

"이런, 씨발!"

빛나는 탄환이 홍성원의 가슴을 꿰뚫는 것을 목격한 김혜정이 다급히 홍성원에게로 달려갔다. 김혜정은 이미 쓰러진 홍성원을 안아 들었다. 홍성원의 피가 까맣게 불타버린 도로 위로, 김혜정의 몸으로 울컥울컥 쏟아져 내렸다. 홍성원이 마지막 숨결을 내뱉으면서 김혜정을 올려다보았다. 그는 뭔가를 말하려고 애썼다.

"나…… 난……."

거기까지였다. 홍성원은 축 처졌다.

슬퍼할 시간이 없었다. 벌써 저 멀리서 사이렌 소리가 들려오고 있었다. 마력 폭발을 감지한 경찰이 출동한 것이 틀림없었다. 이곳에서 빨리 빠져나가야 했다. 순간, 김혜정의 머릿속에 홍성원이 방금 했던 말이 생각났다. 가족을 책임질 때가 왔다는 말이.

김혜정은 홍성원의 품을 빠르게 뒤져, 그의 휴대폰을 찾아냈다. 그걸 챙긴 뒤 김혜정은 가드레일을 뛰어넘었다. 그녀는 곧 어둠 속으로 사라졌다.

김혜정과 홍성원은 산속을 헤매고 있었다. 둘은 각각 역장 앰플이 든 가방을 메고 있었다. 둘의 임무는 역장을 나르는 것이었다. 도로 따위로 갈 수 있을 리가 없었다. 드론들의 추적을 피하기 위해 조명도 최소한으로 사용해야만 했다. 김혜정이 몇 걸음 앞서 걸었을 때, 홍성원이 그녀를 뒤에서 붙잡았다.

급격히 멈춰 선 김혜정은 앞을 바라보았다. 돌가루가 굴러떨어졌다. 그것들이 땅에 부딪히는 소리는 들려오지 않았다. 낭떠러지였다. 김혜정은 고개를 돌렸다.

"고마워."

그녀는 홍성원에게 말했다. 홍성원이 특유의 무표정한 얼굴로 다른 길을 가리켰다. 홍성원은 묵묵히 앞으로 걸어갔다. 김혜정은 그 뒤를 따랐다. 백팩에 든 역장 앰플이 흔들리면서 묵직한 느낌이 들었다.

그때 김혜정의 머릿속에 어떤 의심이 자라났다. 내가 지금 뭘 하고 있는 거지? 그녀는 기억을 되짚었다. 일상의 한 단면을 지나치고 있는 것 같았지만, 그 순간에는 뇌를 주걱으로 휘저은 것처럼 모든 것이 혼란스럽게 느껴졌다. 홍성원과 같이 있을 수 없다는, 그래서는 안 된다는 본능에 가까운 강박이 그녀를 괴롭혔다. 하지만 그녀는 대체 왜 그런 강박이 느껴지는지 알 수 없었다. 그녀는 멈춰 섰다. 그녀는 홍성원의 뒷모습을 바라보았다.

동시에, 그녀를 둘러싼 숲이 말 그대로 녹아내리기 시작했다. 김혜정은 아무렇지도 않았다. 너무나도 자연스럽게, 고속도로의 모습으로 풍경이 바뀌어나갔다. 만약 평상시라면, 정신 조작이 가능한 마법사의 공격을 받고 있다고 생각했을 것이다. 하지만 김혜정은 그 변화를 편안히 받아들였다. 그녀는 그제야 알 수 있었다. 그녀는 지금 꿈을 꾸고 있었다. 그녀는 홍성원이 죽었다는 사실을 떠올렸다. 그래도 꿈속에서라면, 홍성원을 볼 수 있을 것이다…….

"야, 너!"

앞서가던 홍성원이 몸을 돌렸다. 그의 가슴에는 커다란 구멍이 뚫려 있었다. 그 구멍에서 보라색 빛가루가 조금씩 떨어지고 있었다. 홍성원의 얼굴이 있어야 할 곳에는 바싹 타버린 해골만 보였다. 김혜정은 뒷걸음질 쳤다. 홍성원이 뼈가 드러난 한 팔만 앞으로 내민 채로, 그녀에게로 다가왔다.

"내 가족, 내 가족, 내 가족……."

"씨발!"

김혜정은 쌍욕을 토해내면서 일어났다. 온몸이 식은땀으로 젖어 있었다. 김혜정은 휴대폰을 보았다. 새벽 3시였다. 휴대폰을 집어 던진 다음, 김혜정은 얼굴을 두 손으로 덮었다. 구부정한 자세로 앉아 그녀는 다시 한번 읊조렸다.

"씨발……."

홍성원이 살해당한 지 일주일이 지났다. 역장 앰플을 회수하지는 못했지만, 그래도 김혜정은 현장에서 도주하는 데 성공했다. 그러나 영혼은 거기서 빠져나올 수가 없었다. 일주일 내내, 김혜정은 단 하루도 빠지지 않고 악몽을 꿨다.

꿈속에서 홍성원은 언제나 가슴이 뻥 뚫린 채로 등장했다. 그 커다란 구멍에서는 보랏빛 마법의 정수가 흘러나왔다. 마법의 정수를 흘리면서, 그는 자기 가족을 찾았다. 살아서는 단 한 번밖에 이야기하지 않은 가족을. 김혜정이 홍성원의 가족에 대해 전혀 알지 못함에도.

　김혜정은 언젠가는 자신도 홍성원처럼 끝장날 거라는 사실을 알고 있었다. 죽음에 익숙하지 않은 것도 아니었다. 홍성원에 앞서, 김혜정과 함께한 수많은 사람이 목숨을 잃었다. 사인도 다양했다. 홍성원처럼 파괴 마법을 맞고 죽은 이. 경찰특공대와 싸우다가 총에 맞아 죽은 이. 역장을 주입받고 힘에 취한 이가 일으킨 폭발에 휩쓸려 사라진 이. 그들이 죽을 때마다 김혜정은 슬펐다. 하지만 홍성원의 죽음처럼 강렬한 후유증을 남기지는 않았다.

　홍성원이 오랫동안 김혜정의 파트너였기 때문일까. 그러나 단지 그 이유 때문만은 아니었다. 그가 말했던 가족의 존재가 김혜정을 계속 괴롭혔다. 조직에 있는 누구도 홍성원의 가족에 대해 알지 못했다. 김혜정은 홍성원의 가족이 어떤 사람들일지 계속 고민했다. 아내가 있었던 것일까? 어쩌면, 그 가족은 홍성원이 죽었다는 사실 자체를 모를 수도 있었다. 김혜정은 홍성원의 가족에게 그 사실을 알리고, 가능하면 도와야 한다는 책임감을 느꼈다.

　지난 몇 년간 김혜정은 누군가를 지켜야 한다는 식의 책임감을 느낀 적이 없었다. 책임감이 부재한 삶은 공허했다. 그녀는 죽은 동료의 책임감을 대신 짊어짐으로써 그 공허감을 채우고 싶었던 걸지도. 그냥, 이제 나이가 늘었기 때문일지도. 마침내 이 모든 것이 지긋지긋해진 걸지도.

다음 날 저녁, 김혜정은 호텔 바에서 조직의 보스를 만났다. 보스는 강태영이라는 이름을 가진 남자였는데, 김혜정을 제외한 대부분의 조직원은 그의 본명을 알지 못했다. 아니, 얼굴조차도. 그는 그저 비밀스럽게 임무를 내리고, 그 수익을 취할 뿐이었지만 김혜정과는 본명을 나눌 정도로 오래 함께 해왔다.

그러니, 김혜정이 이렇게 말했을 때 강태영이 당황한 것도 당연한 일이었다.

"이제 나도 슬슬 은퇴해야겠어."

그렇게 말한 김혜정이 위스키를 한 모금 마셨다. 강태영의 표정에는 숨길 수 없는 당혹감이 어려 있었다. 흔치 않은 광경이었다. 한때 점조직으로 난립하던 수많은 역장 관련 범죄 조직들을 통합해 마피아에 버금가는 거대한 조직으로 만든 그에게는, 위대한 악인 특유의 카리스마가 있었다. 강태영은 애써 표정을 바로잡고는 천천히 입을 열었다.

"왜?"

"홍성원 때문에. 무섭더라. 이제 이 일을 하다가 언제 개죽음을 당할지 모른다는 게 느껴지더라고."

홍성원의 가족을 찾아서, 그의 부고를 전하고 남은 가족을 챙기고 싶다는 말은 하지 않았다. 강태영은 그런 식의 로맨티시즘에 코웃음을 치는 종류의 인간이었다. 김혜정은 죽음에 대해 인간이 가지는 보편적인 공포를 강태영이 이해할지도 의심스러웠다. 하긴, 김혜정 자신도 홍성원의 죽음 전까지는 별다를 바 없는 인간이었으니.

강태영은 입으로 쏩 소리를 내고는 말했다.

"그래서, 이 일을 안 하면 네가 뭘 해 먹고살 수 있을 것 같은데?"

그렇게 말하면서 강태영은 주위를 둘러봤다. 의도적인 동작이었다. 바에는 꽤 많은 사람이 있었지만, 김혜정을 중심으로 반경 5미터가량은 텅 비어 있었다. 바텐더도 음료를 제공할 때 빼고는 김혜정에게 다가오지 않았다. 김혜정이 어쩔 수 없이 뿜어내는 반마력장 때문이었다. 김혜정은 반마력장의 강도를 최대한 억제하고 있었지만, 그래도 근처에 오는 사람들은 그 반마력장의 힘을 느낄 수 있었다. 마력을 조금이라도 가진 사람들은 그 속에서 역겨움을 느꼈다.

마법사를 잡을 때가 아니라면, 이 반마력은 쓸모가 없었다. 쓸모가 없는 정도가 아니었다. 강태영은 김혜정이 사회에서 배척받으리라는 사실을 빤히 알고 있었다. 사람들은 반마력을 혐오한다. 김혜정은 항상 자신의 반마력장을 억눌러놓는 데 익숙해져 있었다. 그것은 언제나 정신력과 체력을 소모

하는 일이었다. 하지만 사람들의 경멸 어린 시선을 피하려면
그 수밖에는 없었다. 이 일을 그만두면, 그녀는 다시 자신을
거부하는 세상 속으로 돌아가야만 했다. 반마력을 가진 사람
들과 함께 살 수 없다고 민원을 넣는 사람들의 세상으로.

김혜정은 한숨을 내쉬고는 말했다.

"그건 네가 알 바 아니야."

"그래?"

가소롭다는 듯이 말하고는, 강태영은 머리를 몇 번 쓸어
넘겼다. 상황이 마음에 들지 않을 때의 버릇이었다. 김혜정은
강태영과 오랜 시간 함께해온, 조직의 에이스였다. 강태영이
김혜정을 놓치고 싶을 리가 없었다. 최근에 그가 또 다른 에
이스인 홍성원을 잃은 상황이고, 이 업계에서 괜찮은 인력을
구하기가 갈수록 힘들어진다는 것을 생각하면 더더욱.

"규칙은 알고 있지?"

김혜정이 고개를 끄덕이고는 말했다.

"손을 털려면, 가장 위험한 일을 해내야만 한다."

이 산업에 손을 담근 강태영에게는 온갖 인맥이 있었다. 그
중에는, 역장을 필요로 하는 대한민국의 지배계급도 있었다.
그냥 도망치면 한국에 사는 이상 강태영의 손길을 피하기 어
려웠다. 김혜정은 홍성원의 가족을 찾아야 했으니 바로 해외
로 뜰 수 없었다. 그래도 강태영은 규칙을 어기지는 않는 인

간이었다.

"무슨 임무인데."

"사람을 하나 빼 왔으면 해."

강태영이 휴대폰을 조작한 다음, 바 위에 올려놓았다. 김혜정은 휴대폰 디스플레이에 한 소녀의 사진이 떠 있는 것을 보았다. 텅 빈 연회색 방에, 중학생 정도의 나이로 보이는 소녀가 후드티를 입고 있었다. 강태영이 말했다.

"이름은 이윤진. A⁺급이야."

"A⁺? 말도 안 돼……."

A⁺급 마법사라면 전국에 열 명이 채 되지 않았다. 그들의 힘은 마법적 생물체 중 가장 강력한 용의 힘에 견줄 법했다. 나폴레옹, 측천무후, 카이사르 같은 역사를 바꿔놓은 인물들이 A⁺급 이상의 마력을 가졌을 거라고 사람들은 말한다.

강태영이 말했다.

"얘를 산 채로 데리고 오면, 손을 털 수 있게 해주지. 퇴직금도 두둑이 챙겨주고."

김혜정은 등에 소름이 쫙 돋는 것을 느꼈다. 그녀는 어느새 말을 더듬고 있었다.

"내가…… 내가 그걸 어떻게? 너무 위험한 일이야."

강태영의 얼굴에 조소가 떠올랐다.

"손을 털고 싶다며?"

그러나 이건 물리적으로 불가능한 일이었다. 김혜정에게 Z⁻급의 반마력이 있다고 해도, A⁺급 마력을 통제하거나 할 수는 없었다. 그것은 삽으로 한강의 흐름을 막는다는 것과 크게 다르지 않은 말이었다. 김혜정이 그 사실을 지적하려고 할 때, 강태영이 말을 이었다.

"아, 그렇게 무서워하지는 마. 이 친구는 마법을 쓰지 않거든."

"마법을 쓰지 않는다고?"

"일종의 마법 실어증이랄까……. 몸속에 마력은 흐르지만, 그 힘을 밖으로 꺼내지를 않는다고 해. 그러니 네가 상대할 사람은, 얘를 지키는 경비원들뿐이야."

"A⁺급 마력을 가진 사람이 마법을 쓰지 않는다는 말을 내가 믿어야 하나?"

김혜정이 쏘아붙이듯이 말하자, 강태영이 웃었다. 그는 어깨를 한번 으쓱이고는 말했다.

"내가 무슨 삼류 악당처럼 보이나. 아무 이유 없이 널 사지로 밀어 넣진 않아. 손을 털려고 한다고 너를 무조건 죽이려 할 정도로 얄팍하진 않다고. 나는 사업가고, 철저히 수익에 따라 움직일 뿐이야. 너는 지금까지 내가 가진 가장 훌륭한 장기짝 중 하나였지. 그 말이 스스로 사라지려고 하니, 위험하지만 수익성이 훌륭한 일에 쓰려고 하는 거야. 이게 이해하기 힘든 이야기인가?"

　김혜정은 강태영을 쏘아보다가, 천천히 말했다.

　"……좀 더 자세히 말해봐."

　김혜정은 절벽 위에 서 있었다. 그녀는 계곡 속에 숨겨져 있는 시설을 바라보고 있었다. 험준한 산세에 어울리지 않는 현대적인 시설이었다. 산의 바깥쪽에서 바라본다면 그런 시설이 있다는 걸 알 수 없는 위치였다. 중요한 무언가를 보호하기 위해 숨겨놓은 시설 같았다.

　강태영이 준 정보 그대로였다. 그 시설은 이윤진을 수용하고 보호하기 위해, 한 회사가 만든 안전 가옥이었다. 그 회사는 강태영의 조직과 전면으로 대립하는 업체일 것이다. 김혜정은 그 정도로만 알고 있었다. 그는 상세한 정치적 역학 따위엔 관심 없는 현장직이었으니까.

　주민등록상으로 따지면, 이윤진은 존재하는 인간이 아니었다. 이윤진이 태어났을 때, 태양처럼 밝게 빛나는 그녀의 마력은, 서울시 전체에서 하루 동안 소모되는 전력의 세기와 맞먹었다. 이윤진의 부모는 이 회사에 속해 있었고, 그 때문에 회사는 이윤진이 마력을 가졌다는 걸 곧바로 감지할 수 있었다. 회사는 이윤진을 빼돌려 이 시설에서 키웠다고 했다. 아마도 그 부모에게 회사는 달콤한 약속을 했을 것이다. 너무 큰 마력을 가진 이윤진을 보호해주겠노라고.

새벽 2시, 곧 경비원들이 교대할 시간이었다. 김혜정은 밤을 새우며 외우고 분석한 안전 가옥의 구조와 주변 지형을 다시 한번 되새겼다. 이곳의 자세한 설계도와 경비원들의 이동 패턴, 숲의 지형지물을 외웠다. 그녀는 안전 가옥에 침투해 이윤진에게 도달할 자신이 있었다. 강태영이 준 정보가 전부 사실이라면 말이다.

불안과 공포가 비수가 되어 그녀의 가슴을 파고들었다. 그 정보가 사실이라는 보장이 있을까? 이렇게까지 위험한 일을 굳이 해야 할까? 그냥 조직에 남아 있는 편이 김혜정의 기대 수명에 훨씬 더 긍정적일 것이다. 설령 이윤진을 빼내는 데 성공한다고 하더라도, A⁺급 마법사를 잃은 회사가 그녀를 지구 끝까지 쫓을 수도 있었다. 그녀는 강태영이 두려웠다. 하지만 현실적으로, 대기업 하나를 적으로 돌리는 것은 더 위험했다. 지금이라도 포기하고 도망치면…….

그때 그녀의 머릿속에 홍성원의 마지막 모습이 떠올랐다. 악몽 속에서 끊임없이 재현되는, 가슴이 텅 비어 있는 파트너의 모습이 다시 한번 생생히 그려졌다.

김혜정은 두 번 생각하지 않기로 했다. 그녀는 절벽에 못을 박고, 암벽 등반용 고리를 걸었다. 로프를 타고 그녀는 암벽 밑으로 내려갔다. 뾰족한 나뭇가지에 얼굴이 긁혔다. 뺨에서 피가 흘러내리고 그녀의 부신수질이 아드레날린을 뿜으면서, 심장이 쿵쾅대기 시작했다. 김혜정은 허벅지에 찬, 소음기를 장착한 권총을 한번 만졌다. 조용히 죽인다는 목적만으로 만들어진 물건. 그 차가운 금속이 본질적으로 품고 있는 살기가 그녀를 침착하게 만들었다. 김혜정은 숲의 어둠에 은밀히 숨어, 안전 가옥 쪽으로 걸어갔다.

곧, 김혜정의 반마력장에 무언가가 감지되었다. 마력을 띤 세 개의 물건이 공중에 떠 있었다. 마력으로 움직이는 드론이었다. 김혜정은 드론의 마력을 꺼버렸다. 드론 세 개가 차례로 힘을 잃고 떨어져 내렸다. 드론에서 마력을 없애는 정도를 조절함으로써, 김혜정은 드론 하나가 안전 가옥 대문 앞의 원하는 지점에 떨어지도록 할 수 있었다. 이것은 반마력의 강함만으로는 따라 할 수 없는 그녀만의 기술이었다. 드론이 땅에 떨어지면서 콰직 하는 소리가 들려왔다.

"뭐야?"

순찰 중이던 경비원 하나가 의아해하면서 떨어진 드론으로 다가갔다. 교대 시간이 얼마 남지 않은 그는 이 모든 게 몹시 피곤하고 귀찮아 보였다. 김혜정은 민첩히 경비원에게로 달려가면서, 왼쪽 허벅지에 차고 있던 전기충격기를 들었다. 그녀는 경비원의 목뒤에 전극을 가져다 댔다. 섬광이 인 직후, 경비원은 비명도 못 지르고 쓰러졌다. 김혜정은 쓰러진 채로 경련을 일으키는 경비원에게서 출입 카드를 챙겼다. 김혜정은 미약한 미안함을 느꼈다. 죽거나 영구적인 후유증이 남지는 않을 테지만, 그래도 죽도록 고통스러울 테니.

김혜정은 경비원의 몸뚱어리를 그림자 속에 치워둔 다음, 안전 가옥의 입구로 향했다. 그녀가 인식 장치에 카드를 찍자 대문이 열렸다. 그녀는 안전 가옥 내부로 들어갔다. 내부는 조용했다. 김혜정은 목표물, 이윤진이 있는 층으로 성큼성큼 걸어 올라갔다. 그러는 동안 김혜정은 두 명의 경비원을 마주쳤다. 둘 다 마법을 사용하여 김혜정을 제압하려고 했지만, 그녀는 반마력을 이용해 효과적으로 그들의 마법을 무화했다. 경비원들이 자기 마법이 무화되는 것 때문에 빈틈을 보일 때, 김혜정은 총탄을 그들의 다리에 박아 넣었다.

국가의 전략 자원일 수도 있는 존재를 보호하는 시설이라고는 믿을 수 없을 정도로 허술한 보안이었다. 김혜정은 그 이유를 알고 있었다. A⁺급 마법사는 보호 대상이 될 수가 없다. 보호를 할 필요가 없다. 의지만으로 자연재해에 맞먹는 재앙을 일으킬 수 있는 인간을 누가 감히 납치한단 말인가? 어떻게 감히 자의식이 있는 핵무기를 공격할 수 있단 말인가?

2,000년 전, 루비콘강을 건넌 카이사르가 혈혈단신으로 두 개의 군단을 불태웠다는 사실을 떠올리면서, 김혜정은 자기

가 얼마나 말도 안 되는 일을 하고 있는지 새삼 되새겼다. 이윤진은 김혜정이 스스로 인식하지도 못하는 짧은 순간에 녹아 사라지게 할 수 있었다. 어쩌면 인간이 느낄 수 있는 가장 극심한 고통을 영원에 가까운 시간 동안 겪게 할지도 몰랐다. 정말 마법을 쓰지 않을까?

안전 가옥의 구조는 강태영이 준 설계도에 기록되어 있던 그대로였다. 김혜정은 이윤진의 방 문 앞에 섰다. 김혜정은 무서웠다. 하지만 이제 와서 되돌아갈 수도 없었다. 그녀는 한번 숨을 가다듬었다. 그러고는, 오른손에 쥔 권총을 앞으로 겨눈 채로, 왼손으로 천천히 문을 열었다. 침대 하나가 덜렁 놓여 있는 연회색의 방이 눈앞에 드러났다. 그 침대 앞에, 이윤진이 잠옷을 입고 서 있었다. 이윤진은 떨고 있었다. 비슷한 나이의 중학생과 다를 바 없는 앳된 모습이었다. 몸속에 역사의 흐름을 바꿔놓을 수 있는 힘이 불타고 있다는 것을 믿기 힘들 정도로.

"나, 나가요."

이윤진이 손을 뻗었다.

"아, 아줌마. 나, 나 A+급이에요. 후, 후회할 일 만들지 마요. 봐, 봐줄 때 나가요."

김혜정은 권총을 겨눈 채 천천히 이윤진에게 걸어갔다. 5분 내로 이윤진을 데리고 여기서 나가야 했다. 그녀는 강태영이 말해준 사실을 읊었다.

"너, 마법 못 쓰잖아. 알고 있어."

이윤진의 눈빛에 당혹과 공포가 어렸다. 김혜정은 바에서 강태영과 나눈 이야기를 떠올렸다.

강태영이 술잔을 내려놓고는 말했다.

"엄밀히 말하면, 자기 마력을 전혀 통제하지 못하는 거야. 마법을 쓰려고 할 때마다 주변을 아예 초토화해버려. 그러니 마법을 쓰려 해도 쓸 수가 없지."

"마력을 통제하지 못한다면…… 그건 마력 중독 아냐?"

김혜정이 묻자, 강태영이 고개를 저었다.

"마력 중독과는 궤가 달라. 마력 중독은 개인 역량이 역장에 담긴 힘에 미치지 못할 때 생기는 일이지. 그래서 가만히 있어도 마력이 스스로 폭주하고. 하지만 이윤진 개는 그 힘을 자기 몸속에 충분히 담아놓을 수 있어. 다만 그 마법을 휘두르려고 하면, 스스로 통제할 수 없는 거지. 그러면 펑! 지금까지 개가 마법을 쓰게 하려다 죽은 사람만 수십 명이라는데. 회사에서는 어떻게든 이윤진이 힘을 다룰 수 있도록 만들려는 듯하지만, 잘되지 않는 것 같아. 이윤진 스스로도 자기 힘에 대해 압박감을 엄청 크게 느끼는 모양이고. 그래서 그냥 대충 숨겨놓은 거지."

"대체 어떻게 그럴 수가 있는 건데?"

"마법은 영혼에 묶여 있는 거니까? 어쨌든, 우리한텐 아주 좋은 일 아닌가? A+급 역장의 값어치를 생각해봐."

강태영이 씨익 웃었다. 김혜정은 자기 잔을 잡아 들었다. 둥근 얼음이 차차 녹아 브랜디에 섞여 들고 있었다. 김혜정은 잔을 살짝 돌려 얼음을 굴려보고는 말했다.

"그래도 난 선을 지키고 싶어. 미성년자 인신매매에는 끼고 싶지 않은데."

"미성년자 인신매매라니, 그렇게 심한 말을? 우리는 걔한 테 필요 없는 힘을 빼내려는 것뿐이야. 역장만 빼고 나면, 걔 한테는 아무 관심 없어. 우리가 그런 고전적인 악당은 아니 라는 거, 알고 있지 않나?"

"악당이라는 건 부정하지 않네."

"역장 소유권 이전 전문가 집단은 어때?"

"농담 따먹기 하고 싶진 않아."

"그래. 어쨌든 너는 아이 하나를 구하러 가는 거야."

틀린 말 같지는 않았다.

"걱정 마. 나는 널 구하러 왔어."

"뭐라고요……?"

이윤진은 팔을 내밀고 있었지만, 김혜정은 그녀가 마력을 쓰려고 하지 않는다는 사실을 알고 있었다. 그녀의 반마력장에 어떤 마력도 감지되지 않았기 때문이다. 김혜정은 권총을 들고 있던 손을 내려, 권총을 허벅지에 찼다. 그녀는 위협적으로 보이지 않으려고 최대한 노력하며, 이윤진을 이해하고 있다는 듯 말했다.

"네가 가지고 있는 힘이 네 인생을 불편하게 만들지? 그냥 보통 사람처럼 살고 싶은데, 어떻게든 네 힘을 써먹어보려는 사람들 때문에 도저히 그럴 수가 없잖아? 그래서 마법이 생각처럼 나가지 않는 거고."

이윤진이 손을 천천히 내렸다. 그 모습을 보고 김혜정은 마음이 조금은 놓였다. 그러나 그녀는 여전히 엉덩이 쪽에 차고 있는 마취총을 의식하고 있었다. 이윤진은 김혜정을 노려보다가, 코맹맹이 소리로 말했다.

"그럼 아줌마가 원하는 건 뭔데요? 아줌마도 제가 A$^+$급이라서 이렇게 온 거 아닌가요?"

"나는 네가 마법을 쓰거나 하는 걸 원하지 않아. 우리가 원하는 건 네 역장이야."

"역장이요?"

"그래. 네 몸속에 흐르는 마력의 근원. 우리는 그걸 너한테서 빼낼 거야. 그럼 너도 더 이상 마력 때문에 고민하지 않아도 돼. 부작용이 있긴 하지만, 요즘 기술로는 해결할 수 있는 문제야."

"그러면 아줌마가 얻는 건 뭔데요? 결국 그걸로 돈 벌려는 거 아니에요?"

김혜정은 고개를 끄덕였다.

"그래. 누군가는 네 역장을 팔아서 돈을 벌겠지. 하지만 그게 무슨 상관이야? 너는 네 힘이 없어졌으면 하잖아. 나는 너한테 보통 사람처럼 살 수 있는 기회를 주는 거야. 너한테 그 힘은 저주 아니니? 그 저주만 아니면 여기 안 갇혀 살아도 돼."

"저주……."

저주라는 단어는 힘이 아주 강한 듯했다. 이윤진은 마치 석화 마법을 당하기라도 한 것처럼 침묵하다가, 천천히 말을 이었다.

"절 구하러 왔다고 했죠?"

김혜정은 고개를 끄덕이고는 오른손을 내밀었다. 이윤진이 천천히 김혜정에게로 걸어왔다. 김혜정은 이윤진의 손을 잡고 바깥으로 내달리기 시작했다. 안전 가옥 입구로 달려 나왔을 때, 김혜정은 억지로 유지하고 있던 반마력장을 해제했다. 동시에 안전 가옥 전체에 조명이 들어오고, 사이렌이 울리기 시작했다. 땅바닥에 떨어졌을 때 완전히 박살 나지 않은 느론이 천천히 떠오르는 것을 김혜정은 느꼈다. 이윤진이 머뭇거렸다.

"지금 아니면 기회가 없어!"

김혜정은 외쳤다. 이윤진은 결단을 내린 듯, 김혜정을 따라 달리기 시작했다. 김혜정은 왼쪽 귀에 장착하고 있던 이어셋의 전원을 올리고는 말했다.

"목표 확보. 지금 합류점으로 가고 있어. 목표는 깨어 있고."

이어셋에서 강태영의 만족스러운 목소리가 들려왔다.

"잘했어. 역시 김혜정이야."

김혜정은 굳이 답하지 않았다. 그는 자신과 이윤진의 숨소리에 집중했다. '너무 쉬웠어.' 그녀는 생각했다. 보안이 별로 강하지는 않을 거라고 미리 짐작하고 있었다. 하지만 이윤진이 이렇게 쉽게 설득당한 것은 예상 외였다. 본래는 마취총으로 이윤진을 잠재우고 데려갈 생각이었다. 이윤진은 그곳에서 대체 어떤 생활을 하고 있었던 것일까?

그녀는 한 번 고개를 저었다. 이윤진은 목표물일 뿐이었다. 목표물의 뒷이야기에 대해 깊이 생각하는 것은 쓸모가 없다. 쓸데없는 인정을 베푸는 것은 위험을 높일 뿐이다……. 그녀는 다시 한번 되새겼다. 애초에, 이 아이의 역장을 빼내는 것이야말로 이 아이를 진정 돕는 것이라고. 김혜정은 탈출에 전념하기로 했다.

두어 번의 총격전을 거쳐야 하긴 했다. 김혜정을 쫓아온 이

들은 모두 총격에 마법을 응용하는 데 익숙해진 이들이었다. 직선으로 나아가는 총탄의 궤도를 휘게 해 사각을 공격하고, 투시경 없이도 어둠 속을 꿰뚫어 보는 마법을 쓰는 이들. 하지만 김혜정이 마법 사용을 막아버리자 그들은 총을 처음 만져본 사람들보다 더욱 미숙한 모습이 되었다. 김혜정은 그동안 이런 총잡이들을 수십 번도 넘게 만났다. 언제나 그랬듯, 김혜정은 탄창 하나를 다 쓰지 않고도 이들을 제압할 수 있었다.

합류 지점에는 두 개의 SUV가 기다리고 있었다. 가솔린엔진이 달린 차 하나는 텅 비어 있었고, 마력엔진이 달린 다른 차에는 운전자가 타고 있었다. 김혜정은 운전자가 있는 차의 뒷문을 열면서 이윤진에게 말했다.

"타."

이윤진은 순순히 차에 올랐다.

"아줌마는요?"

"내 역할은 여기까지야. 그럼 잘 살아라, 꼬마야."

김혜정은 문을 닫고, 자기를 위해 준비된 차에 올랐다. 시동을 걸었을 때, 그녀는 이미 이윤진에 대해서 절반쯤 잊었다.

50분이 지났다. 아직 해가 뜨기까지는 꽤 많은 시간이 남아 있었다. 피곤해진 김혜정은 모텔 하나를 찾았다. '모텔 캐슬'이라는 간판이 번쩍이는 그 모텔은 각 층마다 네온사인이 둘러져 있었다. 김혜정이 차를 대고 모텔 입구로 들어가자, 카운터에 남자 하나가 앉아 있었다. 남자는 약간 어색할 정도로 뻣뻣했다. 김혜정은 남자에게 말했다.

"하루 숙박이요."

"숙, 숙— 박—."

남자는 무언가 말을 하려다가 굳어버렸다.

"저기요?"

김혜정은 남자한테 말을 걸었지만, 답변은 돌아오지 않았다. 남자는 어색한 자세로 완전히 굳어 있었다. 김혜정은 그제야 그 남자가 사람이 아니라는 것을 알았다. 그것은 서비터였다. 서비터는 마법공학이 적용된 인간과 비슷하게 생긴 로봇으로, 여러 업무를 인간 대신 해낼 수 있다. 비록 한계가 있으나, 서비터는 인간처럼 학습할 수 있으며 인간처럼 여러 업무를 유연하게 해낼 수 있었다. 그것은 현대 마법공학의 신비 그 자체였다.

세상의 수많은 사람처럼, 모텔 캐슬의 주인장은 카운터를 보는 인간 직원을 들이는 것보다 서비터를 하나 들이는 게 더 수지 타산이 맞는다고 생각했던 모양이다. 비싸지만 연료로 역장을 한 번 들이기만 하면 되니 꽤 합리적인 선택이었다. 그러니까 김혜정과 조우하는 등의 예외적인 경우를 제외하면.

김혜정이 언제나 조금씩 뿜어내는 반마력장 속에서, 서비터는 제대로 기능할 수 없었다. 김혜정은 억지로 반마력장을 억눌러보았지만, 서비터는 굳은 모습 그대로였다. 김혜정은 카운터에 적혀 있는 번호로 전화를 했다. 곧 짜증에 가득 찬 남자의 목소리가 들렸다.

"누구세요? 지금 시간이 몇 신데……."

"죄송한데요. 숙박하려고 하는데 서비터가 작동을 안 해서요."

"예? 서비터가 왜 고장 나요?"

"죄송합니다. 제가 반마력이 있어서, 마법을 꺼버린 것 같아요. 다시 충전하셔야 할 거 같은데요."

"아……. 좀만 기다리세요."

전화가 끊겼다. 곧, 카운터 뒤에 있는 방문이 열렸다. 머리가 엉망인 남자 하나가 짜증이 잔뜩 난 얼굴로 나왔다. 그는 서비터의 머리를 몇 번 내려쳤다. 그러나 서비터는 미동도 하지 않았다. 내부에 든 역장의 힘이 김혜정의 능력 때문에 고갈되어버린 것이다.

"에이, 씨. 완전 굳었네. 이거 충전하는 것도 다 돈인데……."

남자는 적의를 숨기지 않고 김혜정을 바라보았다. 김혜정은 한숨을 푹 쉬고는, 지갑을 꺼내 들었다. 그녀는 5만 원짜리 시폐를 한가득 뽑아 남자에게 건네면서 말했다.

"이거면 충전하고, 숙박도 할 수 있죠?"

그제야 남자의 표정이 조금 풀렸다. 김혜정은 이 정도 돈이면 싸구려 서비터의 인공 역장을 스무 번은 완충할 수 있다는 것을 잘 알고 있었다. 이런 문제로 실랑이를 벌이기에 그녀는 너무 피곤했다. 남자는 카드키 하나를 주면서 말했다.

"203호입니다. 들어가서는 조심해주세요."

"마력으로 돌아가는 물건이 또 있나요?"

"그건 아닌데, 손님들 중에 마법 쓰는 사람 있으면 불편해하실 것 같아서요."

김혜정은 끄덕이고는 열쇠를 받아 들고 계단으로 걸어 올라갔다. 뒤에서 남자가 작은 소리로 투덜댔지만, 김혜정은 신경 쓰지 않았다. 익숙한 일이었다. 이 정도면 푸대접 축에도 속하지 않았다. 한창때엔, 반마력을 가졌다는 것 자체로 불쾌한 존재 취급을 받으면 주먹다짐도 불사하고는 했다. 그러나 이제 김혜정은 그런 시선을 스스로 체화하고 있었다. 당연히 내가 불편하겠지. 당연히 내가 거슬리겠지.

가끔은, 이 모든 게 자업자득이라는 생각도 했다. 말하자면 그녀 또한 마법공학의 발달에 기여한 사람이었다. 그녀가 수많은 사람을 상처 입히며 유통한 수많은 역장은 틀림없이 서비터 연구에도 쓰였을 것이다. 서비터가 나타나고 마법공학의 산물이 생활 전반에 사용되기 전에는, 그래도 사람들이 김혜정을 대놓고 욕하지는 않았다. 하지만 이제 그녀는 진실로 불편한 존재였다.

김혜정은 씻지도 않고 침대 위에 누웠다. 온몸이 푹 젖은 수건처럼 무거웠다. 그래도 휴식을 취하자 여러 상념이 떠올랐다. 그녀는 이윤진을 생각했다.

김혜정에게는 가족이랄 만한 사람이 없었다. 그녀는 태어난 직후 버려졌고, 한 교회의 베이비박스에서 발견되었다. 그녀는 가끔 자신이 태어난 것 자체가 신기한 일이라고 생각했다. 김혜정 정도의 반마력은 수정된 지 3개월이 지나면 충분히 감지할 수 있다. 그녀 정도의 반마력을 가진 태아는 높은 확률로 중절된다. 태아가 발하는 반마력이 임산부의 건강에 치명적인 영향을 미칠 수 있기 때문이다. 아니, 어쩌면 마력의 흐름을 막고 상쇄하는 그 특성을 수많은 사람이 싫어하기 때문이기도 하고.

때때로 그녀는 자신의 어머니가 어떤 사람이었을지 상상해보곤 했다. 그녀의 어머니는 마력이 없거나, 아니면 반마력을 가졌을 것이다. 만약 그녀의 어머니가 마력을 가졌다면, 김혜정은 발달 중에 유산되었거나 어머니와 함께 죽었을 것이다. 그녀의 어머니는 청소년기에 원치 않게 그녀를 임신했을 수도 있다. 그래서 이 사실을 주변에 알리고 도움을 받을 수도 없었을 것이다. 어머니가 어떤 사람일지 종종 상상하곤 했지만, 김혜정은 어머니를 탓하지는 않았다. 이미 태어나자마자 연이 끊겨버린 부모를 탓할 만한 여유가 없었다.

보육원에서 자라면서 김혜정은 자신의 처지를 받아들였다. 마력을 가진 아이들은 김혜정을 거의 본능적으로 꺼렸다. 마력을 가지지 않은 아이들도 김혜정을 가까이하지 않았다. 단체에서 소외되는 아이와 함께하는 것이 사회적 자살 행위라는 것을 그들도 잘 알고 있었으니까.

김혜정은 이윤진이 부러웠다. 마력은 역장을 제거하면 확실히 지워지니까. 반마력의 근원은 아직도 밝혀지지 않았다. 어쩌면 영원히 밝혀지지 않을지도 모른다. 밝혀지기 전에, 반마력의 형질 자체가 인간의 유전 풀에서 사라져버릴지도 모른다.

그때 휴대폰이 울렸다. 김혜정은 전화를 받았다.

"우리 에이스! 수고 많았어. 이윤진은 확실히 확보했어."

강태영이었다. 김혜정은 말했다.

"입금은?"

"너무 냉정하게 굴지 마. 나도 인간적으로 섭섭하잖아? 우리 조직에서 제일 중요한 자원이 나간다니. 아주 멋진 은퇴식이었어. 우리 조직은 언제나 열려 있으니, 필요하다면 언제나……."

"됐고. 약속한 건 확실하지?"

강태영이 코웃음을 친 다음 말했다.

"그래. 막 암호화폐로 지급했어."

김혜정은 휴대폰으로 암호화폐 지갑을 확인해보았다. 향후 30년간은 아무것도 걱정하지 않아도 될 만한 금액이 들어와 있었다. A⁺급 역장의 가치에 비교한다면 푼돈이었으나.

김혜정은 사치하는 편이 아니었다. 지금까지 저축해놓은 돈을 생각하면, 여유 있는 은둔 생활을 즐길 수 있을 터였다. 그녀는 이전에 일본에 봐둔 작은 마을 하나를 떠올렸다. 이제 일을 몇 건만 더 마치면, 평생 그곳 해안가에서 아무 걱정 없이 보낼 수 있을 거야. 싱싱한 물고기를 잔뜩 먹어야겠어.

"그것 말고 또 요구한 게 있을 텐데."

"아, 그것도 모두 보안 메일로 보내놨으니. 걱정 마."

강태영이 자신을 속이지는 않는다는 걸 김혜정도 알고 있었다. 잠시 침묵이 흐른 후, 김혜정이 강태영에게 물었다.

"걔 역장으로 대체 뭘 하려는 거야? A⁺급 역장은 받아들일 수 있는 사람도 지극히 적을 텐데. 받아들일 수 있다고 해도, 그렇게 큰 힘을 함부로 받아들일 만큼 간이 큰 사람이 많지도 않을 거고. 거래하다가 역추적이라도 당하면……."

"그걸 네가 알 필요가 있나? 이제 우리 조직이랑 상관도 없는 사람이."

틀린 말은 아니었다. 강태영이 말을 이었다.

"그럼, 은퇴 축하해. 나도 빨리 손 털고 쉬고 싶어. 부럽구만."

"……."

김혜정은 답하지 않았다. 곧 전화가 끊겼다. 한숨을 푹 쉰 다음, 그녀는 눈을 감았다.

강태영이 보안 메일로 보낸 것은 서울 노원구에 있는 아이폰 사설 수리점의 주소였다. 사흘이 지나 김혜정은 그곳을 찾아갔다. '노원잡스'라고 써 있는 간판으로 보나, 쇼윈도에 전시된 수많은 아이폰을 보나 이곳은 아주 평범한 수리점처럼 보였다. 김혜정이 내부로 들어서자, 자신보다 대여섯 살 정도 어려 보이는 여자 한 명이 카운터 앞에서 시원하게 박살난 아이폰 액정을 교체하고 있었다. 그녀는 김혜정에게 눈길을 한 번 주고는 다시 수리 중인 아이폰에 집중했다.

김혜정은 그녀가 왠지 익숙하다고 잠시 생각했다. 아니…… 그저 삶에서 수많은 사람을 보아왔기 때문이리라. 김혜정은 그녀에게 다가가서, 메일에 쓰여 있던 대로 말했다.

"소문을 듣고 왔는데요."

"무슨 소문이요?"

"데이터 속에서 꿈을 꾸었어요."

"어떤 꿈을 꾸었는데요?"

"푸른 전자가 끝없는 회로에서 영원의 춤을 추는 꿈이요."

'노원잡스'라고 불린다는 여자가 눈을 빛내면서 김혜정을 바라보았다. 그녀는 살짝 들떠 보였다. 김혜정은 이 암구호 놀이가 상당히 유치하다고 생각했고, 이 사람이 정말 이쪽 세계에서 그토록 유명한 해커가 맞는지 의구심이 들었다. 노원잡스는 카운터를 나와 대문을 잠그더니 김혜정에게 말했다.

"기다리고 있었습니다. 무슨 일로 찾아오셨나요?"

김혜정은 가방에서 아이폰을 꺼냈다. 그것은 홍성원의 시신에서 회수한 것이었다.

"이 휴대폰 안의 데이터를 복구하고 싶어서요."

노원잡스는 김혜정이 들고 있던 아이폰을 가로챘다. 그녀는 아이폰의 전원을 켜보더니, 잠금 설정이 되어 있는 것을 확인했다. 노원잡스는 뚱한 표정으로 아이폰을 바라보다가, 김혜정에게 말했다.

"데이터만 회수하나요?"

"아…… 힘든가요?"

노원잡스가 고개를 저었다.

"아뇨, 잠금 자체를 풀 수 있을 것 같아서요. 해드릴까요?"

김혜정은 고개를 끄덕였다. 노원잡스가 김혜정에게 물었다.

"그럼, 반마력장을 잠시 거둬주시겠어요?"

"아, 네?"

"잠금을 해제하는 데 마법을 써야 하거든요."

"아, 죄, 죄송합니다."

김혜정은 순간 몸에 각인된 비굴한 태도를 취했다. 어릴 때부터 사람들이 반마력장을 치우라고 고압적으로 구는 경우가 많았기 때문이다. 그런 순간마다 김혜정은 자기 존재 자체가 방해물인 듯한 느낌을 받았다. 하지만 노원잡스는 아무것도 아니라는 듯 싱긋 웃고는 홍성원의 휴대폰을 들고 자기 자리로 돌아갔다. 김혜정은 집중했다. 그녀의 몸에서 자연스레 흘러나오던 반마력장이 천천히 억제되었다.

김혜정은 노원잡스가 자신에게 적대적으로 굴지 않는 이유를 알았다. 김혜정이 일했던 뒷세계에서는 반마력을 가진 사람을 푸대접하지 않는 사람이 많았다. 오히려, 반마력을 가진 사람들이 특수한 자원으로 취급받는 경우가 많았다. 반마력은 이 사회를 굴리는 마력 자체를 억제할 수 있으니까. 마법으로 돌아가는 보안 시스템을 해제하고, 마법사들을 제압할 수 있으니까. 강태영은 반마력을 가진 사람들을 영입하고자 공을 들였다. 노원잡스도 이 업계와 얽혀 있으니, 반마력에 노출될 기회가 많았을 것이다.

당연히, 김혜정도 이런 업계의 생태를 알고 싶지 않았다. 원래 그녀는 영화감독이 되고 싶었다. 그녀는 어릴 때부터 문외한도 쉽게 알아볼 수 있을 만큼 탁월한 시각적 관찰 능력과, 이야기를 만들어내는 재주를 가지고 있었다. 만약 충분한 기회가 주어졌다면, 어쩌면 그녀는 지금쯤 장편영화를 두세 편은 만들어낸 감독이 됐을지도 몰랐다.

하지만 그녀가 영화 업계에 뛰어든다는 건 아예 불가능했다. 사회에서 반마력을 가진 이들이 종사할 수 있는 일자리는 극도로 제한적이었다. 가장 위험하고, 가장 더럽고, 가장 어려운 일들. 물론 모두 이 세상에 필요한 일이긴 했다. 하지만 선택지가 그것밖에 주어지지 않는 것은 불공평했다.

그렇게 억지로 삶을 살아가던 도중에, 역장을 빼돌려 팔아먹는 브로커 일이 짭짤하다는 것을 알게 되었다. 처음에는 이렇게까지 위험한 일이 될 줄은 몰랐다. 처음엔 그냥 불법으로 추출된 역장을 한 장소에서 다른 장소로 옮겼고, 자기도 모르는 새에 손에 피를 묻혔고, 그러다 보니 거울을 보면 악랄한 범죄자가 하나 서 있게 되었다.

합리화에는 긴 시간이 필요하지 않았다. 김혜정이 도덕률을 지키고자 노력해도 세계는 보답하지 않았다. 통장 잔고는 언제나 쪼들렸고 일상적으로 멸시를 받았다. 그에 반해 그녀의 새로운 파트너가 된 홍성원은 그녀를 인간으로 대해주었다.

김혜정이 미워하던 자신의 특성인 반마력을 홍성원은 필요하다고 해주었다. 또 다른 사람들도. 김혜정은 이 업계에서 처음으로 환대받는 감각을 느낄 수 있었다. 이 업계가 본질적으로 마력을 가진 사람을 착취하는 업계라는 것을 김혜정도 알고 있었지만, 자기가 중요하고 쓸모 있는 사람이라는 느낌에는 중독성이 있었다.

홍성원은 김혜정에게 동료이자 유일한 친구였다. 홍성원과 함께 일할 때, 김혜정은 성취감을 느꼈다. 마력이 필요 없는 사람의 마력을 필요한 사람에게로 전해준다는 묘한 만족감도 있었다. 반마력으로 마법사들을 제압할 때는 쾌감을 느끼기도 했다. 그것은 복수심과도 맞닿아 있었다. 홍성원은 그녀가 마땅한 복수를 하는 것이라고 했다. 그는 김혜정이 자신이 타고난 능력을 써먹어야 비로소 자기 삶을 살아갈 수 있다고 말했다.

일반적인 기준으로 홍성원은 도덕적인 사람이라고 할 수는 없었지만, 그녀는 홍성원에게 진심으로 감사했다. 홍성원은 그녀 스스로를 쓸모 있는 사람이라고 여기게 해주었다. 홍성원이 처음이자 마지막으로 말했던 그의 가족에게, 그 빚을 갚아야 했다. 그러지 않는다면 죽을 때까지 그녀는 정신적 부채에 시달릴 것 같았다.

"끝났어요."

노원잡스의 목소리를 듣고 김혜정은 상념에서 깨어났다. 시계를 보자, 노원잡스가 해킹을 시작한 지 20분도 채 지나지 않았다. 노원잡스가 그녀에게 홍성원의 휴대폰과 쪽지 하나를 내밀었다. 쪽지에는 암호화폐 지갑의 주소와 금액이 적혀 있었다. 김혜정은 휴대폰으로 암호화폐를 노원잡스의 지갑에 입금했다. 노원잡스가 그것을 확인하고 홍성원의 휴대폰을 건네주면서 말했다.

"남편 휴대폰인가 보죠?"

"아뇨?"

김혜정은 고개를 저었다.

"그런가요. 딸 사진이 잔뜩이길래. 한번 보세요."

김혜정은 주춤대면서, 홍성원의 휴대폰 앨범을 확인했다. 앨범은 연회색 방에 있는 한 소녀의 사진으로 가득 차 있었다. 김혜정은 섬네일 하나를 눌렀다.

김혜정이 아는 소녀였다. 잠시 그녀는 그 아이가 홍성원의 딸이니까 낯익을 것이라고 생각했다. 소녀는 홍성원과 놀랍도록 닮아 있었다. 홍성원의 딸은 홍성원과 닮았을 테니까. 하지만 그 연회색 방과, 그 얼굴 모두를 김혜정은 '실제로' 본 적이 있었다.

김혜정이 사진을 하나하나 넘겼다. 사진 하나가 넘어갈 때마다 소녀는 조금씩 어려졌다. 사진의 구도가 바뀌었지만 배경은 항상 똑같은 방이었다. 사진 한 장마다 1개월 정도의 간격이 있는 것 같았다. 부정하고 싶었지만, 김혜정은 확신할 수밖에 없었다.

사진 속에 있는 소녀는 '이윤진'이었다. 그 사실을 인지하자, 김혜정의 머릿속에 새로운 가설이 떠올랐다. 그렇다면 홍성원과 이윤진이 부녀 관계였다는 것인가? 생각지 못한 결론에 얼떨떨하게 서 있던 김혜정을 보고 노원잡스가 말했다.

"그런데 저 모르시겠어요? 구면인데."

"예?"

예상치 못한 말을 들은 김혜정은 곧바로 경계하며 물러섰다. 그녀는 본능적으로 방금 전까지 억제하고 있던 반마력장을 전개했다. 그러자 노원잡스가 두 손을 내저었다.

"걱정 마세요. 해치려는 게 아니니까……."

"너 누구야."

김혜정은 살벌한 목소리로 말했다. 그러나 동시에 김혜정은 노원잡스를 분명히 본 적이 있는 것 같다는 생각을 떨쳐버릴 수가 없었다. 노원잡스가 쓰고 있는 안경을 치켜올리면서, 질문으로 답했다.

"그 아이를 회사에서 빼돌리셨죠?"

"어떻게……?"

김혜정은 놀란 표정을 감추지 못했다. 노원잡스는 피식 웃으면서 말했다.

"벌써 핫뉴스예요. 업계 사람들은 모를 리가 없지."

김혜정은 허벅지 쪽으로 손을 옮겼다. 익숙한 권총의 촉감이 느껴지지 않았다. 그녀는 비무장 상태였다.

"원하는 게 뭐야."

노원잡스가 손을 저었다.

"저는 정말 공격할 생각 없어요." 노원잡스가 기지개를 켜면서 말을 이었다. "애초에 제 일은 그런 게 아니에요. 저는 그냥 한낱 수리공이고요. 손님이 곤란해지는 게 싫을 뿐이에요."

"곤란하다니?"

"휴대폰을 해킹하면서 보니까, 추적 마법이 걸려 있더군요. 휴대폰에 마력이 주입되면 바로 위치가 추적되는 거거든요. 그동안에는 반마력장 때문에 안 걸렸던 거예요. 그런데 방금 전에 반마력장을 억제하셨죠? 휴대폰은 제 손에 있었고?"

그럼 내 위치가 추적됐겠군. 김혜정은 생각했다. 김혜정의 생각을 읽기라도 한 것처럼, 노원잡스는 고개를 끄덕였다.

"도망치세요. 추적 마법이 강력하더군요. 회사에서 그 여자애를 정말 간절히 원하는 것 같아요."

"왜 나한테 이런 호의를 베푸는 거야?"

"저도 부탁하고 싶은 게 있거든요."

"뭘…… 무엇을?"

노원잡스는 옆에 있던 서랍에서 역장 앰플 하나를 꺼냈다. 그것은 분명히 상온에서 보관되고 있었지만, 스스로 확연한 냉기를 뿜어내고 있었다. 노원잡스는 그 역장을 김혜정에게 건넸다. 김혜정은 얼떨결에 그것을 잡았다. 김혜정은 그것에 냉각 마법을 제외한 또 다른 고차원적인 마법이 부여되어 있다는 것을 알았다. 자신의 본성 때문에 그 마법이 뭔지는 알 수 없었지만. 노원잡스가 말했다.

"만약 이윤진을 만나게 된다면, 전해주세요."

"내가? 이윤진을 왜?"

"만약이에요, 만약. 못 주게 된다면, 그냥 저한테 돌려주시면 돼요. 그땐 노원잡스보다는 서지현이라는 이름으로 찾는 게 더 편할 거예요."

서지현은 손목시계를 보고는, 김혜정에게 나가라는 제스처를 취했다. 여전히 서지현을 기억해내지 못한 김혜정은 의심으로 가득 찬 눈길로 그녀를 바라보다가, 휴대폰에 추적 마법이 걸렸다는 것을 기억해냈다. 시간이 많지 않았다. 김혜정은 경계하는 야수처럼 수리점 밖으로 뛰쳐나갔다.

서지현은 그 뒷모습을 보면서 손목을 몇 번 매만졌다. 10년 전에 김혜정이 대학 연구실을 습격했을 때 뒤틀렸던 손목이 아직도 시큰거렸다.

김혜정은 행인이 많은 대로로 뛰쳐나왔다. 익명의 군중 사이에 숨는 것이 제일 안전하다는 것을 알고 있었기 때문이다. 반마력장을 최대한 억제하고, 떨리는 몸을 억지로 이끌어, 공중전화 부스를 간신히 찾아 그 안으로 들어갔다. 그리고 다시 홍성원의 휴대폰을 꺼내 들었다.

휴대폰에는 아직 확인하지 않은 문자 메시지가 100통 가까이 와 있었다. 대부분은 하찮은 스팸 메시지였다. 그러나 그중 하나는 연락처에 등록된 사람의 메시지였다. 'S'라고 저장되어 있는 그 사람은 불과 이틀 전까지도 홍성원에게 계속 메시지를 보냈다.

'홍 선생, 어딨어요?'

'지금 당장 전화하세요.'

'3주 안에 추적됩니다.'

그 메시지 중 하나가 김혜정의 눈길을 끌었다.

'따님 어디 있는지 알고 계시죠?'

김혜정이 이윤진을 확보한 바로 다음 날 온 메시지였다. 분명히 이윤진은 홍성원의 딸이었다. 김혜정은 한숨을 푹 쉬고는 혼잣말을 읊조렸다.

"홍성원, 대체 무슨 짓을 하고 있었던 거야?"

그녀는 공중전화 부스 안에서 주위를 둘러보았다. 혹시라도 바깥에서 누군가 그녀를 감시하고 있지 않은가 싶어서였다. 갑작스럽게 깨달은 사실들 때문에 머리가 복잡했다. 홍성원의 딸이 A⁺급 마력 보유자였다는 사실이. 그리고 그 딸이 홍성원과 김혜정이 몸담던 조직의 반대편에 서 있는 회사에 의해 키워졌다는 사실이. 그리고 바로 김혜정 자신이 그 딸을 강태영에게 넘겼다는 사실이…….

김혜정은 홍성원의 휴대폰으로 연락처에 저장된 S에게 전화를 걸었다. 전화는 거의 곧바로 수신됐다. 인자한 느낌의 노년 남자의 목소리가 들렸다.

"홍성원 씨. 그동안 어디 계셨어요? 휴대폰도 몇 주째 꺼놓고 말입니다."

김혜정이 끼어들었다.

"……됐어. 너, 누구야?"

남자는 전혀 예상하지 못한 여자의 목소리에 놀란 듯 잠시 침묵한 다음, 천천히 답했다.

"그건 제가 물어봐야 할 것 같습니다만? 지금 이거 다 추적당하는 거 알고 계시지요? 홍성원 씨는 어디 있는지…….."

"아니, 그것보다 더. 이윤진이 어디 있는지 알고 있어."

남자가 흥미롭다는 듯 웃었다.

"뭐 하시는 분이죠?"

"자세한 건 만나서 이야기했으면 좋겠는데."

"그렇게 하시지요, 그럼."

자기 스스로 파멸을 향해 한 걸음씩 다가가고 있다는 강렬한 예감을 느끼고는, 김혜정이 한숨을 쉬었다. 언제나 그녀에게 최우선 순위는 살아남는 것이었다. 무엇이 그녀를 이렇게 행동하도록 만들고 있는지 스스로도 전혀 알 수 없었다. 코트 안주머니에 넣어둔 역장 앰플의 냉기가 그녀의 가슴을 시큰하게 했다.

"서영락이라고 합니다."

김혜정은 두 시간 전에 전화로 이야기를 나누었던 남자를 바라보았다. 서영락은 소위 말하는 곱게 잘 늙은 신사처럼 보였다. 김혜정은 팔짱을 끼고는 주변을 둘러보았다. 정말로 어디서나 찾아볼 수 있을 법한, 흔한 개인 카페였다. 서영락이 김혜정의 의중을 눈치채고는 말했다.

"걱정하지 않으셔도 됩니다. 여긴 아무것도 없으니까요. 그냥 빵이 맛있어서 찾은 곳입니다."

김혜정은 서영락을 바라보았다. 서영락이 가져온 빵을 칼로 조각내어 한 입 먹고는 말했다.

"방금 전에는 실례가 많았습니다. 저희가 아무래도 윤진이가 너무 보고 싶어서 말이죠."

"됐고. 우선 내 질문부터 답해줘."

찰나의 시간, 서영락의 얼굴에 차가운 분노가 스쳐 지나갔다. 그는 금방 표정을 바로잡고는 말했다.

"네, 말씀하세요."

"홍성원이 너희들이랑 같이 일했던 거지?"

"가족 같은 존재였다고 할 수 있죠. 저희가 윤진이도 보호해줬고요. 아무래도 윤진이가 사람들이 욕심내는 힘을 가지고 있지 않습니까. 윤진이한테 안전을 보장해줘야 했습니다."

"그럼 홍성원이······."

서영락이 왼손을 들어 올렸다.

"잠깐. 이제 제 차례입니다. 강태영 밑에서 일하시던 것 맞지요?"

김혜정이 고개를 끄덕였다.

"맞아."

"그럼 선생님께서 우리 윤진이를 데려가신 것도 아주 자연스럽게 추론할 수 있군요. 지금 뿜고 계신 반마력만 봐도, 보안이 그렇게 쉽게 뚫린 이유를 알겠습니다. 대단합니다. 진심으로 멋있다고 생각합니다. 반마력은 학술적으로 아직 완전한 미답의 영역인데······."

김혜정은 답하지 않았다. 답할 의무도 없는 질문이었고, 어차피 전화를 할 때부터 곧 드러날 사실이라고 생각했기 때문이다.

"이윤진에게서 얻어내려는 건 뭐였지? 어차피 그 정도로 강한 역장은 추출해도 쓸모가 없을 텐데. 대체 누구한테 이식하려던 거지?"

그녀는 머릿속으로 지금까지의 시나리오를 짜고 있었다. 홍성원은 어떤 식으로든, 강태영의 조직에서 정보를 빼내는 산업 스파이로 일했을 것이다. 홍성원이 죽기 직전에 일을 그만두려고 한 건, 이윤진의 신상에 어떤 식으로든 곧 변화가 생기기 때문이었으리라. 서영락은 얼굴을 김혜정에게 살짝 가까이하고는 말했다.

"서비터, 물론 아시지요? 역장으로 조종되는 자동인형들 말입니다. 제가 그걸 만들었답니다."

"만들었다고?"

"예. 제가 서비터라는 개념을 최초로 만들어냈지요. 이 늙은 몸의 몇 안 되는 자랑거리랍니다."

그때, 김혜정은 서영락이라는 이름을 기억해냈다.

10년 전, 김혜정은 서영락의 연구실을 습격한 적이 있었다. 그때 잠시 함께 일했었던 이주영이라는 아이, 그리고 홍성원과 함께였다. 아직 강태영 밑에 들어가지 않았을 때. 이주영이 동생의 역장을 회수해야 한다고 어떻게든 서영락의 연구실을 습격하자고 밀어붙이던 모습이 떠올랐다. 그리고 그 결과는…….

그때의 상황이 또렷하게 떠오르면서, 사연스럽게 김혜정

은 자신이 인질로 삼았던 사람을 떠올렸다. 바로 서지현이었다. 그녀는 왜 노원잡스가 자기에게 구면이라 했는지 그제야 이해할 수 있었다. 김혜정이 과거를 떠올리는 동안, 서영락은 말을 이었다.

"물론 대부분의 인간은 윤진이의 힘을 담을 그릇이 될 수 없습니다. 사실 저는 그런 걸 바라지도 않습니다. 개인에게 그런 커다란 힘이 집중되면 지나치게 위험하죠. 통제하기도 힘들고, 비이성적으로 활용될 수도 있고요. 하지만 생각해보십시오. 이 힘을 서비터에 담을 수 있다면 어떨까요? 그 마력을 오롯이 인간을 위해 봉사하는 데만 사용할 수 있을 겁니다."

"이윤진의 역장을 서비터에 담으려는 생각이군."

"예. 그런 셈이지요."

"A⁺급 정도의 마력을, 마음대로 조작할 수 있는 기계인형에 담겠다. 뭐, 회사에 전술핵이라도 필요한 거야? 세계 정복이라도 하게?"

"허허…… 저는 이 세상을 더 살기 좋은 곳으로 만들려고 회사를 세웠습니다. 대충 생각해봐도 청정에너지를 만드는 발전기로 쓸 수도 있을 거고, 순수한 에너지로 고급 물질 합성을 할 수도 있을 거고. 홍성원 씨도 그런 걸 원했지요."

"홍성원이 그걸 원했다고?"

김혜정이 믿을 수 없다는 듯 물었다.

"예. 다시 한번 말씀드리지만, 애초에 그런 힘은 개인에게는 너무 큰 것이죠. 그런 힘을 가지고 어떻게 일상적인 삶을 살아갈 수 있겠습니까? 그래서 윤진이를 우리 회사에 맡긴 것이고, 성원 씨도 만족했습니다."

김혜정이 인상을 찡그렸다. 그건 홍성원이 가족을 책임져야겠다고 한 말과 모순되는 것처럼 들렸다. 서영락이 말했다.

"정말 많은 걸 알려드렸습니다. 이제 이윤진의 위치를 여쭐 수 있을까요? 저희는 강태영 같은…… 뭐라고 말해야 좋을지. 쓰레기, 예, 쓰레기 같은 인간이 윤진이와 있다는 게 몹시 걱정됩니다. 윤진이 본인한테든, 이 세상한테든 나쁜 일이지요."

"좋아. 대신 하나 보장해줬으면 좋겠어."

"예?"

"어차피 너희들은 이윤진을 확보하려고 하지? 나도 함께하게 해줘."

"굳이 그런 위험한 일에 함께하실 필요가 있겠습니까?"

김혜정은 가슴에 품은 역장 앰플의 소름 끼치는 한기를 느끼면서 생각했다. 여기서 발을 빼면, 그녀는 실로 마침내 모든 족쇄에서 벗어나 일본의 한적한 마을에서 물고기를 잔뜩 먹으면서 살 수 있을 터였다. 서영락이 사회를 위해 이윤진의 역장을 쓴다는 말은 성말 사실일지도 몰랐다. 그러나 홍성원이 했던 말이, 서지현이 그녀에게 남긴 앰플이 계속 마음속에서 걸리적거렸다. 그녀는 답을 찾고 싶었다.

"그건 알 필요 없어. 하지만 날 쓰면 아주 유용할걸? 강태영 밑에서 몇 년을 일했는데."

서영락은 그녀를 못 미더운 눈길로 바라보다가, 마지못하는 듯 고개를 끄덕였다.

달빛이 섬유 공장을 비췄다. 오래전에 사용이 중단된 이 섬유 공장은 그대로 폐허가 되어 시골 동네의 풍경을 망가뜨리는 흉물로만 기능하고 있었다. 그러다 2년 전에 강태영이 이 공장을 접수했다. 강태영은 이 공장을 거점으로 삼아 잘 써먹었다. 역장 밀매에도 편리하고, 무언가를 숨겨놓기에도 좋았다. 예를 들면 사람이라든지.

공장을 둘러싼 벌판의 그림자에 숨은 채로, 김혜정은 권총을 매만졌다.

한번 손에 피를 묻힌 이상, 다시 정상적인 사회로 돌아갈 수 없을 것 같았다. 아니, 애초에 돌아간다는 것 자체가 말이 안 된다고 생각했다. 그녀는 정상적인 사회에 속했던 적이 없었으니까. 사람들은 반마력을 가진 그녀가 이 세상에 위협이 된다고 믿었다. 그리고, 이제 김혜정은 실제로 그러고 있었다. 그녀는 자기가 지금까지 유통했던 수많은 역장을 생각했다.

그 빛나는 보라색 앰플 하나하나가 그녀의 죄였다.

김혜정은 그동안 그녀가 궁리해낸 시나리오를 하나씩 짜맞춰보았다. 홍성원은 강태영의 조직과 대립하던 회사에 딸인 이윤진을 인질로 잡혔다. 홍성원은 강태영 밑에서 일하면서 스파이 노릇을 했다. 그러던 중에 회사에서 이윤진의 힘을 서비터로 옮기는 방법을 고안해냈다. 그 사실을 안 홍성원은 도망치고자 했다. 강태영은 어떤 경로로 어떻게 이를 깨닫고 홍성원을 죽였다. 그리고 김혜정에게 이윤진을 빼돌리도록 시켰다.

홍성원은 도구로 살다가, 도구로서 죽었다. 강태영에겐 김혜정 또한 반마력을 가진 특별히 유용한 물건에 불과했다. 김혜정은 자신이 홍성원에게서 느꼈던 환대의 감각을 되짚어보았다. 그것은 단지 꼭두각시들이 나누는 거짓된 동지애였다. 손에 피를 묻힌 자들이 공유하는 합리화에 불과했다.

아마도, 그는 자기 딸은 그처럼 살지 않길 바랐을 것이다. 아마도……. 자기 힘을 어디에도 이용당하지 않고, 스스로를 위해 쓰는 순간을 바랐을 것이다. 아니, 죽은 자는 말이 없다. 그것은 그저 김혜정의 바람을 홍성원에게 투영하고 있을 수도 있다. 하지만 김혜정은 그 어느 때보다 확신에 가득 차 있었다.

굉음이 울렸다. 곧 공장 앞의 공터에서 보랏빛 폭발이 연쇄

적으로 일어났다. 서영락의 약속대로였다. 회사 측이 공장의
주 출입구로 마법사들을 투입시켜 전투를 일으키면, 김혜정
이 몰래 다른 입구로 잠입하기로 했다. 그녀는 공장의 작은
뒷문 출입구로 달려갔다. 동시에 그녀는 억제하고 있던 반마
력장을 펼쳤다.

그녀는 자신을 중심으로 약 500미터 내외에 있는 마법 에
너지의 근원을 낱낱이 느낄 수 있었다. 도저히 숨겨질 수 없
는 강력한 마력의 파동이 건물 구석에 있었다. 김혜정은 알
수 있었다. 그 파동의 근원은 바로 이윤진이었다. 곳곳에서
폭발음과 비명이 들려왔다. 김혜정은 이윤진을 향해 달려갔
다. 이만한 강도의 반마력장을 펼친 이상, 사람들이 알아채지
못할 리가 없었다. 시간이 중요했다.

"이야아아!"

쇠 파이프를 든 남자 한 명이 그녀에게 달려왔다. 지근거리
에서, 김혜정은 동요하지 않고 침착히 권총을 겨눈 다음 발사
했다. 가슴에 총탄을 맞은 남자의 피가 김혜정의 얼굴에 흩
뿌려졌다. 남자는 허파에 총탄이 박혔는지, 바람 빠진 풍선
소리를 내면서 쓰러졌다. 항상 하던 대로, 김혜정은 쓰러진
남자의 머리를 겨눴다. 확실한 제압으로 뒤탈을 제거하기 위
해. 언제나 그리했던 대로.

남자는 피가 섞인 기침을 하면서, 공포에 질린 눈으로 김혜

정을 바라보았다. 그녀의 입에 남자가 쏟아낸 피 맛이 느껴졌다. 권총의 조준점이 흔들렸다. 김혜정은 마음을 다잡고 권총을 바로 잡았지만, 방아쇠에 얹은 검지에 도저히 힘이 들어가지 않았다. 그녀는 피를 뱉어내고 몸을 돌렸다. 그리고 이윤진이 있는 방을 향해 달려갔다.

그때, 그녀는 왼쪽 종아리에 강렬한 충격을 느꼈다. 마치 망치로 종아리를 내려친 것 같았지만, 그 순간에는 아무 고통도 느끼지 못했다. 녹슨 못으로 종아리를 쑤시는 듯한 예리한 고통은 김혜정이 자기가 총에 맞았다는 걸 깨달았을 때 찾아왔다. 김혜정은 주저앉은 채로, 총알이 날아온 방향을 돌아보았다.

강태영이 그에게 다가오고 있었다. 그녀는 응사하려고 했지만, 강태영이 그럴 틈을 주지 않았다. 그는 김혜정의 손에 쥔 권총을 걷어차 멀리 떨어뜨려놓은 다음, 김혜정의 뺨을 후려쳤다. 쓰러진 채로 신음을 흘리고 있는 김혜정을 보면서 강태영이 말했다.

"우리 사이가 이렇게 나쁘지는 않았잖아? 왜 이러는 거야?"

김혜정은 강태영을 올려다보았다. 강태영의 표정에서는 그녀가 살아온 수십 년 동안 보아왔던 익숙한 멸시가 어려 있었다. 김혜정은 피식 웃고는 말했다.

"좆 까, 씨발 새끼야."

강태영이 김혜정의 머리를 발로 걷어찼다. 기절하지 않을 도리가 없었다.

차가운 공장 바닥 위에서, 김혜정은 눈을 떴다. 그녀는 세상이 뒤집어지는 듯한 극심한 현기증을 느꼈다. 종아리에 총을 맞았다는 사실조차 잠시 잊을 수 있을 정도로 어지러웠다. 김혜정은 덜덜 떨리는 다리로 애써 상반신을 일으켰다. 그녀는 주변을 천천히 돌아다보았다. 방금 강태영과 마주친 장소가 아니었다. 그가 김혜정을 어딘가로 옮겨놓은 것이 틀림없었다. 그녀는 좁은 방에 갇혀 있었다.

동시에 김혜정은 자신을 압도할 정도로 강력한 마력의 파장을 느꼈다. 그 힘은 질식할 정도로 강력했으며 또한 불안정했다. 그녀는 그쪽으로 고개를 돌렸다. 방 안의 조명은 희미했고, 현기증에 시달리는 김혜정은 그녀가 누군지 당장 알아볼 수 없었다. 김혜정은 여섯 번째 감각으로 그녀가 누군지 추론해낼 수 있었다.

"……이윤진."

이윤진이 가만히 있어도 뿜어내는 마력 때문에, 김혜정은 태양을 맨눈으로 바라보는 듯한 기분이 들었다. 반마력장을 억제하자 조금 버틸 수 있을 것 같았다. 이윤진이 천천히 입을 열었다.

"아줌마는…… 대체 뭐예요?"

김혜정은 그냥 눈을 감고 바닥에 드러누웠다. 그제야 머릿속이 조금 차분해지는 것 같기도 했다. 방 밖에서는 여전히 폭발음과 비명이 산발적으로 들려왔다. 아직 전투가 벌어지고 있었던 것이다.

"너 구하려고 왔다."

꼴은 이렇게 됐지만.

"무슨 소리 하는 거예요? 아줌마가 저 납치했잖아요."

"그래, 그렇게 됐네."

이윤진이 어이가 없다는 듯 신경질적으로 웃었다.

"처음에는 아줌마 믿었어요. 전 아빠가 아줌마를 보냈다고 생각했어요. 면회할 때 몰래 말했거든요. 곧 빠져나갈 수 있을 거라고. 아빠가 방법을 찾은 줄 알았다고요. 제 역장을 빼고 보통 사람처럼 살 수 있는 방법을 찾은 줄 알았다고요!"

김혜정은 처음 이윤진을 마주쳤을 때, 그녀가 이상할 정도로 쉽게 설득에 넘어가던 것을 기억했다. 김혜정은 눈을 떴다. 세상이 조금은 덜 휘청거리는 것 같았다. 추웠지만. 이윤진은 그녀를 뚫어져라 노려보고 있었다.

"글쎄…… 네 아빠가 원하던 건 그런 게 아닌 것 같은데."

"그럼 뭔데요?"

"너를 가두고 있던 곳에서, 드디어 네 역장을 써먹을 방법을 발견한 거야. 그동안 네 아빠는 생각이 바뀌었고. 그래서 너랑 같이 도망치려고 했고. 그런데, 잘 안 풀린 거지."

이제는 종아리가 미칠 듯이 아팠다. 불로 지진 못을 쑤셔넣는 것 같은 통증이었다. 김혜정의 머릿속으로 실없는 생각이 지나갔다. 총을 쏘고 싶은 사람은, 총에 맞아보는 경험을 꼭 한번 해야 해. 이게 얼마나 아픈지 알아야 방아쇠를 좀 더 신중하게 당길 것 아냐.

"아빠는요? 아빠한테 직접 들을래요."

김혜정은 잠시 침묵하다가 말했다.

"네 아빠, 죽었어."

이윤진의 얼굴이 꿈틀거렸다. 그녀도 묶여 있는지 김혜정에게 꿈틀거리며 기어 와서, 김혜정을 내려다보았다. 김혜정의 시야에 이윤진의 얼굴이 꽉 찼다. 김혜정은 생각했다. 그러고 보니 정말로 홍성원을 닮았군. 가족 관계 증명은 어렵지 않겠는데.

"거짓말."

"나도 거짓말이었으면 좋겠구나."

이윤진이 무릎 꿇었다. 그녀가 절망했다는 걸 느끼는 데는 마력도 반마력도 필요가 없었다. 이윤진이 눈물 한 방울을 흘렸다. 그녀 주변에 보랏빛 스파크가 타닥거리면서 튀었다.

"왜…… 나는 왜…… 나는 왜 이런 걸 타고나서…… 어차피 통제도 제대로 못하고……. 회사에서 제 역장을 써먹을 방법을 찾았다고 했는데. 교수님이 그렇게 말했는데. 그럼 그냥 이걸 줘버리면 되는데…… 왜……."

"네 아빠는 그 힘을 지켜주려다가 죽었다."

"아줌마가 뭘 아는데요? 제 삶에 대해서 무얼 아냐고요."

김혜정이 손을 뻗었다. 그녀가 정신을 다잡자, 공기 중에 흩어지는 보랏빛 스파크가 깨끗이 사라졌다. 이윤진이 놀란 듯 그 광경을 바라보았다. 김혜정이 기침을 한 번 했다. 피비린내가 입안을 꽉 채웠다.

"알고 싶어서. 찾아온 거야."

그녀는 자기 품에 손을 집어넣었다. 안에서 이윤진의 마력에 반응하여 박동하고 있는 차가운 역장 앰플이 만져졌다. 김혜정은 그것을 꺼내, 떨리는 손으로 이윤진에게 건넸다. 이윤진은 그것을 받아 들었다. 그녀가 그것을 붙잡자, 마침내 앰플에 걸려 있던 또 다른 마법이 작동하기 시작했다.

둘 앞에, 마력이 만들어낸 빛이 모여 한 여성의 형체가 나타나기 시작했다. 그 형체는 몇 번씩 깜빡였지만, 마치 살아 있는 사람처럼 또렷해졌다. 김혜정은 그 얼굴을 곧바로 알아보았다. 노원잡스, 서지현이었다.

마력으로 이루어진 서지현의 형체는 천천히 주위를 둘러보았다. 이윤진이 먼저 입을 열었다.

"누, 누구?"

그것은 둘을 인지한 다음, 말했다.

"이윤진…… 이윤진 씨죠? 만나고 싶었어요. 서지현이라고 부르세요."

서지현은 이윤진을 보았다. 서지현의 몸은 다른 곳에 있었지만, 그녀의 정신은 섬유 공장 내부에 있었다. 그녀는 자신이 만들어낸 환영에 자신을 투영해, 그녀의 몸처럼 조종할 수 있었다. 이는 서지현 그녀가 타고난 마력이라면 꿈도 꿀 수 없을 정도의 고등급 환영학파 주문이었다. 그녀는 이윤진이 들고 있는 역장의 힘을 빌려 그 정도의 힘을 사용할 수 있었다. 그 역장은 본래 허무한의 것이었다.

서지현은 아무 말도 못 하고 있는 둘을 보면서 말을 이었다.

"둘이 대화하는 거, 듣고 있었어요. 둘 다 모르는 게 많을 테니까. 그걸 설명하고 결정을 도우려고 왔습니다. 시간이 많지 않아요."

서지현은 한 번 눈을 지긋이 감았다 떴다. 오랫동안 준비했던 이야기를 이제 늘어놓을 시간이었다. 그러나 그 결과를 받아들일 준비가 되어 있는지는, 그녀 스스로도 아직 알지 못했다. 한숨을 한 번 쉬고, 서지현은 말했다.

"서영락 교수한테 이야기를 들은 적이 있겠죠. 개인에게 집중된 혼란스러운 마력을, 역장을 추출하고 에너지원으로 사용해서 더 나은 세상을 만드는 데 사용한다고. 질서 있고 에너지가 넘쳐나는 유토피아 말이에요."

"네······."

서지현은 한때 자신의 아버지와 함께 꿈꿨던 세상을 마음속에 그렸다. 모두가 동등하게 마력의 혜택을 보는 세상. 아직도, 아버지와 더 이상 일하지 않게 된 지금도, 여전히 그녀는 그 세상을 생각하면 마음이 벅찼다. 하지만 이제 오롯한 기쁨만 느껴지지는 않았다. 동시에 그녀는 슬프기도 했다.

"하지만 마력은 한 인간의 개성이고, 정체성이면서, 동시에 잠재력과 기억이에요. 그것에는 영혼이 담겨 있어요. 서영락 교수가 원하는 세상을 만들려면, 그만큼 누군가 영혼을 바쳐야 하는 겁니다."

침묵하고 있던 김혜정이 조소하고는 말했다.

"대체 무슨 소리를 하는 거야?"

"직접 보여드리겠습니다. 두 분, 여기에 손을 대주시겠어요? 힘들겠지만 반마력장은 좀 억제해주세요."

그리고 서지현은 둘을 향해 손을 내밀었다. 그 손에서 마력의 빛이 피어올랐다. 김혜정은 이를 악물고, 복부에 힘을 줬다. 자연스럽게 피어 나오는 그녀의 반마력장이 옅어지면서, 그 마력은 구체적인 기억의 빛으로 타오르기 시작했다.

마력이 만들어낸 섬세한 기억의 배열 속에서, 김혜정과 서지현은 함께 떠다니고 있다. 둘은 공장 속에서 동시에 세 사람의 정신과 그 갈망을 경험한다.

"준이 마력이 완전 제로라는 거, 내 배 속에 있을 때부터 알고 있었지. 산부인과에서 바로 검사해주는데 어떻게 그걸 몰라."

"기증자가 이 침대에 엎드려요. 세 시간 정도 걸릴 거야. 특히 기증자는 사흘 정도는 누워만 있어야 하고……."

"네? 누워만 있어야 한다고요? 그럼 어떻게 집으로 돌아가나요?"

차가운 주삿바늘이 척추로 들어오는 고통. 역장이 빨려드는 느낌. 둘은 함께 전율한다. 시점이 급격하게 변화한다.

이제 둘은 이준의 기억을 느낀다. 마치 자신이 십수 년 전에 죽은 그 남자가 된 것처럼. 새 힘으로 세상을 조작하며 현실을 초월하는 그 해방감, 그다음 다가오는 마력 중독으로 인한 고통. 단 한 번도 마력으로 세상을 조작해본 적이 없는 김혜정에게도, 자신의 뜻대로 마력을 펼쳐본 적이 없던 이윤진에게도 이는 생소하고 강렬한 경험이다.

하지만 그보다 더 강렬한 경험은 바로 재회의 기쁨이다. 진정 사랑하던 사람을 다시 만나는 그 기쁨.

"그래? 형, 경기 나오는 거 잘 보고 있어……. 건강해 보여서 다행이야."

"그래. 어, 야. 너도 여기 살았냐? 그건 몰랐는데……."

"사실은……. 형, 잠시만 시간 좀 내줄 수 있을까? 한 10분 정도만……?"

"당연하지."

"아직도 주사를 맞아야 충동을 참을 수 있어. 그리고 지금 은…… 내 인생에 남은 게 하나도 없어. 이게 다 마력 때문이야. 형, 내 힘을 가져가줄래?"

그 말에 임현채가 고개를 끄덕인다. 한 인간에게 자신의 영혼을 바쳐 헌신할 수 있다는 것. 이 또한 김혜정과 이윤진에게 너무나도 생소한 경험이다. 폭발적이라고 부를 만한 사랑이라는 감정의 세기는 그 자체로 둘을 질식시킬 것 같다.

그러나 둘은 그 결말을 모른다. 임현채가 마력 중독과 폭주로 사람을 죽인 첫 번째 인물로 역사에 남았다는 사실을. 그리고 그 기억이 그들에게 돌진해 온다.

"야. 내가 10년 동안 얼마나 개고생한지 알아? 이 구단 저 구단 전전하고……. 사람들한테는 개먹튀라고 맨날 욕 처먹다가, 이제야 내 힘을 제대로 쓸 수 있게 됐는데. 지금 내 힘을 포기하라고? 그건 싫어. 내가 미쳤다고 역장을 빼냐?"

다시는 과거로 돌아갈 수 없다는 번민과 갈망. 한때 허무함과 이준 속에 있었던 역장은 또 다른 형태의 갈망과 번민을 흡수했기에, 임현채의 욕망은 더더욱 증폭된다.

임현채가 이준이 맞고 있는 약 무더기를 바라본다. 10년 전, 서지현은 이 기억을 더 이상 보지 않고 도망쳤다. 그 뒤에 있을 일이 무엇인지 알고 있었기 때문이다. 하지만 김혜정과 이윤진은 이를 알지 못한다.

그렇기에, 둘은 임현채가 이준을 살해하는 것을 목격할 수밖에 없다.

둘은 기억에서 튕겨져 나왔다. 김혜정과 이윤진은 아무 말도 못 하고 멀거니 서지현의 형체를 바라보았다. 서지현이 말했다.

"그게 이 역장에 깃든 역사예요. 서영락 교수는 이 역장을 빼돌려서 연구용으로 사용했고요. 이건 그중 하나일 뿐입니다. 현대 마법공학은 영혼들의 무덤 위에 세워졌어요."

"내가 거기에 일조한 거구나."

김혜정은 말했다. 서지현이 고개를 끄덕였다. 김혜정은 자신의 과거를 되돌아보았다. 수많은 역장을 훔쳤고, 빼돌렸고, 팔았다. 어떤 역장은 누군가에게 이식되었고, 어떤 역장은 연구용으로 사용되었다. 그 역장에 어떤 역사가 깃들어 있는지는 단 한 번도 관심을 가진 적이 없었다. 그건 그냥 연료일 뿐이라고 생각했다.

아무 상관 없는 일이라고 생각했다. 그러나 이제 그 하나하나의 역장이 모두 죄책감이라는 비수가 되어 그녀의 폐부를 찔렀다. 어떤 점에서, 그 부끄러움은 종아리의 총상보다, 출혈과 냉기로 인한 탈진보다 더 그녀를 괴롭게 했다.

서지현이 말했다.

"마법공학은 아름답고 편리하지만…… 그 대가로 영혼을 희생해야 합니다."

"그래서 지금 이런 걸 알려주는 이유가 뭔데요? 이제 또 잡혀가잖아요. 뺏기잖아요."

이윤진이 따지고 들었다. 서지현이 고개를 저었다.

"아뇨. 저는 이윤진 씨가 지금 상황을 바꿀 수 있다고 생각해요. 선택을 내릴 수 있다고요."

"어떻게요?"

서지현은 김혜정 쪽을 바라보았다. 김혜정은 서지현의 눈을 주시했다. 그녀의 눈빛에 서린 슬픔을 보면서, 김혜정은 그녀가 자신한테 하는 부탁을 알 수 있었다.

"……시간이 됐습니다. 더 이상 마법을 유지할 수 없어요. 그럼……"

그러고는 서지현의 형상은 천천히 희미해졌다. 그것은 곧 보랏빛 조각이 되어 허공에 흩어져 사라졌다. 김혜정은 한숨을 쉬었다. 이윤진은 황망하게 그 모습을 바라보다가, 미친 사람처럼 외쳤다.

"나보고 어쩌라는 거야. 뭘 하라는 건데! 대체, 아무도, 나한테 뭘 하라고 제대로 말해주지도 않고. 뭔데. 어쩌라는 거야!"

이윤진의 핏발 선 눈에서 눈물이 줄줄 흘러내렸다. 김혜정은 조용히 지켜보다가 천천히 말했다.

"네가 선택하는 거야. 서영락이 원하는 세상을 만드는 데 네 역장을 줄지, 아니면 네 역장을 지킬지."

이윤진은 김혜정을 쳐다보았다. 바깥에서 전해져오던 폭음이 조금씩 잦아들고 있었다. 전투가 끝을 향해 달려가고 있다는 것을 둘 모두 알 수 있었다. 이윤진이 어이가 없다는 듯 김혜정에게 따져 물었다.

"제가 어떻게 선택할 수 있는데요? 그냥 잡혀가는 거 빼고는 할 수 있는 게 없잖아요?"

"뭐……. 그럴 수도 있고. 아니면, 너 잘하는 거 해. 마법 써."

김혜정이 말했다. 이윤진이 당황한 듯 되물었다.

"예?"

"네가 지금 쓸 줄 아는 마법은 터뜨리는 것뿐이라며. 터뜨려.

어차피 여기 있는 새끼들, 지금 죽나 나중에 죽나 똑같이 지옥행이야. 너는 네 힘에 면역이 있을 거 아냐."

"아줌마. 제가 폭발하면 여기서 반경 5킬로미터는 쑥대밭이 될 거예요. 무고한 사람들까지 휘말리게 하고 싶어요?"

"아니, 그러고 싶지 않아."

김혜정은 이윤진을 지긋이 바라보았다. 사람을 지키기 위해 자신의 반마력을 이용할 일은 결코 없으리라고 생각했다. 단 한 번도.

서영락은 비틀거리면서 공장을 걸었다. 총에 맞은 배가 욱신거렸다. 비록 방탄복을 걸친 데다 마법 보호막까지 두른 채였기에 치명상은 피했지만, 그래도 총탄은 정말 죽도록 아팠다. 방탄복을 까보면 배 전체에 피멍이 들었을 것이다. 서영락은 자신에게 감히 총을 쏜 남자를 바라보았다. 강태영이 공장 바닥에, 자기가 흘린 피 웅덩이 위에 엎드려 꿈틀거리고 있었다. 강태영은 절박한 목소리로 말했다.

"살려줘……. 여자애가 어딨는지 알려줄게. 다시는 안 끼어들 테니까……."

서영락이 고개를 저었다. 마력에 조금이라도 민감한 사람이라면 이윤진의 위치는 쉽게 알 수 있었다. 강태영도 그 사실을 알고 있을 것이다.

"저는 태영 씨가 이것보단 나을 줄 알았습니다. 패배를 인정하고 품위 있게 물러나는 것도 리더의 덕목 아니겠습니까?"

"그래. 내가 졌어. 내가 졌으니까…… 제발……."

서영락은 강태영의 머리를 쏘았다. 탕. 강태영의 두개골은 서영락의 방탄복만큼 튼튼하지 않았다. 삶의 짐을 하나 덜어낸 서영락은 자못 상쾌한 기분이었다. 곧 서영락이 데려온 부하들이 그의 뒤로 달려왔다. 수가 꽤 줄어 있었지만, 용납할 수 있을 정도의 손해였다. 그가 다시 얻을 것만 생각한다면 말이다. 이윤진의 힘.

그 힘을 담을 그릇, 서비터를 준비하는 데만 엄청난 시간을 썼다. 서영락은 그 서비터로 할 수 있는 일을 생각해보았다. 그것은 인간이 조절할 수 있는 용이 하나 생기는 것이나 다름없었다. 서영락은 그 용으로 인간이 할 수 있는 수많은 일을 생각해보았다. 자유롭게 다룰 수 있는 마력으로, 그 무한한 에너지로, 그동안 꿈만 꾸었던 수많은 일을 해낼 것이다. 우주를 개척하고 인간 생명의 비밀을 밝혀낼 것이다. 약간의, 약간의 희생만 치른다면. 낙원을 만들 수 있었다.

서영락은 이윤진이 있는 방으로 걸어갔다. 문은 바깥쪽으로 잠겨 있었다. 이윤진이 가지고 있는 막대한 힘을 생각하자, 웃음이 나오지 않을 수가 없었다. 그 힘을 조금만 통제할 수 있었어도 이 정도 잠금장치를 부수는 것은 아무것도 아니었을 텐데. 서영락은 문을 열었다. 그리고 열기를 느꼈다. 방 안은 따뜻한 정도가 아니라, 뜨거웠다.

방 안에는 이윤진이 무릎을 꿇고 있었다. 그의 품에는 벌벌 떨고 있는 김혜정이 안겨 있었다. 김혜정의 다리로 흘러나온 피가 보였다. 그리고 이윤진을 중심으로, 마력의 파동이 흘러나왔다. 끊임없는 파동이. 서영락은 급히 정색하고는 말했다.

"윤진아? 지금 뭐 하는 거니?"

이윤진이 서영락을 올려다보았다. 그녀의 동공이 보라색으로 빛나고 있었다. 그 눈빛만으로 불탈 수 있을 것 같다는 위기감을 느끼면서, 서영락은 이윤진에게 말했다.

"내가 구하러 왔어."

"구하러 왔다고요?"

"그래. 그리고…… 방금에 네 아빠의 복수도 했다. 일단 진정하렴."

아빠의 복수라는 말을 들은 이윤진의 눈빛이 흔들렸다.

"교수님. 저는…… 이제 잘 모르겠어요. 제, 제 힘으로 새로운 세상을 만들겠다고 하셨죠?"

"그래, 네가 말한 대로다."

"교수님이 저 가둬놓고, 우리 아빠 이용한 거 아니에요? 이 아줌마한테 들었어요. 그러다 우리 아빠가 죽은 거라고……"

서영락은 이윤진에게 안겨 있는 김혜정을 보았다. 서영락은 인상을 찡그렸다. 생각지도 못한 변수였다. 김혜정은 이 작전에 끼는 대가로 돈을 요구했다. 그 요구를 듣고 서영락은 오히려 안심했다. 그냥 그것밖에 안 되는 사람이라고 생각했다. 하지만 이렇게 나올 줄은…….

"얘야. 네 아빠는 너를 지키려다가 죽은 거야. 그 여자 말을 곧이곧대로 믿지 마라. 그 사람은 범죄자야. 역장을 빼돌리고 훔치고, 얼마나 많은 사람을 죽였는지 아니?"

이윤진은 간청하듯 서영락에게 말했다.

"그러면 교수님은 정말, 착하게만 살아온 건가요?"

"그래. 내가 한 모든 일은……."

"……아니잖아요."

이윤진은 품고 있던 허무한의 역장 앰플을 치켜들었다. 서영락은 그 앰플에서 흘러나오는 마력을 곧장 느낄 수 있었다. 그 특유의 마력 파장은 서영락에게도 익숙한 것이었다. 허무한의 역장에서 나오던 그 힘. 10년 전, 서지현이 그 앰플을 훔치고 서영락에게서 도망쳤던 기억이 떠올랐다. 서영락은 이를 악물었다. 이윤진이 떨리는 목소리로 말했다.

"거짓말. 거짓말쟁이……. 왜 거짓말했어요?"

"……그래도 하나만큼은 확실히 너한테 말할 수 있다. 얘야. 이 세상을 더 낫게 만들려면 어쩔 수 없었다. 어느 정도의 희생은 어쩔 수 없는 거란다."

"어쩔 수 없다고요?"

서영락은 이윤진에게로 한 걸음 가까이 다가갔다. 김혜정을 끌어안고 있던 이윤진이 그를 경계하듯 뒤로 살짝 물러났다. 서영락이 말했다.

"그래. 어쩔 수 없었다. 정말 어쩔 수 없어. 이 세상에 완전히 선한 일 같은 건 없다. 최선이었다. 그게 최선이었어. 생각해봐라. 네 힘으로 세상을 얼마나 더 낫게 만들 수 있을지. 약한 힘으로 돌아가는 서비터도 벌써 세상을 바꾸고 있다. 네가 역장을 빼고 나서도, 언제든지 보호해주마. 네가 도와주면, 더 나은 세상을 보여준다고 약속할게."

"그래서? 그 나은 세상에 우리 아빠는 어딨는데!"

이윤진이 분노에 가득 찬 목소리로 외쳤다.

"아빠는, 우리 아빠는! 어떻게 해도 우리 아빠는 못 돌려주잖아. 왜 우리 아빠가 모두 희생해야 했는데, 왜! 다, 다 교수님 때문이잖아요!"

동시에 방을 가득 채우고 있던 마력의 파장이 한결 더 강력해졌다. 이윤진의 눈에서 빛나던 보라색 광채가 한결 더 강력해졌다. 급해진 서영락이 간절히 말했다.

"윤진아! 여기서 2킬로미터도 안 되는 곳에 마을이 하나 있다. 네가 폭주하면 거기 살고 있는 사람들도 나 죽는 거야.

정말 그렇게 하고 싶어? 아니잖아. 넌 착한 아이잖아, 응?"

이윤진은 죽일 듯한 눈으로 서영락을 바라보면서, 안겨 있는 김혜정에게 속삭였다.

"아줌마…… 정말 괜찮겠어요? 아줌마 말이 맞아요? 맞는 거죠?"

김혜정은 어느새 고통과 현기증을 모두 잊어버리고 있었다. 피를 꽤 많이 흘린 탓도 있었지만, 너무나도 강렬한 마력의 근원에 오랫동안 접촉한 탓이 더 컸다. 그녀의 세포 속, 염색체 하나하나가 이윤진의 몸에서 방출되는 힘의 영향으로 천천히 뒤틀렸다. 이제 이 상황에서 어떻게 빠져나간다 해도 그렇게 오래 살진 못할 것이다. 그 생각이 위안이 되었다.

김혜정은 억지로 고개를 끄덕였다. 그러면서, 그녀는 자꾸만 감기는 눈꺼풀을 들어 올려 이윤진을 바라보았다. 그 짧은 시간 동안, 일본 어딘가, 오래전부터 살고 싶다고 점찍어둔 작은 마을을 떠올렸다. 조금만 달리 선택했어도 그곳에서 누릴 수 있었을 그 안락한 삶을 마음속에 그렸다. 하지만, 하지만 지금이 더 나았다.

이윤진이, 그녀와 완전히 반대되는 힘을 가진 이 아이가 너무나도 자신과 닮았다고 느껴졌기에. 그리고 자신의 과오를 반복하는 실수는 저지르고 싶지 않기에. 김혜정은 그 순간에도 자신이 선을 넘어 간섭하는 것이 아닐까 걱정했다. 하지만 이윤진은 받아들였다. 그 사실이 김혜정은 너무나도 감사했다. 김혜정에게는 어쩌면 그녀에게 허락됐을지도 모르는 수십 년의 시간보다 지금의 몇 초가 더 귀했다.

이윤진을 통해서 그녀는 속죄할 수 있었다. 이윤진의 선택을 도움으로써, 그리하여 이윤진이 타고난 자산의 능력을 오롯이 활용하며 살아갈 수 있도록 한다면, 그녀는 자신이 구원받을 수 있다고 믿었다. 그때 그녀는 잊고 있던 것을 떠올렸다. 주머니에 있던 홍성원의 휴대폰을 꺼내, 부들부들 떨면서 이윤진에게 건넸다.

"너희 아빠 유품이야. 잘 챙겨."

이윤진은 고개를 끄덕이고는 그 휴대폰을 받았다. 이제, 둘 모두 준비가 되어 있었다. 마지막으로 자신 속에서 타오르는 마력을 발동시키기 전에, 이윤진은 물었다.

"아줌마, 이름이 뭐예요?"

"김혜정."

이윤진이 고개를 끄덕였다. 서영락이 그들에게로 달려오면서 외쳤다.

"미친 새끼들아, 그만, 그만해!"

동시에, 이윤진의 몸에서 모든 것을 파괴하는 순수하고 강대한 에너지가 뿜어져 나왔다. 김혜정의 몸이 곧장 부서졌다. 그녀가 마지막으로 뿜어낸 반마력장이 이윤진의 에너지에 맞부딪쳤다. 두 힘이 서로 격렬하게 반발했다. 이윤진의 힘을 김혜정의 힘으로 완전히 상쇄할 수는 없었다. 하지만 그 정도로도, 폭발과 함께 에너지가 대책 없이 뿜어져 나가는 것을 막을 수는 있었다. 말하자면, 이윤진의 힘이 반경 5킬로미터의 물질 모두를 소멸시켜버리는 것은, 무고한 사람들을 죽이는 것은 막을 수 있었다는 것이다.

그러나 여전히 그 힘은 공장과 그 안에 있는 모든 사람을 한순간의 빛과 함께 소멸시키기에는 충분했다.

아침이 밝았다. 격렬한 폭발은 공장이 있던 위치에 작은 크레이터를 남겼다. 보랏빛 입자가 섞인 연기가 피어오르는 크레이터 주변에는 경찰차들과 앰뷸런스들이 몰려왔다. 다만 앰뷸런스는 올 필요가 없었을지도 모른다. 생존자는커녕, 수습할 시신도 남지 않았으니까.

구조대원도 경찰관도 아닌 사람이 서서 그 모습을 바라보고 있었다. 서지현이었다. 서지현은 천천히, 오랫동안 말할 일이 없던 단어를 읊조려보았다.

"아버지."

서지현은 서영락과 함께했던 그 긴 시간을 떠올렸다. 함께 더 나은 세상을 만들 수 있다고 믿었던, 진정 행복하던 때를 생각했다. 아버지의 기만이 이런 대가를 치러야 했을지 그녀는 다시 생각해보았다.

하지만 이제 모든 것은 서지현의 손을 떠났다. 이 결정은 그 기만의 희생자였던 이윤진의 몫이라고, 그녀는 분명히 믿었다.

그렇다고 해서 그녀가 슬프지 않은 것은 아니었다. 그녀는 소리 없이 눈물을 흘렸다. 보랏빛 먼지가 되어 흩날려 사라진 아버지를 애도하며.

연기가 천천히 걷혔다. 단 한 명의 생존자가 생채기 하나 나지 않은 채로 크레이터 중앙에 앉아 있었다. 크레이터 주위에 둘러서 있는 사람들은 겁이 나 차마 내려가지 못하고 있었다. 경찰들이 저지했지만, 서지현은 이윤진 쪽으로 미끄러져 내려갔다. 멍하니 앉아 있던 이윤진이 서지현을 올려다보았다.

"괜찮니?"

이윤진이 고개를 끄덕였다. 서지현이 이윤진에게 손을 내밀었다. 이윤진이 그 손을 잡고 일어섰다. 이윤진이 말했다.

"그런데 이제 어떻게 살아야 할지 모르겠어요. 뭘 해야 하죠?"

서지현이 싱긋 웃었다. 그 눈은 퉁퉁 불어 있었으나.

"걱정 마. 내가 도와줄 테니. 사실 너도 날 도울 수 있을 거고……."

"도와준다고요? 제가요?"

"그래. 지금 이야기하기에는 좀 그렇고. 일단 네 문제부터……."

그때, 용기 있는 젊은 경찰 한 명이 이윤진에게로 내려왔다. 경찰관이 이윤진에게 물었다.

"네가 한 거니?"

이윤진은 고개를 끄덕였다.

"너 이름이 뭐니?"

"이윤……."

이윤진은 말을 멈췄다. 그녀는 이씨일 이유가 없었다. 그의 부모 중 누구도 이씨가 아니었다. 이씨는 단지 홍성원과의 관계를 드러내지 않으려고 회사에서 대충 지어준 성에 불과했다. '윤진'만이 홍성원이 지어준 이름이었다. 이윤진은 여전히 생생한 폭발 순간의 기억을 더듬었다. 그녀는 고개를 저은 다음 정정했다.

"홍윤진이에요."

경찰이 살짝 인상을 찡그렸다.

"주민등록번호는?"

"없어요."

"없다니?"

"없어요. 정말로."

"아니, 어떻게……. 잠깐만, 사람들을 불러올게. 네 상황을 설명할 수 있겠니? 괜찮지?"

홍윤진은 주변을 둘러보았다. 그녀를 바라보는 사람들 눈빛에는 경이와 공포가 뒤섞여 있었다. 그녀가 항상 피하고 싶었던 눈빛이었다. 사람들이 제발 자기를 보통 사람으로 보아주길 바랐다. 불과 몇 시간 전까지만 해도, 그녀는 타고난 능력을 저주했으며, 그 능력에서 벗어나는 그 순간만을 기다리고 있었다.

하지만 지금은 그 눈빛이 왠지 다르게 느껴졌다. 그녀는 자세를 바로 하고 말했다.

"괜찮아요. 저는 할 수 있어요."

그녀는 몸속에서 불안정하게 들끓던 마력이, 잠시나마 자기 스스로와 조율되는 느낌을 받았다.

핏빛 귀환

| 무한 |

허무한은 휠체어를 밀면서 병원에서 나왔다. 이제 경남에 몇 남지 않은 종합병원 중 하나였다. 휠체어에는 머리가 새하얘진 어머니가 눈을 감은 채로 앉아 있었다. 몇 번 휠체어가 턱에 걸려서 흔들렸지만, 아무런 반응도 보이지 않았다. 조용히, 가녀린 숨을 가끔씩 몰아쉬지만 않았더라면, 허무한이 시신을 휠체어에 실어놓고 있다고 착각할 정도였다.

허무한은 휠체어를 병원 앞마당에 꾸려진 작은 정원으로 끌고 갔다. 빈 벤치를 찾은 허무한은 휠체어를 그 앞에 두고, 벤치에 앉았다. 허무한은 조용히 굳어 있는 자기 어머니를 바라보다가 나지막이 말해보았다.

"엄마."

예상했던 대로, 그녀는 아무런 반응도 보이지 않았다. 허무한은 자기 어머니의 이름을 불렀다.

"이혜진."

이혜진이 천천히 눈을 떴다. 그녀의 눈은 새까맣고 공허했다. 한때 그 눈빛에 어렸던 총기는 온데간데없었다. 이혜진은 아들을 그 멍한 눈으로 바라보았다. 그녀는 아무런 답변도 하지 않았다. 그러다, 몇 초 되지 않아 이혜진은 다시 눈을 감았다. 그녀는 이 세상을 지각하는 것이 부담스러운 듯했다. 자기 어머니가 그런 반응을 보일 것으로 알고 있었지만, 허무한은 또 한 번 가슴을 쇳덩이로 강타하는 듯한 느낌을 받았다.

이혜진은 역장 추출로 인한 부작용을 극단적으로 겪고 있었다. 검사 결과에서는 심각한 문제가 발견되지 않았지만, 이혜진은 현실에서 스스로를 철수했다. 그녀는 잠자는 것 빼고는 아무 생리적 욕구를 충족시키지 않았다. 허무한이 영양액을 주면 마시기는 했지만, 이혜진은 능동적으로 삶을 지속하려는 행위를 결코 하지 않았다.

허무한은 어머니가 역장을 뽑아서 이렇게 됐는지, 아니면 스트레스 때문에 이렇게 됐는지 궁금했다. 오래전 허무한은 역장을 팔고 고향으로 내려왔다. 3년 동안 허무한은 폐인처럼 살았다. 의사가 뽑아낸 역장은 회복될 거라고 말했지만, 말처럼 되지 않았다. 허무한의 힘과 건강은 결코 다시 돌아오지 않았다. 자기 삶 자체를 부정당한 듯, 허무한의 아버지는 3년 동안 매일 술만 마시다 어느 날 간성혼수에 빠져 단 사흘 만에 깨어나지 못한 채 죽었다.

그때부터 이혜진은 천천히 영혼을 잃어갔다. 그제야 허무한은 히키코모리 생활을 그만뒀지만, 그런다고 해서 어머니의 병세가 심해지는 것을 막을 수는 없었다.

병원 앞마당에 앉아 있는 둘은 실제 나이보다 열 살은 더 들어 보였다. 허무한이 말했다.

"엄마, 우리 이제 병원비가 다 떨어졌어."

그러나 아무런 답변도 돌아오지 않았다.

"우린 이제 어떻게 해야 하지? 나도 몸이 안 좋아서 할 수 있는 일이 많지 않은데. 엄마를 부양할 수 있을까?"

아무런 답변도 돌아오지 않았다.

"미안해. 정말 미안해요. 엄마. 모두 내 탓이에요. 내가 그때 그러지 말았어야 했는데. 엄마, 제발 아무 말이라도 해주면 안 될까?"

아무런 답변도 돌아오지 않았다.

허무한은 오른쪽 바지 주머니에 손을 넣었다. 방금, 병원 화장실의 소변기 위쪽에 붙어 있던 스티커가 손에 만져졌다. 그 스티커에는 몇 등급의 역장이라도 비싼 값으로 구하고 있다는 글귀와 전화번호가 적혀 있었다.

반달이 뜬 밤이었다. 허무한은 전화로 안내받은 폐건물의 지하실로 내려가고 있었다. 아무런 마감도 되어 있지 않은 나선형의 계단에서는 쿰쿰한 곰팡이 냄새가 났다. 계단 밑으로 내려가자 껌뻑이는 전구가 희미하게 밝히고 있는 쇠문이 보였다. 허무한이 뻑적지근한 문고리를 돌리자, 문이 삐걱이며 안쪽으로 열렸다. 동시에 썩은 피 냄새가 훅 풍겼다.

　환히 밝혀져 있는 지하실의 중심에는 역장을 추출할 때 쓰는 엎드릴 수 있는 침대가 놓여 있었다. 지하실은 초록색 페인트로 칠해져 있었는데, 곳곳에 보랏빛 액체가 엉겨 붙어 있었다. 그 의자 옆에는 두 명의 커다란 남자가 서 있었다. 둘은 하얀 수술복 같은 옷을 입고 있었는데, 그 옷에는 피고름이 말라붙어 있었다. 허무한은 자기가 역장을 추출했던 곳을 생각했다. 그곳은 적어도 깨끗하고 병원 같았다. 하지만 이곳은 너무나 더러웠다. 허무한은 문 안으로 들어서지 못한 채 주춤거렸다.

　"허무한 씨, 들어오세요."

　얼굴에 보안경까지 쓰고 있는 남자 한 명이 허무한을 불렀다. 이상하게도 인간 같지 않은 목소리였다. 허무한은 자기도 모르게 방 안으로 들어와 문을 닫았다. 허무한을 부른 남자가 허무한에게 다가왔다. 남자가 걸어오는 동안, 허무한은 남자의 동작이 뭔가 이상할 정도로 뚝뚝 끊기고, 드러난 피부가 너무 매끈하다는 것을 깨달았다. 그 남자는 인간이 아니었다. 서비터였다.

서비터는 손을 내밀었다. 그것의 손에서 나오는 보라색 파장이 허무한을 한 번 휩쓸었다. 서비터는 허무한의 몸에 있는 마력을 측정했던 것이다. 서비터는 고개를 180도 돌려서 뒤에 있는 남자(그는 진짜 인간인 듯했다)에게 말했다.

"A⁰급에서 A⁻급 정도의 기본 마력을 가졌습니다. 하지만 이전에 역장을 추출한 적이 한 번 있습니다. 현재 역장의 가치는 B⁻입니다."

의자 옆에 서 있던 남자가 고개를 끄덕였다. 그는 의자 옆에 있는 주사기에 약물을 집어넣으면서 말했다.

"500 드릴게요. 와서 앉아요."

"잠깐만요. 잠깐. 전화로 한 이야기는 달랐던 것 같은데요. 아무리 못해도 최소 3000만 원은 챙겨준다고 하지 않았어요?"

남자는 허무한에게로 고개를 돌린 다음, 피식 웃었다.

"그럼 뭐, 공정위에 신고라도 하시든지."

허무한은 고개를 저었다.

"저, 전, 됐어요. 안 팔래요."

허무한은 문 쪽으로 황급히 달려 나갔다. 아니, 그러고자 시도했다. 허무한 옆에 서 있던 서비터가 즉시 허무한의 양쪽 겨드랑이에 팔을 껴 넣어 그를 붙잡았다. 허무한은 발버둥을

쳐보았지만, 서비터의 힘은 허무한이 도저히 대항할 수 없을 정도로 강했다. 남자가 머리를 긁적이면서 말했다.

"데려와."

서비터는 허무한을 질질 끌고 가서 의자에 강제로 앉혔다. 도저히 저항할 수 없던 허무한은 벌벌 떨면서 남자를 바라보았다. 남자는 허무한의 소매를 걷고, 팔뚝을 알코올 솜으로 닦으면서 말했다.

"뭘 그리 반항하려 하나, 또."

"자, 잠깐만요. 제, 제발……."

남자는 더 이상 허무한에게 답하지 않았다. 그는 주사기를 허무한의 팔에 찔러 넣었다. 허무한은 자기 혈관 속으로 차가운 마취약이 들어오는 것을 느꼈다. 가혹한 졸음의 냉기가 허무한을 감쌌다. 애써 눈을 감지 않으려고 했지만, 눈꺼풀이 너무나 무거웠다…….

……허무한의 의식이 사라진 바로 그 순간, 지하실 문이 커다란 소리를 내면서 폭발했다. 남자와 서비터의 시선이 즉각 문 쪽을 향했다. 모락모락 피어오르는 연기 속에 덩치가 작은 편인 여자의 실루엣이 보였다.

남자는 그 실루엣만 보고도 자신이 어떤 상황에 처했는지 깨달았다. 그는 즉각 품에서 권총을 꺼내 실루엣을 향해 연속 사격했다. 파괴 마법이 섞인 탄환은 보랏빛 궤적을 남기며 여자에게 날아갔다. 절대다수의 사람이 스치기만 해도 그 에너지에 녹아내릴 만한 사격이었다. 음속으로 날아간 총탄이 여자의 몸을 강타했다.

하지만 여자는 아무렇지도 않았다. 그녀는 남자를 향해 걸어왔다. 서비터가 여자를 막으려고 달려갔다. 하지만 여자가 지휘하는 듯한 가벼운 손짓을 하자, 이제 남자는 여자의 얼굴을 분명히 볼 수 있었다. 남자는 그 여자를 알았다. 이쪽 일에 종사하는 사람이라면 그 마귀 같은 여자를 모를 수가 없었다. 남자는 자기도 모르게, 그 여자의 이름을 말하려고 입을 열었다.

"홍윤진……."

남자는 말을 끝내지 못했다. 여자가 다시 한번 지휘하듯 손짓하자, 남자는 전신에 극심한 고통을 느끼면서 쓰러졌다.

추출용 수술대 위에서, 허무한은 천천히 눈을 떴다. 이상하게도 상쾌한 기분이었다. 아주 편안한 꿈을 꾼 것만 같았다. 최근 몇 년간 단 한 번도 경험하지 못한 느낌이었다. 몽롱한 상태로, 허무한은 마취되기 직전에 보았던 것을 떠올렸다. 분명 그들이 역장을 뽑아 갔을 텐데, 그렇다면 이렇게 컨디션이 좋을 리가 없었다. 허무한은 자신의 몸속에 흐르고 있는 마력을 여전히 느낄 수 있었다.

"아저씨는 어쩌다 이런 데 엮였어요?"

예상치 못한 여자의 목소리를 듣고, 허무한은 고개를 돌렸다. 이제 갓 10대를 벗어난 것처럼 보이는 작은 체구의 여자가 담배를 피우며 허무한을 위에서 내려다보고 있었다. 허무한은 인상을 찡그리고는 주위를 둘러보았다. 그에게 마취 주사를 놓았던 남자는 쓰러져 있었고, 산산히 부서진 서비터에서는 역장이 피처럼 흘러나와 있었다. 허무한은 여자를 바라보았다.

"누구세요……?"

"홍윤진이라고 해요." 홍윤진은 자기가 제압한 남자를 둘러보면서 말했다. "이런 애들 잡으러 다니는 사람."

그 이름을 들어본 적이 있었다. 이런 암시장에서 사람들을 구하고 다니는 강력한 마녀가 있다고. 하지만 허무한은 그 마녀가 이렇게 어릴 거라고는 미처 생각지 못했다. 홍윤진은 고개를 돌려 연기를 한 번 내뱉은 다음, 다시 말했다.

"얘네들이 역장을 제값 쳐줄 거 같아요? 돈도 돈이지만, 건강도 완전히 망친다고요. 바보같이."

허무한이 홍윤진을 노려보면서 말했다.

"저도 다…… 사정이 있거든요?"

자기가 그 어머니의 능력을 물려받았으며, 어머니가 걱정했던 저주를 똑같이 받았다는 사실까지 허무한은 말할 수 없었다. 자신의 오만이 자기 가족을 박살 냈다는 사실을, 그의 인생은 이제 오직 죄책감만을 동력 삼아 돌아간다는 사실을 허무한은 말할 수 없었다. 허무한은 온몸에 힘이 빠진 채로, 그저 홍윤진을 바라보기만 했다. 홍윤진은 담배를 바닥에 던지고 짓이기면서 말했다.

"하긴, 탓하지 않아요. 모든 사람에게는 제각기 어쩔 수 없는 사정이 있는 법이니까요. 사람들이 바보라서 바보 같은 일을 하는 게 아니라, 이 세상이 바보 같은 일을 하도록 강요하기 때문에 바보 같은 일을 하게 되는 거고요. 그게 우리 삶이 필연적으로 비극이 되는 이유라는 걸 나도 알아요. 하지만 이건 좀 아니지. 아저씨 찾는다고 얼마나 고생했는데. 또 한번 역장 쪽 빨린 채로 데려갈 뻔했네."

"나를 찾았다고요?"

홍윤진이 고개를 끄덕였다. 그녀는 다 피운 담배를 손으로 꽉 쥐었다. 담배가 보랏빛으로 반짝이더니 사라져 없어졌다.

"네."

"뭐 하러?"

"제가 같이 일하는 언니가 아저씨를 정말 간절하게 찾고 있거든요."

"언니? 누구?"

"서지현이라고 알아요?"

허무한은 고개를 천천히 끄덕였다. 망각의 저편 속에 있던 이름이었다.

"일단 푹 쉰 다음에, 이쪽으로 전화해주세요."

그렇게 말하면서 홍윤진은 품을 뒤져 자기 명함을 꺼내 허무한에게 건넸다. 허무한은 떨리는 손으로 그 명함을 받았다. 거기에는 홍윤진이라는 이름과 전화번호가 적혀 있었다.

"바깥은 안전하게 만들어놨으니 걱정 말고요."

그렇게 말하고 나서, 홍윤진은 문 쪽으로 걸어 나갔다. 허무한은 홍윤진의 등 뒤에 대고 말했다.

"서지현이…… 걔가 왜 저를 찾아요?"

"아, 서로 오해를 풀 것도 있고. 또 아저씨한테 돌려줄 역장이 있다던데요? 전 그럼!"

홍윤진은 가볍게 손 인사를 한 다음, 뻥 뚫린 출입구 밖으로 나갔다. 그다음에 그녀는 계단을 걸어 올라가지 않고, 날아서 사라졌다. 홍윤진이 사라지고 나서도, 허무한은 마법에 홀리기라도 한 듯이 오랫동안 그쪽에 시선을 고정한 채로 있었다. 허무한은 한숨을 푹 쉬고는 방금 홍윤진에게 받은 명함을 다시 한번 확인했다. 아직까지 미약한 마취 기운이 있었지만, 분명히 꿈은 아니었다.

MBTI를 별로 좋아하지 않지만 이 이야기는 해야겠다. 'N' 성향을 가진 사람들은 판타지소설을 읽거나, 영화를 보거나, 게임을 즐기고 나서 이에 푹 빠져 현실 세계에 마법이 진짜 있으면 어떤 일이 벌어질까 진지하게 생각해본 적이 있을 것이다. 특히 샤워하는 중에 더더욱. 이 이야기는 내가 그토록 오랫동안 즐겨왔던 공상에 바치는 노래다.

지금 당장, 이 이야기를 쓰면서 내게 레퍼런스가 되어주었으리라 헤아려보는 목록은 다음과 같다.

우선, 마법과 마력에 관련된 설정의 전반은 블리자드 엔터테인먼트의 "워크래프트" 시리즈에서 강한 영향을 받았다. 누군가에게 판타지는 "해리 포터"일 것이고 누군가에게는 "룬의 아이늘"일 것이며 또 다른 누군가에게는 "폴라리스 랩

소디"일 것이다. 하지만 내게 판타지는 두말할 것 없이 "워크래프트"다. 이 시리즈에 내가 가진 무한한 애정은 지면의 여유가 부족해서 차마 쓸 수가 없다. 지금도 내게는, 맥주 한잔하면서 〈월드 오브 워크래프트〉의 세계를 떠도는 것이야말로 가장 즐거운 순간*이다.

시대의 변화와 그 밑에서 느슨히 이어지는 인물들의 이야기를 연작 형식으로 구성한 것은 듀나의 《아직은 신이 아니야》(창비, 2013)에서 많이 참고했다. 어릴 때 양귀자의 《원미동 사람들》(문학과지성사, 1987)의 세례를 받은 이후 나는 언제나 연작을 좋아해왔지만, 이 소설만큼 재미있고 강렬한 것은 아직 찾아보지 못했다.

"허무한 매혈기"라는 제목은 분명히 《허삼관 매혈기》(푸른숲, 1999)에서 패러디한 것이다. 애초에 이 제목을 먼저 생각하면서 소설 구상을 시작했다. 본래 이 책의 제목으로도 쓰려 했으나, 이런저런 사정으로 새로운 제목을 지었다.

〈내게 주어져 마땅한 힘〉에서는 이런저런 야구 밈들을 확인할 수 있다. 오랫동안 KBO에 관심을 가져왔던 사람들이라면 몇 가지를 짚을 수 있을 것이다. 나는 NC 다이노스의 팬

---

* 나는 아즈샤라 서버에서 울먹(사제), 슬멋(도적), 꿋꿋(성기사), 짭짤(주술사), 가속노화(전사)라는 이름의 캐릭터들을 키우고 있으니 언제 같이 쐐기돌이라도 즐기고 싶으신 분은 우편이라도 한 통 보내주시라.

이고 가끔 스크린 야구장에서 공을 치는 것을 좋아한다.

〈더 나은 세상을 위해서라면〉에서 처음 나오는 서비터는 〈던전 크롤〉이라는 마니악한 게임에서 소환할 수 있는 마법 하수인 스펠포지드 서비터(Spellforged Servitor)에서 착안했다. 그리고 문득 느낀 건데 나는 왠지 모르겠지만 서씨를 자주 쓰는 것 같다. 그 어감이 예쁘다고 생각한다.

〈가족을 찾아서〉는 아티스트 이랑의 동명 노래를 들으면서 구상했다. 이야기의 막바지에 다다랐을 때 분위기를 확 전환해보고자 내용을 조금 더 피비린내 나게 써보았다. '노원 잡스'라는 이름은 내가 학교에 다닐 때 비슷한 이름을 내걸고 일을 하는 분이 있었는데 그 생각을 하면서 썼다.

기억과 감정을 읽고 동화되는 내용은 내가 엄청나게 자주 써먹는 것 같은데 이게 다 중학생 때 "에반게리온" 시리즈를 봐서 그렇다. 그때 정신에 돌이킬 수 없는 상처를 입어서 지금도 일단 그 모티프부터 떠오르는 것이다. 다음 작품부터는 좀 자제해보도록 하겠다.

지금 당장 내가 그 기원을 짚을 수 있는 건 여기까지다. 당연히 쓸 때 잠시 떠올리고 지금 잊어버린 것도 많을 테고, 무의식의 가장 깊은 곳에 저장되어 있어 기억하지 못하였으나 이야기에는 영향을 미친 것이 분명히 있을 테다. 그런 내용을 신보이는 건 언제나 민망한 일인데, 뭐, 이야기를 팔아먹으려면 어쩔 수 없는 것 아니겠나.

그리고 어쨌든 또 책을 하나 쓸 수 있도록 힘을 줬던 많은 가족, 친구, 동료에게 감사한다. 내가 굳이 여기 언급하지 않더라도, 이 글을 읽는 사람 중 내게 큰 힘이 되어주었던 사람들은 내가 그들을 얼마나 소중하게 여기는지 잘 알고 있을 것이다. 인생은 기본적으로 커다란 고통 덩어리라는 것이야 오래전부터 알려진 상식*이지만, 가끔 그 익숙한 고통을 잠시나마 잊게 해주는 사람들이 우리 인생에는 존재한다. 여러 동료가 힘이 되어주었는데, 그중 박서련, 이유리 작가는 무려 초고를 읽어주고 함께 제목을 고민해주었다. 먼저 출간을 제안하고 초토화된 초고를 꼼꼼히 확인한 최지인 팀장에게도 진심으로 감사한다.

2024년 3월
심너울

---

* "그러니 항상 생의 마지막 날이 다가오기를 지켜보며 기다리되,/필멸의 인간은 어느 누구도 행복하다고 기리지 마시오./그가 드디어 고통에서 해방되어 삶의 종말에 이르기 전에는"(소포클레스, 〈오이디푸스 왕〉, 《그리스 비극 걸작선》, 천병희 옮김, 도서출판 숲, 2010, p. 234).

갈아 만든 천국

심너울 장편소설

초판 1쇄 2024년 3월 6일

지은이 | 심너울

발행인 | 문태진
본부장 | 서금선
책임편집 | 최지인 래빗홀 | 이은지 장서원

기획편집팀 | 한성수 임은선 임선아 허문선 이준환 송은하 송현경 유진영 원지연
마케팅팀 | 김동준 이재성 박병국 문무현 김윤희 김은지 이지현 조용환 전지혜
디자인팀 | 김현철 손성규 저작권팀 | 정선주
경영지원팀 | 노강희 윤현성 정헌준 조샘 서희은 조희연 김기현
강연팀 | 장진항 조은빛 신유리 김수연

펴낸곳 | ㈜인플루엔셜
출판신고 | 2012년 5월 18일 제300-2012-1043호
주소 | (06619) 서울특별시 서초구 서초대로 398 BnK 디지털타워 11층
전화 | 02)720-1034(기획편집) 02)720-1024(마케팅) 02)720-1042(강연섭외)
팩스 | 02)720-1043 전자우편 | books@influential.co.kr
홈페이지 | www.influential.co.kr

ⓒ 심너울, 2024

ISBN 979-11-6834-176-0 (03810)